W0291037

DOROTHEA BÖHME

Schwabenblues

Kriminalroman

GMEINER SPANNUNG

Bisherige Veröffentlichungen im Gmeiner-Verlag:
Schwabenbräute (2016), Tragödienstadl (2015),
Wer mordet schon in Kärnten? (mit Alexandra Bleyer) (2015),
Meuchelbrut (2014), Sauhaxn (2012)

Dieses Werk wurde vermittelt durch die Literarische Agentur Thomas Schlück GmbH, 30827 Garbsen

Besuchen Sie uns im Internet:
www.gmeiner-verlag.de

© 2018 – Gmeiner-Verlag GmbH
Im Ehnried 5, 88605 Meßkirch
Telefon 07575/2095-0
info@gmeiner-verlag.de
Alle Rechte vorbehalten
1. Auflage 2018

Lektorat: Sven Lang
Herstellung: Mirjam Hecht
Umschlaggestaltung: U.O.R.G. Lutz Eberle, Stuttgart
unter Verwendung eines Fotos von: © reginaspics/pixabay.com
Druck: CPI books GmbH, Leck
Printed in Germany
ISBN 978-3-8392-2256-0

Personen und Handlung sind frei erfunden. Ähnlichkeiten mit lebenden oder toten Personen sind rein zufällig und nicht beabsichtigt.

1. KAPITEL

Leise. Vorsichtig. Und ganz langsam.

Paula robbte auf dem dicken Ast des Kirschbaums nach vorn, sodass sie besser in das Zimmer der Studentenverbindung sehen konnte. Sie musste nur ein, zwei Fotos mit ihrem Smartphone machen.

Leise, vorsichtig und langsam.

Sie balancierte ihr Gewicht aus, bis sie sich mit einer Hand halten konnte, dann hob sie mit der anderen das Telefon und aktivierte die Kamera – ohne Blitz, sie war schließlich keine Anfängerin.

In diesem Augenblick begann das Smartphone zu vibrieren, Paula verlor den Halt und mit einem dumpfen Geräusch landete sie knapp zwei Meter weiter unten auf dem Boden.

»Verdammt«, stöhnte sie, rieb sich die Schulter, schüttelte ihre Gliedmaßen und tastete dann im Dunkeln nach ihrem Handy. Hoffentlich hatte es keinen Sprung, hoffentlich hatte es keinen Sprung, hoffentlich hatte es keinen … natürlich hatte es einen: Ein dicker Riss zog sich quer über das Display.

Das Smartphone vibrierte immer noch, eine Mücke surrte ihr um die Ohren. Kein Wunder, ein leichter Schweißfilm lag auf ihren nackten Armen, trotz der Uhrzeit war es immer noch unerträglich heiß. Sie schlug nach dem Quälgeist, dann nahm sie seufzend den Anruf entgegen: »Was ist los, Timo?«

»Die Hirschle will wissen, wo du bist.«

»Die Hirsch…« Paula schnappte nach Luft. Wegen der neugierigen Alten aus dem dritten Stock hatte sie sich beinahe das Genick gebrochen? »Und das weißt du, weil …?«

»Weil ich schon seit fast einer Stunde im Treppenhaus auf dich warte. Du hast gestern Hackfleisch gekauft.«

Lasagne war eines der wenigen Gerichte, die Paula hin und wieder kochte. Zwei Meter über Paula verdunkelte ein Schatten das Licht des Fensters, das sie bis gerade eben beobachtet hatte. Jemand fasste an den Fenstergriff.

»Bin gleich zu Hause!«, sagte Paula noch schnell, dann sprang sie auf und rannte aus dem Garten der Studentenverbindung, den sie betreten hatte, indem sie über den Zaun geklettert war. Studentenverbindungen waren doch so etwas wie … öffentliche Einrichtungen. Also waren ihre Gärten auch so etwas wie … Parks. Trotzdem, sie sollte sich besser nicht erwischen lassen, manche Leute hatten spießige Ansichten, ganz besonders die Polizei.

Als Paula eine halbe Stunde später die Stufen zu ihrer Wohnung hochstieg, warteten bereits zwei Leute auf sie.

»Timo hat gesagt, es gibt Lasagne.« Julia zuckte beinahe entschuldigend mit den Schultern. »Und ich wollte doch noch dein neues Marketingkonzept mit dir besprechen.«

»Mein …«

»Wo warst du überhaupt so lange?«, fragte Timo vorwurfsvoll.

Er hatte recht. Es war schon beinahe halb zehn. So spät aß sie selten zu Abend, aber jetzt im Sommer wurde es eben nicht so früh dunkel, nachmittags um drei hätte man sie im Garten des Verbindungshauses entdeckt.

»Ich habe gearbeitet.« Paula öffnete die Tür und ließ ihre beiden Freunde herein.

»Ooooh, an was arbeitest du gerade?«, fragte Julia aufgeregt.

Timo winkte ab. »Sie beschattet untreue Ehemänner und Ehefrauen. Alles wie gehabt. Die Hirschle …«, begann er, aber Paula schnitt ihm das Wort ab.

»Ich habe keinen einzigen besorgten Ehepartner unter meinen Kunden«, sagte sie und holte die Pfanne fürs Hackfleisch heraus.

Timo und Julia setzten sich an den Küchentisch – Julia mit der Bereitschaft, Gemüse zu schneiden, was Paula jedoch nur mit hochgezogenen Augenbrauen quittierte. In ihre Lasagne kamen nur richtige Zutaten: Fleisch, Käse und Dosentomaten, in die sich garantiert kein einziges Vitamin hineinverirrt hatte.

»Jedenfalls, die Hirschle«, fing Timo wieder an, nachdem er ein Dosenbier aus den Untiefen seiner Cargohose hervorgeholt, geöffnet und einen tiefen Schluck daraus genommen hatte.

»Es ist doch immer wieder schön zu sehen, wie du auch an uns denkst«, grummelte Paula. Ihr Kühlschrank war derzeit bierlos, sie hatte keine Zeit gehabt, mit dem Auto einen Kasten zu holen, und war in der letzten Zeit immer nur zu Fuß einkaufen gegangen.

»Mir reicht auch Wasser.« Julia lächelte versöhnlich.

»Ich geb dir gern einen Schluck ab«, bot Timo an.

Paula beäugte die Dose. »Ich glaube, mir reicht auch Wasser.« Sie füllte zwei Gläser mit Leitungswasser, stellte sie auf den Tisch und wandte sich wieder dem Hackfleisch in der Pfanne zu, das gewürzt werden wollte.

»Diese Entscheidung hat dir womöglich das Leben gerettet«, sagte Julia, die ihren eigenen entsetzten Blick fest auf Timos Bierdose gerichtet hielt.

»Survival of the fittest.« Timo strich sich über den Bauch. »Also, die Hirschle …«, begann er dann erneut.

Was hatte er immer mit dieser nervtötenden Nachbarin?

»Hab ich die Kehrwoche nicht anständig gemacht?«, fragte Paula. »Zu laut Musik gehört? Irgendwas im Hausflur liegen lassen?« Das Salz in der linken Hand, fuchtelte sie mit dem Pfannenwender in der rechten vielleicht etwas zu stark in der Luft herum. Timo duckte sich.

»Nein, es …«

In diesem Augenblick klingelte es. Ihre Wohnung war ja der reinste Taubenschlag.

»Sie kochet?«, war die Begrüßung der Hirschle, nachdem Paula ihr die Tür – den Pfannenwender immer noch in der Hand – geöffnet hatte. »Des han i ned dachd, dess Sie kocha könna.«

»Tja, das bin ich, immer für eine Überraschung gut«, murmelte Paula und verkniff sich ein barsches »Was wollen Sie?«. Bevor sie sich jedoch eine etwas höflichere Version der gleichen Frage überlegen konnte, drängte sich die Hirschle an ihr vorbei.

»I derf doch kurz reikomma, gell?«

In der Küche stand Julia gleich auf, um der alten Frau ihren Platz anzubieten. Paula versuchte, ihr noch vergeblich mit den Augenbrauen ein Zeichen zu geben – nicht dass sich die Hirschle noch häuslich einrichtete.

»Ich hab Paula schon Bescheid gesagt.« Stolz sah Timo die Nachbarin an.

»Des isch abr nedd vo Ihna.« Die Hirschle drehte sich zu Paula um. »Dann machet Sie des?«

»Äh …«

»Sie ist schließlich Privatdetektivin«, sagte Timo, und auch das klang ein bisschen stolz. »Aber nicht ohne Bezahlung!«, fügte er jedoch besorgt hinzu.

»Dr Kirner hat bschdimmd was gschbard. I hon mol en Bligg in sai Wohnung neigworfa, zufällig, als i ihm a Bakeed bringa musst. Der hat a riesige Glotzkischd, da wird 'r sichr …«

»Stopp!«, sagte Paula. »Der Kirner? Der unterm Dach wohnt?« Sie konnte sich nicht erinnern, den mürrischen Kerl öfter als zweimal gesehen zu haben. »Was ist mit dem? Und was soll ich dabei tun?«

»Na, finda müsset Sie den!«

»Er wohnt unterm Dach. Fall gelöst.« Paula stocherte noch einmal in dem Hackfleisch herum und gab die Dosentomaten hinzu. »Sie sehen ja, ich bin leider …«

»I hab den Mo scho übr zwoi Wocha ned gseha.«

Julia, die gerade damit begann, Käse zu reiben, schien sich ein Grinsen verkneifen zu müssen. Paula kannte ihre alte Nachbarin. Die Hirschle registrierte jede Bewegung im Haus. Die wäre eine Top-Mitarbeiterin beim BND gewesen.

»Das heißt, er ist seit mindestens zwei Wochen nicht durchs Treppenhaus gegangen?«, fragte Paula trotzdem nach.

»In seiner Wohnung ischer nett. I han klingelt«, fügte die Hirschle unnötigerweise hinzu. Natürlich hatte sie geklingelt, sie klingelte ja ständig, auch bei Paula.

»Es ist Sommer. Urlaub ist da nicht völlig abwegig.« Paula war sich nicht sicher, ob die Hirschle Sarkasmus verstand.

Timo pflichtete ihr bei. »Ein paar meiner Kumpels sind grad in Spanien. Lloret de Mar.«

»Kulturbanausen«, murmelte Julia.

»Hey, ich bin auch mehr der Goa-Typ!«, verteidigte Timo sich.

»Noi, noi, der isch net im Urlaub. Des hot der nie g'macht. Des wüsst i.« Die Hirschle schüttelte vehement den Kopf. »Außerdem schdehd sai Karra uff dr Schdroß.«

Mittlerweile kochte die Bechamelsoße und Paula rührte um.

»Also, dass er Paula bezahlt, nur weil er einen teuren Fernseher in seiner Wohnung hat, das finde ich schon eine sehr wagemutige Schlussfolgerung.« Offenbar war die Bedeutung dieser Worte erst jetzt bei Timo durchgesickert.

»Er ist doch ein erwachsener Mann«, musste Paula zu bedenken geben. »Vielleicht hat er beschlossen, mit seiner Freundin … Hat er eine Freundin?«

Die Hirschle nickte. »Des Weib duad em gar ned guad.«

Paula überging die Bemerkung. »Vielleicht ist er bei ihr? Oder sie hat ihn doch zu einem Urlaub überredet, auf Teneriffa oder Lanzarote, da muss man ja fliegen. Und sind jetzt nicht ohnehin Semesterferien?« Kirner war Anfang 40 und Privatdozent an der Uni Stuttgart, das war das Einzige, was sie über ihn wusste, und auch das hatte sie unfreiwillig von der Hirschle erfahren.

»Noi, des glaub i ned.«

»Was soll ihm denn passiert sein? Eine Entführung?

Ist er ein Milliardärssohn?« Gemeinsam mit Julia füllte Paula die Auflaufform abwechselnd mit Lasagneblättern und Hackfleisch-Tomaten-Soße.

»Oder … Aliens!« Timo hielt die Hände in die Höhe und wackelte mit seinen Fingern, aber außer Julia, die ihm einen irritierten Blick zuwarf, beachtete ihn niemand.

»Noi, ha noi, die Muadr isch Hausfrau ond der Vadr hod beim Daimlr gschaffd. Solid, abr ned schdinkreich«, erklärte die Hirschle. »Gell, die hennd sich au drieber gfreid, dass es beim Bäggr drei Bräddzla fir zwoi Eiro gäba hodd! Abr wia i immer sag: Bei de Reiche lärnd ma 's Schbara, bei de Arme 's Kocha. Entfiehrt? Ha noi, da würda sich d' Raibr ja selbschd verseggla.«

»Ver-was?«, fragte Timo.

»Wie bitte?«, formulierte Paula es etwas höflicher.

Julia, die im Gegensatz zu ihnen im Ländle groß geworden war, übersetzte: »An eine Entführung glaubt sie nicht, denn da würden sich die Räuber ins eigene Fleisch schneiden.«

»Aaaaahhh.« Bei Timo und Paula leuchtete gleichzeitig die metaphorische Glühbirne über dem Kopf auf.

»Ich bemüh mich ja schon«, sagte die Hirschle eingeschnappt, aber in verständlichem Hochdeutsch. Wo die Nachbarin diese Informationen über Kirners Familie nun wieder herhatte?

»Wenn das so ist, hat er nicht nur keine Lust, sondern höchstwahrscheinlich auch wirklich kein Geld, um Paula zu bezahlen«, sagte Timo.

»Vielleicht will er auch gar nicht gefunden werden«, unterstützte Paula ihn. »Vielleicht braucht er einfach mal ein bisschen Ruhe und Frieden.« Was er in diesem Mietshaus beides nicht finden würde, solange die Hirschle auf Streife ging.

»Vielleicht musste er vor hartnäckigen Gläubigern fliehen?«, warf Timo ein.

»Vor der Mafia!« Julia hielt sich die Hand vor den Mund.

»Was soll denn der Herr Kirner mit der Mafia zu tun haben?«, fragte die Hirschle. Und Paula gab es ungern zu, aber wenn die Alte schon die Stimme der Vernunft war …

»Natürlich gar nichts«, beendete sie die Diskussion und schob die Auflaufform in den Ofen. »Und deshalb gibt es auch keinen Grund, ihn zu suchen. Er ist ein freier Mann, dies ist ein freies Land.«

Verärgert fuchtelte die Hirschle mit den Händen in der Luft herum. »Sie sind doch Privatdetektivin.«

»Natürlich. Und wenn Sie mir einen Auftrag geben wollen, dann ermittle ich auch sehr gerne. Mit Vertrag, Vorschuss und genauer Stundenabrechnung.« Paula stemmte die Hände in die Hüften. In dieser Hinsicht hatte Timo recht. Sie würde nicht völlig umsonst nach jemandem suchen, der sich wahrscheinlich auf Teneriffa die Sonne auf den Bauch scheinen ließ. »Ich habe andere Klienten. Die mir tatsächlich Geld zahlen.«

Während Timo und Julia eine gute halbe Stunde später noch Lasagne in sich hineinschaufelten, schrieb Paula an dem Bericht für ihre Klientin. Die Observation hatte sie zwar nur mit einem etwas verwackelten Beweisfoto abschließen können, aber sie hatte alles gesehen. Fein säuberlich trug sie Datum, Uhrzeit, Ort und Personen in das Notizbuch ein, das Timo ihr zum Berufseinstand geschenkt hatte. Ein großes grünes Hanfblatt prangte auf dem Deckel.

»Die Hirschle hätte eine Wahnsinns-Karriere in der Stasi hingelegt«, kommentierte Timo deren Auftritt, nachdem er sich den letzten Bissen Lasagne in den Mund geschoben hatte.

»Privatdozent«, sagte Paula mehr zu sich selbst als zu den beiden anderen. »Dieser Kirner arbeitet an der Uni.« Sie rutschte auf ihrem Stuhl nach vorn und griff den Kugelschreiber fester. Warum sie so ein seltsames Gefühl in der Magengegend hatte, konnte sie sich nicht ganz erklären. Uni, das lag weit zurück. Außerdem war es nicht eins der erfolgreicheren Kapitel in ihrem Leben gewesen. Ganz im Gegenteil. »Ich glaube, BWL.« Daran hatte sie sich bei all ihren Fächerwechseln nicht gewagt.

»Apropos BWL!« Julias Gesicht leuchtete auf. »Ich wollte dir doch noch das mit dem Marketing …« Sie wühlte in ihrer Handtasche und holte mehrere bunt bedruckte Blätter Papier hervor. »Du musst deine Detektei bekannter machen. Damit du nicht nur untreue Ehemänner beschatten musst. Diversifikation ist das Stichwort!«

»Ich beschatte keine untreuen Ehemänner«, erklärte Paula zum zweiten Mal an diesem Abend. Überhaupt hatte sie im Augenblick nur einen Fall. Da ging es zwar auch um Beschattung, aber nicht um Untreue. »Ich wurde von der Mutter meines Zielobjekts beauftragt«, sagte sie steif.

Julia blickte zu Timo, während dieser mit einer Geste andeutete, wie verrückt er diesen Auftrag fand.

»Vielleicht hätte *deine* Mutter *dich* mal beschatten lassen sollen, dann hättest du jetzt deinen Abschluss.« Die Heftigkeit, mit der sie das sagte, überraschte Paula selbst.

»Woooooooahhhh, chill«, sagte Timo und schob ihr sein Dosenbier rüber. Das konnte doch nicht mehr dasselbe wie vor einer knappen Stunde sein? Wie viele von den Dingern versteckte er in seiner Hose? Ach, vielleicht wollte sie das besser gar nicht wissen.

»Tut mir leid. Ich bin wohl übermüdet.« Paula rieb sich die Stirn.

Timo zuckte mit den Schultern. Nachtragend war er noch nie gewesen.

»Oh, es ist ja auch schon spät.« Mit einem bedauernden Blick auf ihre bunten Blätter stand Julia auf. »Und ich hab morgen Frühschicht.«

»Ich lös dich am Mittag ab«, seufzte Paula. Ihr Bewährungshelfer hatte ihr dringend davon abgeraten, ihren Job als Bäckereiverkäuferin zu kündigen. Eigentlich war er auch dagegen gewesen, dass sie ihn auf eine Teilzeitstelle reduzierte, aber anders wäre es Paula überhaupt nicht möglich, Aufträge anzunehmen. Schließlich hatten sie einen Kompromiss geschlossen: Paula versprach, sich nur im völlig legalen Rahmen zu bewegen und auch keine Headshops mehr zu betreten, dafür durfte sie Teilzeit arbeiten, ohne dass in ihrer Akte ein negativer Kommentar vermerkt werden würde. Und immerhin verdiente sie über diesen Teilzeitjob (leider) immer noch einen Großteil ihres Einkommens.

»Ich lass dir mein Konzept da«, sagte Julia. »Aber ein ganz wichtiger Punkt: Du musst aus diesem zwielichtigen Milieu raus! Kein Wunder, dass du nur Bespitzelungs-Aufträge bekommst.«

Timo runzelte die Stirn. »Zwielichtiges Milieu? Ja, das sag ich auch seit Wochen: Paula, lass endlich die Finger von diesem Kriminalkommissar!«

*

Den Bericht für ihre Auftraggeberin säuberlich abgeheftet, machte Paula sich am nächsten Morgen auf den Weg in ihr Büro.

Ihr Büro.

Paula benutzte dieses Wort oft. »Kommen Sie doch morgen in mein Büro«, »Ich warte in meinem Büro auf Sie«, »Klingeln Sie einfach kurz bei mir im Büro durch«.

Paula liebte ihr Büro. Sie war eine Privatdetektivin mit Büro.

Gut, die Tatsache, dass ihr Büro im Hinterzimmer von Timos Geschäft, einem der besten Headshops Stuttgarts, untergebracht war, bereitete kleinere logistische Unannehmlichkeiten.

Um ihr Wort gegenüber ihrem Bewährungshelfer nicht zu brechen, musste Paula immer den Umweg über den Seiteneingang und Hausflur nehmen. Aber da war es dann auch: ihr Büro. Mit Schild und allem. Gut, das Schild war derzeit noch ein Blatt Papier, das Timo in seinem Schaufenster neben den mittelgroßen Wasserpfeifen angebracht hatte. Aber der Gedanke zählte.

Paula Schmidt, Privatdetektivin – Fälle aller Art

Paula schloss die Tür hinter sich und schaltete das Licht ein, da trotz des Sonnenscheins kaum Tageslicht durch den Hinterhof ins Zimmer drang. Auf dem Schreibtisch stapelten sich die Unterlagen, die meisten betrafen Timos chaotische Buchführung, die den Namen als solche nicht verdient hatte. Aber die Kaffeetasse gehörte ihr, der Kugelschreiber und der Aktenordner, der derzeit die Computertastatur verdeckte.

Eine richtige Privatdetektivin. Mit Büro. Für das sie Timo nicht einmal etwas zahlen musste. Er verlangte nur, dass sie besagte chaotische Buchführung übernahm. Mit etwas schlechtem Gewissen schob sie den Stapel ungeordneter und teils zusammengeknüllter Papiere beiseite. Damit würde sie sich in den nächsten Tagen beschäftigen. Sie wollte Julia zum Kaffee einladen und plante, ihr unauffällig die Unterlagen hinüberzuschieben.

Paula öffnete ihren Aktenordner, schlug den ersten, rosafarbenen Reiter auf und heftete den Kassenbon für die Cola aus dem Supermarkt ab. Dann schrieb sie in Stichpunkten Datum, Uhrzeit und Ort der gestrigen Observation auf und machte eine Kopie ihres Berichts vom Vorabend.

In diesem Augenblick vibrierte ihr Telefon. »Vorsicht Polizei« erschien auf dem Display. Timo hatte das dahingehend geändert, nachdem er herausgefunden hatte, dass sie Kriminaloberkommissar Brändle tatsächlich unter seinem Namen in ihrem Telefonbuch abgespeichert hatte.

Er rief öfter an. Meist ging Paula nicht dran. Manchmal rief sie zurück, legte aber auch schon mal nach dem ersten Klingeln auf. Der Mann löste in ihr etwas aus, mit dem sie sich nur ungern auseinandersetzen wollte.

Sie nagte an ihrer Unterlippe. Dann ignorierte sie auch diesmal den Anruf und druckte stattdessen das Foto der

Observation aus. Immerhin hatte sie einen Blick in das Zimmer der Studentenverbindung erhaschen und rechtzeitig auf den Auslöser ihrer Smartphone-Kamera drücken können. Die vier jungen Leute waren zwar etwas verschwommen, aber ein liebendes Mutterauge würde den eigenen Sohn wohl erkennen.

Paula wählte die Nummer ihrer Klientin.

»Frau Niklas, ich habe gute Nachrichten«, begrüßte sie ihre Auftraggeberin, nachdem die ans Telefon gegangen war. »Ihr kleiner Leon wird nicht durch weibliche Reize vom Studium abgelenkt.« Obwohl am gestrigen Abend durchaus auch ein Mädchen im Zimmer gewesen war. Dennoch war die größte Sorge seiner Mutter unbegründet, es war hauptsächlich der Alkohol, der Leon vom heimatlichen Zimmer und von der Bibliothek fernhielt. Die Bierflaschen hatten es allerdings nicht aufs Foto geschafft, was vielleicht besser für Frau Niklas' Gemüt war. »Er hat einfach ein paar neue Freunde gefunden.«

Am anderen Ende der Leitung blieb es für einen Augenblick still. Dann konnte Paula buchstäblich hören, wie Frau Niklas misstrauisch die Stirn in Falten zog. »Freunde?«

»Er besucht regelmäßig seine Kommilitonen in einer Studentenverbindung.« Was Timo während ihrer eigenen Studienzeit ebenfalls regelmäßig getan hatte – um ihnen Farbbeutel ans Haus oder Stinkbomben in den Garten zu werfen.

»Ist da auch ein Mädchen dabei?« Frau Niklas stellte die Eifersucht jeder betrogenen Ehegattin in den Schatten.

»Zwei Jungs, ein Mädchen. Die ist aber mit dem anderen zusammen. Bei Leon ist alles ganz harmlos, rein freundschaftlich.« Zumindest hatte Paula keinerlei unsittliche Berührungen feststellen können. »Ich schicke Ihnen das Foto, das ich gestern gemacht habe.«

Erneutes Schweigen in der Leitung. Dann fragte Frau Niklas: »Können Sie dafür sorgen, dass das aufhört?«

Darauf nun wusste Paula ihrerseits so schnell keine Antwort. »Ich bin Privatdetektivin und kein Life Coach«, sagte sie schließlich vorsichtig. »Ich kann Ihren Sohn beschatten oder auch belauschen, aber ich kann nicht in sein Privatleben eingreifen. Es tut mir sehr leid, aber das verbietet der Ehrenkodex.« Den sie sich gerade ausgedacht hatte, aber … So etwas musste es doch geben? Und wenn nicht, könnte sie einen erfinden. Den würde sie sich einrahmen, hinter den Schreibtisch hängen und bei unmöglichen Forderungen ihrer Klienten darauf verweisen. So eine Art moralische AGB.

»Hm.« Frau Niklas schien nicht zufrieden zu sein mit diesem Ergebnis. »Er war immer so ein guter Schüler. Sein Vater ist gar nicht glücklich.«

Aus diesem Grund rief Paula auch nur noch selten bei ihren eigenen Eltern an. »Das gibt sich ganz von allein, glauben Sie mir. Irgendwann hat er genug vom Feiern und kümmert sich wieder um die Uni.« Oder er übertrieb es und musste sein Studium abbrechen. Womit sie wieder beim Nicht-Anrufen bei ihren Eltern war. Und Timo, da war sie sich ziemlich sicher, hatte sogar einen Uni-Verweis gesammelt. Aber das musste man einer besorgten Mutter ja nicht auf die Nase binden.

Sie versprach einer immer noch skeptischen Frau Niklas, ihr das Foto sowie den Bericht und die Rechnung über 300 Euro per Mail zuzuschicken, und verabschiedete sich.

Im Anschluss begann Paula mit der Bearbeitung ihrer E-Mail-Anfragen.

Liebe Detektivin,

mein Bruder hat den Controller meiner PS4 verloren. Meine Eltern wollen mir keinen neuen kaufen, und mein Bruder hat sein Taschengeld für Colalutscher ausgegeben. Können Sie den Controller wiederfinden?

Viele Grüße Max

Max schien sich über den Stundenlohn einer Privatdetektivin nicht im Klaren zu sein. Sie antwortete ihm mit einem Verweis auf den Weihnachtsmann und schlug ihm vor, bis dahin mit seinem Bruder lieber an der frischen Luft Privatdetektiv und Verbrecher zu spielen. Das wäre eine sinnvollere Beschäftigung, als auf der PlayStation Autorennen zu fahren. Das war gar nicht gesund, konnte man überall nachlesen, und wenn Paula Timo als Beispiel nahm … Auch wenn sie Max nicht kannte, so würde dieser sicher nicht als dauerbreiter Kleinunternehmer enden wollen.

Nachdem sie einige Spam-Mails gelöscht und vergeblich auf ihr Telefon gestarrt hatte, schrieb sie in ihren Notizblock mit dem Hanfblatt: »Aufträge Juli, Stand 28.: 1«. Dann machte sie sich auf den Weg, Julia in der Bäckerei abzulösen.

*

Da sie etwas getrödelt hatte und sich mittlerweile beeilen musste, schaffte sie es nicht mehr, etwas zu Mittag zu essen.

»Hast du schon Zeit gehabt, dir mein Marketingkonzept anzusehen?«, fragte Julia, als Paula mit knurrendem Magen das Geschäft betrat.

Statt einer Antwort schnappte Paula sich eine Butterbrezel. Julia schüttelte seufzend den Kopf. Dann wühlte sie in ihrer Handtasche. »Dachte ich's mir doch«, sagte sie. »Ich hab's dir einfach noch mal ausgedruckt. Wenn nicht genug Kundenverkehr ist, hast du was zu tun.«

Misstrauisch sah Paula sich die bebilderten Ausdrucke an. Spannend waren die vermutlich nicht, aber immerhin bunt. Und nachher, wenn sie gar nichts zu tun hatte, wie es eine Stunde vor Ladenschluss oft der Fall war, hätte sie immerhin etwas Ablenkung.

Die sie schon zwei Stunden später dringend benötigte. Es waren gerade keine Kunden im Laden, die Müdigkeit begann Paula zu übermannen. Wenn man die Nächte im Garten einer Studentenverbindung verbrachte, konnte das passieren. Also setzte sie sich gähnend mit einem Cappuccino und den Marketing-Unterlagen an einen der beiden kleinen Tische.

Wenn sie so müde war wie jetzt, wurde sie wehmütig und das führte nur dazu, dass sie nach ihrem Smartphone griff. Sie brauchte dringend Ablenkung, um nicht möglicherweise völlig versehentlich eine Nachricht an den falschen Empfänger zu schicken. An Kriminaloberkommissar Brändle zum Beispiel.

Der es nach seinem vormittäglichen Versuch nicht noch einmal gewagt hatte, sie anzurufen.

Vor ein paar Wochen hatte er Paula zum Abendessen eingeladen, sie nach Hause begleitet und die Frechheit besessen, sie zu küssen. Aus Versehen hatte sie zurückgeküsst. Ziemlich leidenschaftlich sogar. Aber Brändle hatte sich auch verdammt gut angefühlt, sein ganz, ganz leichter Bartansatz, seine Arme, die Brustmuskeln – vielleicht hatte sie ihn auch ein kleines bisschen umarmt und …

Dann waren Timo und sein Mitarbeiter und Kumpel Carsten aufgetaucht und hatten hysterisch geschrien. »Die Bullen! Die Bullen haben Paula erwischt!« Die beiden waren offenbar völlig zugedröhnt gewesen.

Brändle und Paula waren auseinandergefahren, der »Bulle« hatte sich verabschiedet und dann hatte sie nie wieder etwas von ihm gehört. Also beinahe nie wieder. Er hatte am nächsten Tag angerufen, aber da hockte Paula gerade wieder einmal im Garten der Studentenverbindung auf dem Kirschbaum und hatte nur in den Hörer gezischt: »Jetzt nicht, ich observiere.« Das hatte ihr am nächsten Abend so leidgetan, dass sie ihm eine besonders nette SMS geschrieben hatte, die beinahe einer Liebeserklärung gleichkam. Das wiederum hatte ihr so viel Angst gemacht – Brändle war Polizist! Und sie … nun ja … vorbestraft … –, dass sie bei seinem nächsten Anruf nicht ans Telefon gegangen war.

Ihre Beziehung zu Brändle war … kompliziert. Sie seufzte.

Vielleicht hatte er eine Erklärung erwartet? Eine Entschuldigung für den Vorfall mit Timo?

Es konnte auch sein, dass er sauer war, weil sie ihr Leben als Privatdetektivin nicht aufgegeben hatte. Er hatte seltsame Vorstellungen von Gefahr, Legalität und Ähnlichem. Wer wusste schon, was im Kopf eines Polizisten vor sich ging?

Paula riss sich gewaltsam von den Gedanken an Brändle los und wandte sich Julias Marketingkonzept zu. Ganz aufmerksam.

Outbranching …

Diversifikation …

Schon nach den ersten Sätzen verschwamm der Text vor ihren Augen. Es war eine Fehleinschätzung gewesen, die bunten Bilder halfen nicht über den Inhalt hinweg. Paula zuckerte ihren Kaffee nach und nahm noch einen großen Schluck.

Da klingelte das Türglöckchen.

»Haben Sie schon etwas herausgefunden?« Die Hirschle stand in einem dunkelroten Rock aus viel zu dickem Stoff, unter den sie trotz der sommerlichen Hitze noch Nylonstrümpfe gezogen hatte, im Raum.

Dankbar für die Unterbrechung nickte Paula ihr zu und legte sowohl Julias Dokumente sowie das Handy zur Seite.

»Was herausgefunden?«

Ungeduldig klopfte die Hirschle mit den Fingerknöcheln auf den Tisch, an dem Paula saß. »Sie wissen genau, wovon ich spreche.«

Glücklicherweise wurde Paula in diesem Augenblick durch Timos Eintreten einer Antwort enthoben. Er schlurfte zum Tisch und ließ sich neben der Hirschle in einen Stuhl fallen. Dann seufzte er. »Diese Hitze macht mich fertig«, sagte er und warf sich zwei Dreadlocks aus der Stirn.

»Vielleicht könntest du deine dicken Pullis gegen was Luftigeres tauschen?« Paula zog die Augenbrauen hoch. Zwar waren Timos blasse dünne Ärmchen nicht der

Stoff, von dem Frauen träumten, aber bei diesem Wetter im Stuttgarter Kessel waren nicht nur die Nylonstrümpfe der Hirschle, sondern auch seine Hanfpullover völlig irrsinnig. Die Hitzewelle dauerte nun schon drei Wochen. Nachts kühlte es oft nicht einmal mehr ab, und Paula hatte um vier Uhr morgens trotz weit aufgerissener Fenster in ihrer Stadtwohnung 28 Grad. Diejenigen, die konnten, waren schon längst in die Sommerferien geflohen.

»Was ist denn jetzt mit dem Kirner?«, wollte die Hirschle wissen.

»Der ist auf Sommerfrische«, sagte Paula und vermied es gerade eben so, die Augen zu rollen.

Das Türglöckchen bimmelte erneut, und Julia kam herein. »Hab ganz vergessen … oh.« Sie blieb stehen. »Ist etwas mit dem Nachbarn?«

»Das habe ich doch alles schon erzählt!«, rief die Hirschle ungeduldig.

»Es gibt keine neueren Entwicklungen«, ergänzte Paula. »Keine Einbruchsspuren … es gibt doch keine Einbruchsspuren, oder?«

»Nein.« Unzufrieden schürzte die Hirschle die Lippen. »Deshalb wird sich die Polizei ja auch nicht darum kümmern.«

Paula hielt inne. »Sie waren bei der Polizei?«

»Natürlich war ich bei der Polizei! Irgendjemand muss ja etwas unternehmen! Aber die haben mir das Gleiche gesagt wie Sie gestern.« Anklagend blickte die alte Frau erst Paula, dann Julia und schließlich auch Timo an. »Erwachsener Mann, Urlaub, der wird schon wiederkommen.«

Paula legte den Kopf schräg. »Die Polizei weigert sich also, etwas zu tun«, sagte sie langsam.

Timo und Julia stöhnten gleichzeitig auf.

»Paula!«, rief Julia unglücklich. »Du kannst dein Geschäftskonzept nicht darauf aufbauen, gegen Brändle zu arbeiten!«

»Du kannst dein Geschäftskonzept nicht darauf aufbauen, umsonst zu arbeiten!«, warf Timo ein.

»Ich hab doch gar nicht gesagt, dass ich den Fall übernehme!«, verteidigte Paula sich. Obwohl zumindest Julias Punkt, Brändle eins auszuwischen, sich gar nicht so schlecht anhörte. Ihm gefiel ihr Job als Privatdetektivin nicht, und war das nicht die Höhe? Ihr gefiel sein Job als Kriminaloberkommissar ebenfalls nicht. Aber sie war reif und erwachsen genug, ihm da nicht reinzureden.

Timo rutschte auf seinem Stuhl nach vorn. »Mir ist noch was eingefallen.« Er knabberte auf seiner Unterlippe. »Ich sag's nur ungern, aber … ich glaub, ich hab ihn neulich vor deiner Haustür gesehen.«

»Kirner?«

Timo nickte.

»Du kennst den doch gar nicht.«

Andererseits ging Timo beinahe täglich in Paulas Wohnung ein und aus, es war möglich, dass er Kirner dabei getroffen hatte.

»Diese Uni-Typen erkennt man doch«, sagte Timo dann. »Altmodische Klamotten, ausgebeulte Jeans und ein Haarschnitt, der nicht einmal mehr ›rausgewachsen‹ zu nennen ist.« Das sagte der Richtige. In Timos Dreadlocks konnten mittlerweile Vögel nisten. »Jedenfalls … hat er sich gestritten.«

»Gestritten?«

»Ziemlich heftig. Mit einem anderen Kerl. Kann sein, dass es sogar handgreiflich geworden ist. Meine Erinnerung ist ein bisschen vernebelt.«

»Eine Schlägerei? Wann genau war das?« Und weshalb um Himmels willen war Timo diese wichtige Information jetzt erst eingefallen? Hing wahrscheinlich mit seinem vernebelten Erinnerungsvermögen zusammen.

Timo zuckte die Achseln. »Neulich halt.«

»Kannst du es wenigstens auf eine Woche eingrenzen?«

Er kratzte sich am Kopf. »Vorletzte? Oder davor?«

Paula sah die Hirschle an.

»Das könnte passen«, bestätigte die Nachbarin.

»Trotzdem …« Paula war noch nicht überzeugt. »Jeder streitet sich mal. Wir streiten uns ja sogar!« Sie zeigte auf Timo, der sie verwirrt anblickte.

»Ich streite mich nicht«, gab er zurück.

Paula wandte sich an die Hirschle. »Natürlich kann ich nur gegen Bezahlung ermitteln.«

»Ich habe Ihnen doch gesagt, der Kirner …«

Paula hielt ihre Hand in die Höhe. »Lassen Sie mich ausreden. Natürlich kann ich nur gegen Bezahlung ermitteln. Aber einmal in die Wohnung sehen und dann entscheiden, ob hier überhaupt ein Fall vorliegt … das kann ich auch ohne Vorschuss.«

»Nimm den Fernseher als Vorauszahlung«, murmelte Timo.

»Wie willst du ›in die Wohnung … sehen‹?«, fragte Julia. Ihre Stimme klang etwas höher als normal.

»Ich werde klingeln. Und wenn er nicht aufmacht, vielleicht mal durchs Schlüsselloch spicken. Keine Sorge, nichts Illegaleres, als Frau Hirschle nicht eh schon getan hat.«

»Ich bitte Sie! Ich habe mir Sorgen gemacht! Das macht man so unter Nachbarn. Und durchs Schlüsselloch kann man ohnehin gar nichts sehen.«

Paula überlegte weiter. »Gibt es ansonsten nicht einen Vermieter, der einen Schlüssel hätte?«

»Wenn du eine Kreditkarte hast, brauchst du den Vermieter nicht«, sagte Timo, um dann leise hinzuzufügen: »Kapitalistenschwein.«

»Ich will nichts von Einbrüchen hören!« Julia hielt sich die Ohren zu.

Einbrüche! Paula wollte doch nicht einbrechen, ganz bestimmt nicht. Ein Einbrecher drang in eine Wohnung ein, um etwas zu stehlen. Paula wollte doch nur nachschauen.

»Wenn die Polizei sich nicht um ihre Bürger kümmert, dann muss ich das eben tun.« Paula Schmidt, die weltbeste Privatdetektivin, nun auch Rächerin der Enterbten und womöglich Verschwundenen.

Julia schüttelte den Kopf, Timo wiegte seinen langsam hin und her. Nur die Hirschle schien voller Tatendrang: »Gehen wir!«

Zu viert drängten sie sich auf dem Absatz vor Kirners Wohnungstür.

Paula klingelte.

Nichts passierte. Sie legte ein Ohr an die Tür, aber es war keine Bewegung im Inneren der Wohnung zu hören. Sie klingelte noch einmal, dann klopfte sie. Laut und anhaltend. So machte es Brändle immer, wenn er sie verhaften wollte, und bisher hatte sie dann doch immer die Tür geöffnet. Allerdings …

»Aufmachen, Polizei!«, rief Paula. Das war immer das durchschlagende Argument gewesen.

Immer noch rührte sich nichts.

»Ich sag's ja, der ist verschwunden.« Die Hirschle verschränkte die Arme vor der Brust.

»Vielleicht hält er eine verspätete Siesta«, sagte Timo, der sich auf den obersten Treppenabsatz gesetzt hatte und so aussah, als würde er im nächsten Augenblick das Gleiche tun. Für Timo war elf Uhr am Vormittag »früher Morgen«, da konnte man auch mal abends einen Mittagsschlaf halten.

»Was, wenn der wirklich verschwunden ist? Entführt? Oder auf der Flucht?« Julia hielt sich die Hand vor den Mund.

»Hm.« Die Wohnungstür besaß keine Scheibe, durch die man eine Bewegung hätte sehen können. Und auch der Türspion war funktionsfähig eingebaut. Es war unmöglich, etwas im Inneren der Wohnung zu erkennen. Paula drehte sich zur Hirschle um. »Sie hatten gesagt, sein Auto steht vor dem Haus?«

»Ist seit zwei Wochen nicht bewegt worden.«

Gut, wenn er eine weite Reise machte, würde er ohnehin fliegen müssen und hatte ganz sicher die S-Bahn oder ein Taxi zum Flughafen genommen. Oder vielleicht besaß seine Freundin ein größeres Auto. Oder er war mit dem Zug in den Urlaub gefahren, dann brauchte er sein Auto auch nicht.

Dennoch, die Tatsache, dass Timo den lautstarken Streit so kurz vor Kirners Verschwinden beobachtet hatte, gab ihr zu denken. Die Polizei unternahm nichts, da musste man doch eingreifen. Und wenn etwas passiert war, konnte sie der Polizei – oder vielleicht auch Brändle – Untätigkeit unter die Nase reiben.

»Julia, gib mir mal deinen Bibliotheksausweis.« Julia besaß so etwas, im Gegensatz zu ihr selbst oder Timo, der nie einen Schritt in die Stadtbibliothek setzen würde. Er fand, dass sie von außen wie ein Gefängnis aussah und von innen – hatte er gehört – so klinisch weiß war wie ein Chemielabor.

»Das erinnert mich, ich muss noch Bücher zurückbringen«, sagte Julia, während sie in ihrer Tasche kramte. Der Bibliotheksausweis war zwar nicht optimal, aber bevor Paula eine EC-Karte ruinierte …

Schließlich reichte sie Paula das grau-weiße Kärtchen, das in einer durchsichtigen Hülle steckte. Paula hatte gehört, man konnte in der Stadtbibliothek heiraten. Das perfekte Ambiente für Julia.

»Wozu brauchst du … oh.«

»Gefahr im Verzug«, sagte Paula, nachdem sie die Karte zwischen Tür und Rahmen angesetzt hatte. »Habt ihr das nicht auch gehört? Das klang doch wie ›Hilfe‹!« Brändle selbst hatte mit dieser Erklärung einmal eine Scheibe eingeschlagen. Gut, er hatte auch durch diese Scheibe gesehen, wie Paula beinahe erwürgt worden war, dennoch blieb die Tatsache, dass Gefahr im Verzug ein verdammt nützliches Werkzeug im Arsenal einer Privatdetektivin war.

»Das gilt nur für die Polizei.« Julia machte ihrer Vorstellung leider den Garaus.

»Wir sind besorgte Bürger, die sich kümmern, wo die

Polizei versagt.« Die Hirschle war ganz und gar auf Paulas Seite.

»Also. Wer hat hier alles jemanden um Hilfe rufen hören?« Paula hob die Hand, die Hirschle ebenfalls, Timo gähnte, und nach etwas Zögern hob schließlich auch Julia ihre Hand. »Wenn dem Mann wirklich etwas zugestoßen ist …«, murmelte sie.

Zufrieden und mit dem Rückhalt ihres gesamten Teams drehte Paula sich zur Tür und ruckelte mit der Karte im Türspalt herum. Carsten, Timos Mitarbeiter, hatte ihr anhand der Tür von Timos Laden erklärt, wie man das machte.

»Wie ist der denn so? Der Kirner?«, fragte Julia.

»Ein netter Mann«, antwortete die Hirschle. »Bleibt aber lieber für sich.«

»Bisschen zurückgezogen«, bestätigte Paula, die nun beim dritten Versuch die Tür dazu bringen konnte, aufzuspringen. »Ein Hoch auf schludrige Dozenten, die nie abschließen«, sagte sie, denn der Kartentrick funktionierte natürlich nur bei einer bloß zugezogenen, nicht bei einer zusätzlich abgeschlossenen Tür. Dafür hätte sie Carsten und sein komplettes Werkzeug-Set herbeiholen müssen.

»Herr Kirner?« Vorsichtig stieß Paula die Tür auf. Immer noch war von dem Nachbarn keine Spur zu sehen und nichts zu hören.

»Herr Kirner?« Schritt um Schritt wagte sie sich in die Wohnung vor. Als die Hirschle hinter ihr herstapfen wollte, hielt sie die Hand in die Höhe. »Bleiben Sie lieber draußen. Nicht dass zu viele Personen Spuren verwischen.«

Das überzeugte die Alte, die nun aber alle paar Sekunden »Haben Sie was gefunden?« rief. Paula passte auf, dass sie nichts berührte, und blickte sich dennoch sorgfältig in jedem Raum um.

Schließlich kehrte sie zu ihren Mitstreitern zurück. »Frau Hirschle, Sie haben einen Fall«, sagte sie und nickte entschlossen. »Ich nehme den Fernseher als Anzahlung.«

»Woher …?«

»Wenn der Kirner nicht grundsätzlich so lebt, als ob eine Bombe in seiner Wohnung explodiert wäre, möchte ich wetten, dass hier eine überstürzte Abreise stattgefunden hat oder sogar« – sie machte eine bedeutungsschwangere Pause – »jemand vor mir hier drin war.«

»Hab ich's doch gewusst!« Auch wenn Paula etwas mehr Mitgefühl angesichts des verschollenen Nachbarn erwartet hätte, sah die Hirschle hauptsächlich selbstzufrieden aus.

»Wir müssen die Polizei rufen«, sagte Julia.

»Ich weiß nicht.« Timo linste in die Wohnung. »Bei mir sieht's so ähnlich aus, und ich hab gestern aufgeräumt.«

Paula war sich nicht sicher, wie Timo »aufräumen« definierte. Aber recht hatte er.

»Es sieht tatsächlich nicht so aus, wie man sich einen klassischen Einbruch vorstellt«, gab Paula zu. Es war mehr ein Gefühl, das sich nicht abschütteln ließ. Ein Gefühl, dass jemand außer Kirner – und ihr selbst – in der Wohnung gewesen war. »Die Polizei ist vielleicht keine so gute Idee.« Denen müssten sie dann erklären, wie sie in die Wohnung gekommen waren. »Aber kommt mal mit. Es wurde eindeutig etwas gesucht.« Sie winkte die anderen vorsichtig in die Wohnung. Kirner lebte, wie man es von einem Wissenschaftler erwartete, in Bergen von Büchern. Sie stapelten sich in Regalen, auf dem Boden und wuchsen auf Couch- und Schreibtisch in die Höhe.

»Nichts berühren!«, flüsterte Julia und drückte ihre Arme eng an den Körper.

Um auch das Klischee des vergesslichen Wissenschaftlers zu erfüllen, standen überall benutzte Kaffeetassen herum.

»Der Typ ist BWLer?« Ungläubig sah Timo sich um. »Ich dachte, die leben nur in sterilen kapitalistischen Höhlen.«

Als Höhle konnte man Kirners Wohnung mit den halb heruntergelassenen Jalousien, den dunklen Möbeln und der schmuddeligen Couch durchaus bezeichnen. Kapitalistisch eher nicht so, das Modernste und Teuerste oder besser das Einzige an der ganzen Einrichtung, das auch nur ansatzweise modern oder teuer aussah, war eindeutig der Fernseher. Der Rest wirkte wie auf dem Flohmarkt zusammengeklaubt, teilweise ersetzten Paletten die Möbel.

»Hier sieht's ja aus«, entfuhr es der Hirschle. »Kein Wunder macht der die Kehrwoche nicht ordentlich!«

»Beinahe alle Schubladen wurden geöffnet.« Paula deutete auf den Schreibtisch und eine Kommode im Wohnzimmer, das auch als Arbeitszimmer diente. Zwei Schubladen standen weit offen, andere waren einen kleinen Spalt geöffnet. »Im Schlafzimmer sieht es am Nachtschränkchen genauso aus. Und dann …« Paula führte die Gruppe ins Schlafzimmer, wo sie mit einem Taschentuch die Tür des Kleiderschranks öffnete. Das Chaos dort drin war nicht kleiner als das, was in den Bücherregalen herrschte, aber es schien nichts zu fehlen. Paula zeigte aufs ungemachte Bett. »Darunter liegt ein Koffer. Wenn Kirner im Urlaub ist, dann nur mit dem, was er am Leib trägt.«

»Außer er besitzt einen zweiten Koffer«, murmelte Julia. »Wenn man beispielsweise geschäftlich viel fliegen muss, lohnt sich ein kleiner Handgepäck-Koffer.«

»Der wäre dann aber mehr oder weniger leer.« Denn der Kleiderschrank war wirklich vollgestopft, zudem hingen im Bad an einer Wäscheleine über der Badewanne noch zwei Hemden und eine Hose. Zwei Zahnbürsten und eine Tube Zahnpasta teilten sich einen Zahnputzbecher. Nein, einen Koffer hatte Kirner ganz sicher nicht gepackt.

»Wo auch immer er ist, er ist überstürzt abgereist.« Triumphierend hielt Paula ihren Zeigefinger in die Höhe. »Und warum und ob er nicht gar entführt wurde, das werde ich nun herausfinden.«

Timo nickte wohlwollend. »Den Fernseher könntest du unter dein Sonnenblumenbild stellen.«

Die Liebe zu van Gogh hatten Paula auch zwei Semester Kunstgeschichte nicht austreiben können.

»Vielleicht sollten wir doch besser die Polizei rufen«, merkte Julia an.

»Papperlapapp, die kümmern sich um gar nichts.« Die Hirschle stapfte aus der Wohnung. »Denen hab ich doch alles erzählt. Die ändern ihre Meinung sicher nicht aufgrund zweier geöffneter Schubladen.«

Julia schaute etwas unglücklich drein, sagte aber nichts mehr.

»Hier, meinte ich«, rief Timo, als sie kurz darauf in Paulas Wohnzimmer auf der Couch saßen. Oder besser gesagt, Paula und Timo saßen, während Julia aufgeregt auf und ab tigerte und die Hirschle in Paulas Küche Tee kochte. Kaffee auf die Aufregung wäre für ihr Herz nicht gut. »Hier könntest du ihn hinstellen.« Timo deutete auf die Wand gegenüber, an der das Sonnenblumen-Poster hing. »Klar, du bräuchtest noch einen Fernsehtisch, aber den kriegt man ja bei Ikea. Oh, ich hoffe, die Kiste hat UHD!«

»Aber wenn wir der Polizei nichts sagen … Ich meine, jetzt gibt es eindeutige Beweise, dass etwas passiert sein muss«, sagte Julia.

Ja, ziemlich eindeutige, dass Paula illegal eine Tür aufgebrochen hatte.

»Was, wenn wirklich etwas passiert ist? Haben wir uns dann nicht unterlassener Hilfeleistung schuldig gemacht?«

»Wieso? Paula hilft doch.« Timo legte die Füße hoch und kramte in seinem Pullover nach den Longpapers, um seine »Zigaretten« zu drehen.

Dennoch war an Julias Worten etwas dran.

»Ich könnte Brändle ja mal … auf dem kurzen Dienstweg anrufen«, schlug Paula vor. Falls die Polizei tatsächlich Möglichkeiten eines Einsatzes sah, wäre es natürlich gut, wenn Kirner alle Ressourcen bekommen würde, die man kriegen konnte, und Paula verfügte weder über eine Hundestaffel noch über professionelle Kriminaltechniker. »Mit Kriminaltechniker flirten«, kam auf ihre Liste. Oder besser noch: »Kriminaltechniker beschatten, um ihn für Gefälligkeiten erpressen zu können.« Sie brauchte wichtige Menschen in Schlüsselpositionen, die ihr etwas schulden mussten. Damit würde sie mit der Zeit zur Crème de la Crème der privaten Ermittler aufsteigen.

Sie riss sich von ihren Zukunftsplänen los und sah Julia an. »Du hast doch auch gesehen, dass die Tür einen Spalt weit offen stand, nicht wahr?«

Julia strich sich eine dunkle Haarsträhne zurück und nickte unsicher. Aber da Paula darauf vertraute, dass ihre Freundin sie nicht hinter Gittern sehen wollte, ging sie davon aus, dass die kleine Notlüge klarging. Um Timo musste sie sich keine Gedanken machen, dessen einzige Worte gegenüber der Polizei waren grundsätzlich nur: »Ich will einen Anwalt« – das ergab bei Verkehrskontrollen oft Konfusion auf beiden Seiten.

Blieb nur die Hirschle, die gerade mit der Teekanne hereinkam. Aber da sie in diesem Fall quasi die Auftraggeberin war, machte Paula sich keine allzu großen Sorgen. Die alte Dame musste nur darauf achten, dass ihre Redseligkeit ihr keinen Strich durch die Rechnung machte.

Nachdem Paula allen dreien noch schnell ihre Version eingeschärft hatte, rief sie die Polizei.

»Womit habe ich die Ehre eines Rückrufs verdient?« Trotz des Sarkasmus klang Brändle erfreut. Paulas Magen machte einen kleinen Hüpfer. Vielleicht hätte sie ihn schon eher kontaktieren sollen, einfach so.

»Ich hätte da eine rein theoretische Frage.«

»Was hast du angestellt?«

Immer ging dieser Mann gleich davon aus, dass sie etwas angestellt hatte! Gut, dass sie ihn nicht früher angerufen hatte, auf die Magen-Hüpfer konnte sie verzichten. »Ich helfe einem verschwundenen Nachbarn. Möglicherweise wurde bei ihm eingebrochen.«

»Möglicherweise?« Brändles hochgezogene Augenbrauen waren beinahe zu hören.

»Die Tür stand offen.«

Für einen Augenblick blieb die Leitung still, dann fragte Brändle: »Nachdem du sie geöffnet hast?«

»Natürlich nicht. Aber das ist völlig nebensächlich. Meine Nachbarin hat den Verdacht, dass …«

»Oh Gott, geht's um den verschwundenen Privatdozenten?« Brändle stöhnte.

»Dich hat die Hirschle auch schon kontaktiert?«

»Hat sich durchgefragt zu mir.«

»Ach.« Paula sah die Hirschle an. »Woher kannten Sie denn Brändles Namen?« Noch weigerte Paula sich, ihn vor ihren Mitmenschen »Jan« zu nennen. Das war irgendwie zu intim.

Die Hirschle zuckte mit den Schultern. »Hab nach dem Liebhaber der vorbestraften Bäckerin gefragt.«

Paula merkte, wie ihre Wangen heiß wurden. Sie räusperte sich. »Tut mir leid«, sagte sie mit belegter Stimme in den Hörer.

Aber Brändle lachte nur. Dann wurde er wieder ernst. »Wir haben letzte Woche schon Kirners Familie kontaktiert, aber da hat ihn niemand vermisst. Er sei mit seiner Freundin unterwegs. Wir haben das nicht mehr weiterverfolgt. Als erwachsener Mann kann er sich ja aufhalten, wo er will.«

»Und die Freundin?«

»Die haben wir nicht kontaktiert.« Brändle hatte diesen sarkastischen Tonfall drauf, den Paula gar nicht mochte.

»Ja, schon klar, ihr seid keine Babysitter, und Kirner

ist ein erwachsener Mann«, murmelte Paula. »Aber wer weiß, ob die Freundin nicht dahintersteckt?«

Julia nickte und flüsterte etwas von häuslichem Drama und Statistiken.

»Was hast du denn herausgefunden?«, fragte Brändle nun etwas aufmerksamer. »Und wieso wurde eingebrochen?«

»Die Tür stand einen Spalt offen, da haben wir nachgeschaut. Die Wohnung ist unordentlich.«

»Hm.« Paula hatte Brändles Wohnung zwar noch nicht gesehen, sie ging aber davon aus, dass er ähnlich dachte wie sie, was Ordnung anging, und nicht Timos Maßstäbe anlegte.

»Sein Koffer ist da, Zahnbürste und Kleidung auch. Ich gehe nicht davon aus, dass er im Urlaub ist.«

»Spuren von Gewaltanwendung?«

Am Türschloss, wollte Paula sagen, aber das war vielleicht nicht der beste Hinweis.

Nach einer kleinen Pause sagte Brändle: »Wenn ich einen Kaffee bekomme, kann ich ja mal ganz unverbindlich vorbeikommen und mir die Sache ansehen.«

»In einer Stunde?«, fragte Paula.

»Halbe.«

Halbe? Das würde ihr doch nie reichen, um zu duschen, Kaffee zu kochen und … Sie besah sich den abblätternden Nagellack, den sie neulich in einem Anflug von Langeweile aufgetragen hatte. Oh Gott, sie musste sich dringend umziehen.

»Okay, bis dann!« Sie legte auf und drehte sich zu ihren Mitstreitern. »Vielen Dank. Jetzt übernehmen die Profis. Für den Moment könnt ihr nach Hause gehen.«

»Ich sitz hier gerade so gemütlich«, antwortete Timo, der mittlerweile seinen Joint fertig gedreht hatte und nach einem Feuerzeug suchte.

»Bist du wahnsinnig? Die Polizei ist gleich hier!« Paula riss ihm die Zigarette aus der Hand.

»Die Polizei.« Julia grinste, dann scheuchte sie Timo auf. »Wir sollten Paula tatsächlich lieber ungestört mit … der Polizei … sprechen lassen. Kommen Sie, Frau Hirschle, den Tee trinken wir bei Ihnen.«

»Aber …«

Resolut schob Julia Timo mit der linken und die Hirschle mit der rechten Hand aus Paulas Wohnung. In der Tür drehte sie sich noch mal um. »Viel Spaß«, flüsterte sie und zwinkerte Paula zu. »Mit der Polizei.«

»Du willst doch bloß einer Befragung zum Zustand der Wohnungstür entgehen«, flüsterte Paula, spürte aber selbst, wie erneut Hitze in ihre Wangen gestiegen war.

Eine halbe Stunde später – das Umziehen hatte Paula geschafft, das Nägel-Lackieren nicht mehr, so musste sie ihre Finger mit dem abblätternden Nagellack einfach irgendwie … verstecken – klingelte es an ihrer Tür.

Sie atmete einmal tief durch, setzte ein Lächeln auf.

»Grüß Gott, Frau Schmidt.« Das Lächeln von Kriminalkommissarin Biessing wirkte genauso falsch, wie sich Paulas eigenes anfühlte.

»Du hast deine Kollegin mitgebracht, wie schön.« Paula funkelte Brändle an, der nicht einmal antwortete, sondern grinsend an ihr vorbei in die Küche ging.

Nun gut. Musste sie wenigstens nicht allein sein mit

ihm. Der gefiel ihr ohnehin nicht, das hatte sie ja immer schon gesagt.

»Kaffee?«, fragte sie betont freundlich und goss zunächst der Biessing, dann sich selbst ein. Wenn für Brändle nicht mehr genug übrig blieb, war das sein Problem.

Er setzte sich wie immer auf einen Küchenstuhl und ließ die langen Beine so im Raum stehen, dass Paula beinahe darüber stolperte. Sie warf ihm einen giftigen Blick zu.

»Wie sind Sie denn darauf aufmerksam geworden, dass Herr Kirner verschwunden ist?«, fragte die Biessing.

Paula erzählte von der alten Hirschle, und die kleine Kommissarin nickte wissend. Täuschte Paula sich oder blickte sie Brändle dabei komisch an?

»Dann wollen wir uns die Wohnung mal ansehen.« Brändle stand auf, die Kaffeetasse in der Hand. Nahm er die ganze Sache überhaupt ernst?

Im Grunde konnte Paula das egal sein, sie machte nur ihren Job. Sie führte die beiden in den Hausflur, in dem die Hirschle schon wartete. Julia hatte es offenbar nicht geschafft, sie zu einem Tee in ihrer Wohnung zu überreden – oder sie dort zu behalten. Wo Julia selbst war? Vermutlich war sie vor der Polizei geflohen, im Lügen war sie immer schon eine Katastrophe gewesen, und der kleine Wohnungsbruch hatte ihr wahrscheinlich ein ganz schön schlechtes Gewissen beschert.

»Ich wollte nur geschwind die Blumen gießen«, sagte die Hirschle. »Aber wo ich Sie schon hier treffe, wissen Sie, der Herr Kirner …« Damit führte die alte Nachbarin sie ununterbrochen quasselnd nach oben ins Dachgeschoss. »Ja, und da dachte ich mir, die Frau Schmidt ist ja Privatdetektivin und die hat sicher ihre eigenen Methoden, und ich wär ja sonst nie in die Wohnung vom Kirner ge…« Abrupt schlug sie sich die Hand vor den Mund.

Brändle drehte sich zu Paula um.

»Gefahr im Verzug.« Gut, dass Paula sich diese Ausrede schon vorher zurechtgelegt hatte.

»Gefahr? In einer leeren Wohnung?«

»Wir haben Rauch gerochen.« Zumindest im Lügen-ohne-rot-zu-Werden wurde Paula besser.

Die Hirschle nickte heftig, immerhin betrieb sie nun Schadensbegrenzung. »Da hätte doch Gott weiß was passieren können! Und wo wir den Kirner schon so lang nicht mehr gesehen haben!«

»Man kann nicht einfach, wie es einem passt, in fremde Wohnungen einsteigen!« Brändle fuhr sich durch die Haare. »Für Notfälle gibt es die Feuerwehr oder die Polizei. Für alles andere die Privatsphäre!«

Es war überraschenderweise die Biessing, die Paula zu Hilfe kam. Sie zog sich gerade Handschuhe über, um die Tür vorsichtig zu öffnen. »Wir verstehen, dass Sie nur Ihrem Nachbarn helfen wollten«, sagte sie, als sie über die Türschwelle ins Innere trat.

Die Hirschle nickte weiterhin heftig.

»Aber bitte versprechen Sie uns, dass das das letzte Mal war, dass Sie von Ihrer Kreditkarte in dieser Art und Weise Gebrauch gemacht haben.«

»Ganz sicher!« Dieses Versprechen konnte Paula leichten Herzens geben. Als würde sie eine Kreditkarte besitzen.

Brändle blickte sie misstrauisch an, aber dann zog auch er sich Einmalhandschuhe über, die die Biessing ihm reichte, und folgte seiner Kollegin in die Wohnung.

Vorsichtshalber blieb Paula draußen stehen, die Hirschle verrenkte sich beinahe den Kopf, um zu sehen, was die beiden Polizisten in der Wohnung so trieben.

Offenbar nicht viel. Denn einige Minuten später kamen sie wieder heraus.

»Das sieht nicht nach Einbruch aus. Abgesehen von der geöffneten Tür natürlich.« Brändle sah Paula an.

»Es gibt keinerlei Anhaltspunkte für einen Kampf, wir haben nichts Illegales gefunden.« Die Biessing zuckte mit den Schultern. »Und da es nicht einmal eine Vermisstenmeldung gibt, haben wir leider keine Handhabe.«

Deshalb hatte Brändle wohl die Biessing mitgebracht, als Überbringerin der schlechten Nachricht. Andererseits musste Paula gestehen, dass die Faktenlage tatsächlich etwas dünn war – im Prinzip bestand sie aus einer sehr neugierigen Nachbarin und dem Gefühl einer anderen Nachbarin, die zufällig Privatdetektivin war.

»Aber …«, begann Paula.

»Aber …«, unterbrach Brändle sie und berührte sie ganz leicht am Oberarm, als er an ihr vorbeiging. »Aber wir werden mal herumfragen. Kann ja nicht schaden.«

Die beiden Polizisten zogen ihre Handschuhe aus und machten sich auf den Weg die Treppe hinunter. Paula folgte ihnen bis zu ihrer eigenen Wohnung.

»Dann … bis dann …« Brändle zog entschuldigend die Augenbrauen zusammen, zumindest interpretierte Paula diesen Gesichtsausdruck so.

»Bis dann«, erwiderte Paula und nickte ihnen noch

einmal zu. *Und was ist mit unserem Kaffee? Unserem … privaten zweisamen Kaffee?*, wollte sie fragen, aber die Genugtuung würde sie der Biessing – und auch Brändle – nicht geben.

Sie hörte die Schritte der Polizisten im Treppenhaus verklingen und schloss die Wohnungstür hinter sich. Ganz umsonst chic gemacht. Gut, dass sie sich nicht die Fingernägel lackiert hatte.

»Wir werden mal herumfragen«, was das schon wieder heißen sollte. Also ein Bein ausreißen würden die sich nicht, das stand fest.

Und da Paula schließlich sowohl dem Auftrag als auch dem Fernseher zugestimmt hatte, beschloss sie, gleich morgen früh mit ihren eigenen Ermittlungen anzufangen.

2. KAPITEL

Doch bevor sie damit anfangen konnte, musste Paula sich am nächsten Morgen erst um andere Kundschaft kümmern. Sie hatte es sich noch nicht lange in ihrem Drehstuhl bequem oder besser gesagt unbequem gemacht – Timo hatte das alte Ding auf dem Flohmarkt gefunden, und sobald die Überweisung von Frau Niklas einging, schwor Paula sich, als Erstes einen Schreibtischstuhl zu kaufen –, da öffnete sich ihre Bürotür und eine hübsche Brünette kam herein. Paula legte ihr Smartphone zur Seite, auf dem sie nach Martin Kirner gegoogelt hatte, und richtete sich auf.

Sie schätzte ihre Besucherin auf etwa zwei, drei Jahre älter ein als sie selbst. Dagegen war die Dunkelhaarige weitaus eleganter gekleidet. Paula kam sich in ihren kurzen Jeans und dem T-Shirt regelrecht schäbig vor.

Ihre potenzielle Klientin setzte sich auf den Stuhl vor dem Schreibtisch, der kaum bequemer war als der Drehstuhl, aber schließlich saßen ihre Besucher ja nicht so lange wie Paula.

»Ich habe einen Auftrag für Sie«, sagte die Unbekannte, während sie dabei war, ihr Kleid zu ordnen, das sich wohl vom Hinsetzen zerknittert hatte.

Unsichtbar zerknittert, Paula konnte keine Falten bemerken. Weder am Kleid noch im Gesicht der Brünetten.

Sie war neidisch. Aber der Drehstuhl in ihrem Rücken drückte unangenehm, und ein paar Euro mehr konnten nicht schaden. Die Rechnung, die sie an Frau Niklas geschickt hatte, war nicht allzu üppig.

»Gern, um was geht es?« Paula setzte ein freundlich-seriöses Lächeln auf, das sie mit Julia ausgiebig geübt hatte. Dann suchte sie mit der einen Hand nach einem Kugelschreiber, den sie bei Meetings mit Klienten immer gern in der Hand hielt, weil das so schön professionell wirkte, und schlug den Notizblock auf.

»Ich möchte, dass Sie meinen Verlobten einem Treuetest unterziehen.«

Beschattung von verdächtigen Ehepartnern, das war – leider – Paulas Metier. Und bis auf die Beschattung nestflüchtiger Söhne auch ihre hauptsächliche Einnahmequelle.

»Natürlich. Observation wird nach Stunden abgerechnet, bei einem ganzen Abend, einer ganzen Nacht oder einem kompletten Tag gibt es eine Pauschale. Ich biete …«

»Observation?« Die Brünette runzelte ihre Stirn. Dann legte sie ihre manikürten Finger auf den Schreibtisch und Paula wurde sich ihres abblätternden Nagellacks wieder deutlich bewusst. »Da liegt ein kleines Missverständnis vor.«

Paula zog die Augenbrauen hoch.

»Sie sollen meinen Verlobten nicht observieren.« Die Brünette machte eine Pause, lächelte leicht und lehnte sich wieder zurück. »Sie sollen ihn verführen.«

»Äh …« Zu mehr war Paula für den Augenblick nicht in der Lage. Nachdem die Brünette aber nichts weiter sagte, sondern Paula nur fragend ansah, fuhr diese sich mit der Zungenspitze über die Lippen und suchte nach Worten. »Ich soll was?«, war schließlich das Einzige, was ihr einfiel.

Die Dunkelhaarige machte eine abwertende Kopfbewegung. »Andi und ich sind verlobt. Ich möchte einfach kein Risiko eingehen.«

Das Risiko, dass Andi in Wirklichkeit nicht auf offenbar reiche, gebildete und wunderschöne dunkelhaarige Frauen stand, sondern auf leicht abgehalfterte mittellose Blondinen ohne Studienabschluss und Maniküre?

»Es tut mir wirklich leid, aber ich bin Privatdetektivin, nicht …« – Paula brauchte einen Augenblick, um das passende Wort zu finden, unpassende fielen ihr haufenweise ein – »Treuetesterin.«

»Nun ja, Sie persönlich …« Die Brünette schnalzte mit der Zunge und bedachte Paulas Nagellack mit einem abschätzigen Blick. »Ich dachte, Sie hätten vielleicht eine Mitarbeiterin.«

»Nein, leider … also wenn, müssten Sie mit mir vorlie nehmen.«

»Sie werden schon gehen«, sagte die Brünette mit einem leichten Augenrollen, und Paula wollte protestieren, sie hatte doch ohnehin Nein gesagt, da zückte ihre Besucherin ein Portemonnaie und zählte fünf Scheine auf den Tisch. Fünf braune Scheine.

»250 Euro?« Paula verschränkte die Arme vor der Brust. *Timo hat mal neben einer Domina gewohnt. Sie machen sich keine Vorstellungen, was diese Damen so kassieren.*

»Anzahlung«, sagte die Brünette.

»Ich werde nicht mit Ihrem Freund schlafen, ich werde ihn nicht einmal küssen.« Das musste sie auf jeden Fall klarstellen, sie war Privatdetektivin und besuchte das Leonhardsviertel höchstens mal für einen Auftrag. »Aber ich biete Ihnen einen Kompromiss an.«

Die Besucherin sah Paula misstrauisch an.

»Ich werd ihm meine Nummer geben und schauen, ob er auf Sexting anspringt, okay?« Sexting, das Wort hatte Frau Niklas ihr beigebracht, die panische Angst davor hatte, dass ihr kleiner Leon Nacktbilder von sich per WhatsApp verschickte und somit erpressbar wurde. »Dafür kostet es Sie insgesamt nur 250. Ist das ein Angebot?« Fotos von unbekleideten Blondinen fanden sich genug im Internet, das konnte Paula risikofrei eingehen.

Die Brünette schürzte die Lippen, kniff die Augen zusammen und nickte schließlich.

»Und dann können Sie sich sogar noch überlegen, ihm zu verzeihen, weil es ja nur virtuell war«, ergänzte Paula, die nun wiederum Timo zitierte, nachdem er von seiner letzten Affäre aus ähnlichen Gründen verlassen worden war.

Die Brünette schnaubte, dann sagte sie: »Er geht am Freitag gern weg. Auf die Theo nicht mehr so häufig, vielleicht in die ›Schankstelle‹, aber ich sag Ihnen da noch genau Bescheid.«

»Schicken Sie mir bitte noch ein, zwei Bilder mehr von ihm.« Nicht dass Paula ihn verwechselte und mit einem völlig Unbeteiligten Nacktbilder tauschte.

Ihre Klientin nickte und schrieb Paula ihren Namen, Sandra Reinhard, ihre Adresse sowie eine Telefonnummer auf.

Die 250 Euro ließ sie auf dem Tisch liegen.

Bevor Paula sich an der Uni umhörte – vor elf brauchte sie da in den Semesterferien ganz sicher nicht aufzutauchen –, machte sie noch einen kleinen Abstecher zu Julia, die heute in der Bäckerei den Frühdienst versah und sich brennend für Paulas vorherigen Abend mit Brändle interessierte.

Da gab es ja nun leider nichts zu erzählen, aber immerhin konnte Paula mit der Treuetesterin punkten: Julia war angemessen entsetzt.

»Diversifikation!«, rief sie. »Raus aus dem zwielichtigen Milieu!«

Und vielleicht verstand Paula inzwischen, was sie meinte.

»Da kann ich ja froh sein, dass du damals nicht auf so eine Idee gekommen bist«, sagte Timo zu Paula, der irgendwann auf einen Kaffee hereinschlurfte. »Da wäre ich ja rettungslos verloren gewesen.«

»Ein Treuetest war bei dir nicht nötig, du bist ganz von selbst durchgefallen«, konterte Paula.

Timo zuckte nur mit den Schultern und schüttete sich ein weiteres Zuckerpäckchen in seinen Cappuccino.

»Wie auch immer. Das heißt, wir müssen am Freitag ausgehen.«

»In so 'nen Technoschuppen kriegst du mich nicht«, wehrte Timo ab.

Julia schaute so entgeistert, den Zusatz: »Mich kriegst du überhaupt nicht in einen Club«, hätte sie sich auch sparen können. Dass Julia nicht tanzen ging, wusste Paula. Im Stich gelassen von ihren beiden besten Freunden.

»Ihr könnt es euch ja überlegen. Ein Bier ist auf jeden Fall drin«, versprach Paula und setzte mit einem Blick auf Julia hinzu: »Eine Apfelschorle auch.«

Als keiner der beiden antwortete, schnappte sie sich ihre Handtasche und stand auf. »Die Uni ruft.«

Es war ein komisches Gefühl. Je näher Paula der Uni kam, desto mehr drückte es in ihrer Magengrube. Zu viel Kaffee? Sie weigerte sich, zu glauben, dass es etwas mit Angst zu tun hatte.

Nur weil sie ihr eigenes Studium abgebrochen hatte … abbrechen musste … Nein, sie war glücklich als Privatdetektivin. Auch der Noch-Job in der Bäckerei war okay, selbst mit der Marzahn, der missmutigen alten Kollegin, kam sie inzwischen klar. Und ohne den Job hätte sie niemals Julia kennengelernt, die mittlerweile ihre beste Freundin war.

Paula nickte und rückte die Handtasche auf der Schulter zurecht. Nein, Uni wäre ohnehin nichts für sie gewesen, das ganze Lernen, superlangweilig.

Martin Kirner war BWLer, genauer gesagt Privatdozent am Lehrstuhl für Internationale Wirtschaftsprüfung, der zum Institut der Internationalen BWL gehörte und sich in der Stadtmitte in einem Gebäude in der Schellingstraße befand. Als sie dort ankam, konnte sie beinahe schon wieder lachen. Wie hatten sie und Timo sich damals lustig gemacht über die BWL-Studenten in ihrem Wohnheim, die Jungs mit ihren Gelfrisuren, die Mädels mit den Perlenohrringen.

Martin Kirner hätte sie nicht als BWLer eingeschätzt. Wenn sie ihm im Treppenhaus begegnet war, hatte er meist alte Jeans oder Cordhosen getragen, darüber einen zerknitterten Parka. Und zum Friseur hätte er ruhig öfter gehen können.

Sie betrat das Gebäude, an dem – typisch Uni – mehrere abgerissene Plakate neben- und übereinanderhingen, und das insgesamt einen leicht schmuddeligen Eindruck machte. Vielleicht passte Kirner doch gut hierhin.

Paula folgte den Schildern zur Internationalen BWL, dann weiter zum Lehrstuhl für Internationale Wirtschaftsprüfung, was auch immer das war. Timo hätte sicher einige Schimpfworte zum Thema Kapitalismus parat gehabt.

In einem Gang begrüßten sie gleich mehrere verschlossene Türen, doch irgendwann stieß sie auf ein Sekretariat.

Eine junge Rothaarige tippte etwas in einen Computer.

Paula räusperte sich, die junge Frau sah nicht auf.

Paula klopfte an den Türrahmen, die Sekretärin reagierte immer noch nicht.

Paula räusperte sich erneut. »Entschuldigung.« Als die Rothaarige Paula weiterhin ignorierte, fuhr sie einfach fort: »Ich suche Martin Kirner.«

Eine weitere knappe Minute Schweigen folgte, dann endlich blickte die andere hoch. »Der ist im Urlaub.«

»Wissen Sie, wo er ist?«

Die Rothaarige zog die Augenbrauen hoch und wandte sich ihrem Computer zu.

»Haben Sie mit ihm gesprochen? Hat er vielleicht einen Urlaubsantrag eingereicht?«

Seufzend nahm die Sekretärin ihre Hände von der Tastatur. »Sind Sie eine Studentin?«

Paula schüttelte den Kopf. Bevor die andere sich wieder ihrem Computerbildschirm zuwenden konnte, schob sie schnell nach: »Ich bin Privatdetektivin.«

Das nun weckte das Interesse der Rothaarigen. Sie

drehte sich zu Paula um und sagte deutlich lebhafter als zuvor: »Ach was! Sie?«

Paula suchte nach ihrer Visitenkarte, die sie bei einer Online-Druckerei für 15 Euro hatte drucken lassen. Dafür war der Rand etwas unregelmäßig, aber irgendwas war ja immer.

Die Sekretärin nahm die Karte entgegen, drehte sie in ihrer Hand, dann folgte ein wahrer Redeschwall: »Der Kirner ist Privatdozent. Das bedeutet, er unterrichtet pro Semester zwei Seminare, das sind vier Stunden in der Woche. Dafür bekommt er nicht viel Geld, dafür muss er aber auch nicht viel arbeiten.« Das kannte Paula noch von ihren eigenen Zeiten als Studentin. Professoren verdienten viel, wissenschaftliche Mitarbeiter sehr wenig, hatten aber immerhin eine halbwegs feste Anstellung. Privatdozenten wurden auf freiberuflicher Basis bezahlt und konnten sich kaum etwas zu essen leisten, wenn sie nicht reich verheiratet waren oder geerbt hatten. In den Semesterferien wurde so jemand wohl eher nicht im Büro erwartet.

»Hatte er einen Nebenjob?«

»Nicht, dass ich wüsste. Allerdings kenne ich den Martin aber auch nicht so gut.« Die Sekretärin zuckte entschuldigend mit den Schultern. »Ich mache meine Arbeit hauptsächlich für Frau Professor Dörfler. Hin und wieder hab ich Martin mal bei etwas geholfen, natürlich auch seine Noten ins System eingetragen, aber über sein Privatleben kann ich kaum was sagen.« Sie stand auf. »Ich kann Ihnen gern sein Büro zeigen, wenn das hilft.«

Sie ging über den Flur und klopfte drei Türen weiter an. Das Schild dort lautete: »P. Hartmann, M. Kirner«.

»Er teilt sich das Büro mit Philipp. Philipp Hartmann«, sagte sie zur Erklärung. Doch niemand antwortete. »Es sind halt Semesterferien, da ist wirklich fast niemand hier.« Das vorwurfsvolle ›außer mir‹ brauchte sie nicht auszusprechen, das hörte Paula auch so. »Schon gar nicht die Privatdozenten oder Professoren. Manchmal die HiWis, die studentischen Hilfskräfte, um auf ihre Stunden zu kommen. Ein paar wissenschaftliche Mitarbeiter, die an ihren Doktorarbeiten schreiben. Oder sich beim Institutsleiter mit ihrem Engagement einschleimen wollen.«

»Ist der denn da?«

»Nein. Heute zumindest nicht. Ich hab nicht gesagt, dass es erfolgreiches Einschleimen ist.« Die Sekretärin zuckte mit den Schultern und öffnete die Bürotür.

Zwei Schreibtische gab es in dem engen Raum, auf denen jeweils ein Computer stand. Daneben lagen einige mit Ringbindungen versehene Dokumente herum, vermutlich Bachelor- oder Masterarbeiten. Nicht wirklich ordentlich, aber hier sah es auch nicht halb so chaotisch wie bei Paulas Lieblingsdozentin in Archäologie aus, das sie ebenfalls ganze zwei Semester durchgehalten hatte. Oder wie in Kirners Wohnung.

Geistesabwesend kratzte Paula sich an einer Stelle, an der sie wohl bei ihrer nächtlichen Observation von einer Mücke erwischt worden war.

»Der da gehört dem Martin.« Die Sekretärin deutete auf den Tisch rechts an der Wand, der zusätzlich noch eine Kaffeetasse mit darin stehendem Löffel aufwies.

»Darf ich mir den mal näher ansehen?«, fragte Paula und ging schon darauf zu.

Möglichst ohne etwas zu berühren – und wenn, dann

nur mit dem T-Shirt-Zipfel als Schutz –, suchte sie nach Informationen. Die Sekretärin sah ihr interessiert dabei zu, Paulas Ermittlungen schienen eine willkommene Abwechslung zu ihrem üblichen Job zu sein.

Leider war außer der Kaffeetasse, den drei Seminararbeiten, mit deren Titeln Paula rein gar nichts anfangen konnte, und diversen Stiften nichts zu finden. Ein Kalender hing hinter dem Schreibtisch an der Seite eines Bücherregals, doch darin gab es nur zwei Einträge: »Anfang WS« – Wintersemester – und »Anfang SS« – Sommersemester.

Paula zog nacheinander die drei Schreibtischschubladen auf. In der obersten, kleineren, fand sie ein paar Stifte, ein Radiergummi, zwei Textmarker und ein paar Büroklammern. In der mittleren war ein Packen weißes Papier gelagert und in der untersten herrschte Leere.

»Hm.« Das war ja nun alles andere als erfolgreich. Sollte sie den Computer einschalten?

»Vielleicht finden wir was auf seinem PC«, sagte die Rothaarige, die mittlerweile nur noch schwer stillstehen konnte. Sie schien immer mehr Gefallen an Paulas Suche zu finden. Oder war sie einfach nur zu neugierig? Vielleicht sollte Paula sie fragen, ob sie bei ihr ein Praktikum machen wollte. Sie könnte dann die Treue von Andi testen.

»Wie heißen Sie eigentlich?«, fragte Paula. Mitstreiterinnen nannte sie immer gern beim Namen. »Ich bin, wie gesagt, Paula.«

»Annette.« Vor Freude röteten sich ihre Wangen ein bisschen, als sie sich eine Haarsträhne hinters Ohr strich, in dem vier Ohrstecker glitzerten.

Doch die Aktion mit der Durchsuchung des PCs musste verschoben werden: Die Tür öffnete sich, und ein schlaksiger Mann Mitte 40 betrat das Büro. Das musste P. Hartmann sein, dessen Name auf dem Schild stand.

»Philipp!« Annette wurde gleich noch röter.

Aber der Neuankömmling beachtete sie kaum, er nickte nur kurz in ihre Richtung, dann warf er sich mit Schwung an den Schreibtisch, der Kirners gegenüberstand, und fuhr seinen PC hoch.

»Sie sind Martin Kirners Bürokollege?«, fragte Paula, obwohl das offensichtlich war. Aber Gespräche musste man harmlos anfangen, dem Zeugen eine Brücke bauen, so hatte es in dem YouTube-Tutorial eines Ex-Polizisten geheißen.

Hartmann schien unempfänglich für diese Methoden zu sein. »Wer soll ich sonst sein?«, fragte er zurück. »Mein Name steht ja sogar an der Tür.«

»Wissen Sie zufällig, ob Martin Kirner im Urlaub ist?«

Hartmann seufzte. »Jeder ist im Sommer im Urlaub. Wirklich jeder. Nur ich muss so blöde sein, unbedingt meine Habil fertigstellen zu wollen.«

Und die Sekretärin musste ebenfalls arbeiten, aber den Satz verkniff Paula sich, Annette himmelte diesen Hartmann förmlich an, wie sie mit leuchtenden Augen an seinen Lippen hing. Was Paula nicht so ganz verstehen konnte. Neben seiner viel zu dürren Figur zierten einige kahle Stellen Hartmanns Haupt, und die randlose Brille wirkte ebenfalls alles andere als sexy. Aber enge Zusammenarbeit, viel Nähe im täglichen Umgang und vielleicht noch eine höhere Position, da spielten die Hormone verrückt und die Menschen trieben es früher oder später auf dem Kopierer. Die Konstellation war Paula nicht nur einmal begegnet.

»Haben Sie mit Martin Kirner gesprochen?«

Jetzt schnaubte Hartmann. »Ich führe nicht Buch über seine Freizeitplanung.«

Das konnte sie ihm nicht vorwerfen, es wäre in diesem Fall aber hilfreich gewesen, dachte Paula. »Danke trotzdem«, sagte sie schließlich und verließ das Büro.

Annette zauderte noch ein wenig, aber als Hartmann seine komplette Aufmerksamkeit einem Dokument auf seinem Computer widmete, trottete auch sie aus dem Büro.

»Philipp ist einer der Fleißigsten hier am Institut«, sagte sie, nachdem sie die Tür geschlossen hatte.

»Scheint nett zu sein«, sagte Paula, nur um zu sehen, wie sich erneut Röte auf Annettes Wangen schlich. Bevor das Gespräch sich aber nur noch um den Kollegen drehte, kam Paula schnell auf Kirner zurück: »Sag mal, weißt du vielleicht, ob der Kirner Familie hat? Eine Freundin? Jemanden, den man fragen könnte?«

»Ja, hat die ihn denn nicht vermisst gemeldet? Du suchst ihn doch.«

Da Paula nicht von der alten Hirschle erzählen wollte und der mangelnden Kooperation von Brändle, zuckte sie mit den Schultern und antwortete: »Das ist ein bisschen komplizierter.«

»Ah.« Annette schien nicht ganz überzeugt zu sein, aber zurück im Sekretariat suchte sie nach etwas im Computer und schrieb Paula schließlich einen Namen und eine Telefonnummer auf. »Sophia Lemberger. Das ist möglicherweise Martins Freundin.«

»Möglicherweise?« Paula zog die Augenbrauen hoch.

»Manchmal ist sie's. Manchmal nicht. Das wechselt häufiger.«

»Verstehe.«

»Sie ist Doktorandin hier am Institut«, erklärte Annette weiter. »Aber diese Woche hab ich sie noch nicht gesehen.«

Vielleicht war Martin Kirner doch im Urlaub und seine Freundin begleitete ihn? Sie teilten sich einen Koffer, so als verliebtes Pärchen, und die Freundin hatte ihn gepackt? Paula fragte sich, was wirklich dahintersteckte, dass sie den noch dazu unbezahlten Auftrag der Hirschle angenommen hatte. Kirner war ein erwachsener Mann, der als BWL-Dozent sicher nicht in der organisierten Kriminalität tätig war – dann hätten Brändle und die Biessing Waffen oder zumindest Drogen bei ihm finden müssen, oder? –, weshalb es eigentlich absolut keinen Grund gab, bei seinem Verschwinden von Gefahr, Entführung, Mord und Totschlag auszugehen.

Andererseits … das Gefühl, das sie beim Betreten seiner Wohnung gehabt hatte, war immer noch da, auch wenn sie es mit Vernunftgründen nicht untermauern konnte. Die Frage war nur: Was wog schwerer? Ihr Gefühl oder die fehlenden Vernunftgründe?

Paula seufzte und rieb sich die Stirn. Bevor sie das Sekretariat verließ, bedankte sie sich bei Annette, die ihr mit leuchtenden Augen versicherte, sie könne jederzeit wiederkommen. Vielleicht wäre das mit dem Praktikum tatsächlich etwas für sie?

Im Flur stieß Paula beinahe mit Philipp Hartmann zusammen, der, einen Kaffeebecher in der Hand, offenbar auf dem Weg ins Sekretariat war. Sieh an, sieh an, dachte sie, schob aber alle weiteren Gedanken über den dürren Kerl und Annette auf dem Kopierer schnell zur

Seite. Darüber wollte sie nun wirklich nicht nachdenken.

»Sind Sie eine von Martins Studentinnen?«, fragte Hartmann. »Ich hab Sie hier noch nie gesehen.«

Paula lächelte und nickte. »Wir waren eigentlich verabredet, es ging um …« Annette würde ihm in spätestens zehn Minuten brühwarm von der Privatdetektivin erzählen, die am Institut nach Martin Kirner suchte, aber diese Gelegenheit, an ungefilterte Informationen zu kommen, konnte sie sich nicht entgehen lassen.

Hartmann winkte ab. »Sparen Sie sich lieber Ihr Geld.«

Geld? Jetzt horchte Paula auf. Geld war immer gut, Geld war immer ein Motiv. Kirner nahm von Studentinnen Geld? Er war korrupt? Doch bevor Paula noch mit einem Ausdruck der Entrüstung ihre Maske fallen ließ, riss sie sich zusammen. Natürlich ließ Kirner sich nicht bestechen, oder wenn, dann würde sein Bürokollege das nicht so nebenbei erwähnen.

Wahrscheinlicher war, dass … »Private Tutorien sind auch nicht billiger, und Herr Kirner ist eben der Fachmann.« Paula hoffte, dass sie ihre Augen groß und unschuldig genug öffnete, um Hartmann nicht misstrauisch zu machen.

»Es ist schon beinahe ironisch«, antwortete Hartmann, mehr wollte er einer Studentin anscheinend nicht offenbaren, denn er nickte nur kurz und machte sich daran, weiterzugehen.

»Sagen Sie«, Paula sah sich übertrieben auffällig um, »eine Frage habe ich noch.« Wenn sie sich an ihre eigenen Studienzeiten erinnerte, da hatte es Tutorien gegeben, natürlich, aber Privatunterricht direkt beim Dozenten war unüblich gewesen.

Hartmann blieb stehen.

»Ist das eigentlich legal?« Ihre Stimme war ein lautes, erschrockenes Flüstern, wie es sich für eine BWL-Studentin, die niemals etwas Illegales tun würde, gehörte. Oder zumindest, wie Paula sich eine BWL-Studentin vorstellte. Sie hatte dabei Julia im Kopf.

»Wollen Sie ihn anzeigen?«

Paula schüttelte den Kopf.

»Na, sehen Sie. Wissen Sie, so ein Privatdozent ist nicht angestellt. Ich meine«, Hartmann gestikulierte unbestimmt mit der Hand, die nicht die Kaffeetasse hielt, »irgendwie muss Martin sich ja über Wasser halten. Wissen Sie, was er für den Lehrauftrag hier bekommt?«

»Ungefähr so viel wie ich BaFöG?« Das war damals allerdings sehr wenig gewesen, trotz der günstigen Mietpreise im Studentenwohnheim, in dem sie das nach Cannabis riechende Zimmer neben Timo bekommen hatte.

»Ungefähr. Privatdozenten. Arme Schweine.« Durch sein Mitleid hindurch meinte Paula auch etwas Freude und Stolz zu hören, dass er selbst nicht dazugehörte. Da musste sie unbedingt noch nachhaken.

»Die Nachhilfe ist also mehr so eine Art Grauzone?«, versuchte sie aber zuerst Martin Kirners Nebenverdienst zu klären.

»Dafür bin ich nicht zuständig. Ich weiß das auch alles gar nicht so genau.« Vermutlich meinte er damit, dass er lieber nicht so genau hinsah, und Paula konnte es ihm nachfühlen. Sie wollte auch lieber keine Details zu Timos Aktivitäten wissen.

Er kniff seine Augen zusammen, offenbar wurde er langsam misstrauisch.

»Ich dachte nur, ob es nicht vielleicht doch besser wäre, eine Lerngruppe zu gründen.«

»Kommt drauf an, wovon Sie mehr besitzen: Verstand oder Geld.«

Es war eindeutig mehr Verstand, aber das hatte allein mit der Tatsache zu tun, dass ihr Kontostand derzeit nicht einmal einen zweistelligen Betrag aufwies.

»Ach, machen Sie sich keine Gedanken«, lenkte er anschließend versöhnlich ein. »Und Kirner hat das Geld, wie gesagt, bitter nötig.«

Das hatte sie geahnt, und sie fragte sich, ob diese Information wohl wichtig war.

»Sie haben also eine Stelle hier?«, wechselte Paula nun das Thema. Wenn Hartmann schon misstrauisch war, würde das die Sache sicher nicht besser machen. Andererseits: Mussten Studentinnen nicht neugierig sein?

»Tja nun.« Hartmann zuckte erneut mit den Schultern, ein kleines selbstzufriedenes Grinsen stahl sich auf seine Lippen. »Meine Habil macht deutlich mehr Fortschritte als die von Martin. Und da war ich einfach die bessere Wahl.«

Oha. Mit einem Mal war Paula hellwach. Sie nannte das, was früher immer nur eine seltsame Fixierung auf unwichtige Details gewesen war, nun ihren sechsten Sinn. Den Privatdetektivinnen-Sinn. Die bessere Wahl, fand Hartmann, war er. Wenn das nicht bedeutete, dass es Konkurrenzkämpfe gegeben hatte! Sie wollte gerade genauer nachfragen, da hob Hartmann seine Kaffeetasse. »Ich muss weiter«, sagte er. »Legen Sie Martin doch einfach einen Zettel auf den Schreibtisch.«

Paula nickte und verabschiedete sich. Den Zettel sparte sie sich, Hartmann würde ohnehin gleich erfahren, wer sie in Wirklichkeit war. Einen Augenblick lang überlegte sie, zu warten, bis Hartmann das Sekretariat wieder verließ, um anschließend mit Annette über mögliche karrierebedingte Animositäten zwischen Kirner und Hartmann zu sprechen, aber dann klingelte ihr Telefon. Brändle.

Sie verließ den Flur der Internationalen BWL und nahm den Anruf erst entgegen, als sie sich im Foyer des Gebäudes befand.

»Gibt's was Neues?«, fragte Paula statt einer Begrüßung. Er würde ja wohl wissen, wen er anrief. Sie stellte sich neben das Schwarze Brett.

»Über Martin Kirner?«, wollte er wissen.

Nein, über das Mondschaf. Paula rollte mit den Augen. »Natürlich über Martin Kirner.«

»Telefonisch ist er nicht erreichbar, ich habe es noch mal bei seinen Eltern probiert. Sie werden die nächsten 24 Stunden versuchen, ihn an den Apparat zu bekommen.«

Falls das klappte, war der Fall erledigt. »Wenn sie ihn nicht erreichen können?«

»Dann stellen sie morgen offiziell eine Vermisstenanzeige.«

»Bis dahin könnt ihr nichts tun?«

»Nichts. Und deshalb rufe ich an.«

»Damit ich schon aktiv werde?« Paula hatte einmal gelesen, dass die Polizei hin und wieder mit Privatdetektiven zusammenarbeitete. Auch wenn sie sämtlichen Neuverfilmungen von Sherlock Holmes nicht alles – oder eher fast nichts – glaubte, gab es offenbar tatsächlich Detektive mit einer einigermaßen offiziellen Lizenz.

»Nein. Ich dachte, wir könnten unseren Kaffee nachholen.«

Oh.

»Oder bist du … beschäftigt?«

»Nein.« Die Antwort war zu schnell gekommen, das musste Paula unbedingt retten. Nicht dass er noch auf die Idee kam, sie hätte nur auf diese Frage gewartet! »Natürlich habe ich generell sehr viel zu tun, so ist das nicht, viele Aufträge, viele Klienten. Aber unter Umständen könnte ich ein halbes Stündchen für dich freimachen.«

Brändle lachte, dann sagte er: »In einer Stunde im Café Planie?«

Das Café Planie war eines der größten Cafés in Stuttgart, sonntagsnachmittags heillos überfüllt, aber bei schönem Wetter konnte man wunderbar draußen sitzen. Auch wenn Paula selbst eher die kleineren Cafés bevorzugte.

»Das sollte sich einrichten lassen«, antwortete sie.

Brändle lachte. »Dann kannst du mir alles über deine vielen Fälle erzählen«, sagte er, und dann fügte er noch hinzu: »Bis gleich, ich freu mich.«

Lächelnd beendete Paula die Verbindung und blickte geistesabwesend auf das Schwarze Brett, an dem neben Jobangeboten und Stellengesuchen auch ein Werbeplakat für eine Party am Freitag hing. Eine BWL-Party, Paula konnte sich jetzt schon vorstellen, wie die aussah: Studentinnen mit Perlenohrringen, Studenten in pastellfarbenen kurzen Hosen und ebensolchen Poloshirts, und überall

Mokassins. Gut, Paula gab zu, sie hatte Vorurteile. Vielleicht sollte sie mehr mit Julia unternehmen als mit Timo, seine Meinung färbte ab.

Immer noch lächelnd machte sie sich auf den Weg in die Königstraße, wo sie vor der Verabredung mit Brändle im Müller nach einem neuen und neutraleren Notizbuch suchen wollte. Das BWL-Milieu an der Uni war zu seriös für Hanfblätter.

»Ein Treuetest?« Brändles Gesichtsausdruck schwankte zwischen Unglauben, Heiterkeit – und vielleicht ein bisschen Eifersucht?

Wahrscheinlich bildete sie sich das nur ein.

Sie saßen im Schatten unter einer Kastanie, den Karlsplatz im Rücken, und Paula rührte in ihrem Eiskaffee. »Für diese Sparte bin ich eine der Ausnahmetalente in Stuttgart«, erklärte sie. »Die Kollegen, weißt du, Klaus mit seinem Bierbauch und Jürgen mit seinen 65, da springen die jungen Verlobten von heute auch nicht sofort drauf an.«

Jetzt lachte Brändle laut. Seine dunklen Augen funkelten, und Paula sah schnell wieder weg. Die Augen waren gefährlich. Ziemlich gefährlich.

»Aber vor seriösen Gefahren rette ich natürlich auch«, erzählte Paula weiter. »Leon, der BWL-Student, säuft lieber mit seinen Freunden, statt über den Lehrwerken zu brüten. Was soll nur aus ihm werden? Er ist schon von einem ›sehr gut‹ auf ein ›gut plus‹ gerutscht.«

»Wie kommst du nur an diese Fälle?«, fragte Brändle.

»Sag nicht, bei euch stehen nicht auch täglich zehn Bekloppte auf der Matte.«

»Das stimmt allerdings.« Er lächelte Paula an. »Schön, dass es endlich mit einem Treffen geklappt hat.«

Etwas unbeholfen nickte sie. Polizist!, schrie etwas in ihrem Inneren. Aber so toll!, schrie etwas anderes.

»Nachdem das mit der Kommunikation zwischen uns beiden in letzter Zeit etwas schwierig war, dachte ich …« Brändle sah sie weiterhin an, und Paula war sich nicht sicher, ob er hypnotisieren konnte. Dann kroch auch noch seine Hand über den Tisch in Richtung ihrer eigenen, und jetzt war sie sicher, dass er sie in seinen Bann schlagen wollte, denn statt ihre Hand wegzuziehen, schob sich ihre auf einmal seiner entgegen.

Als ihre Finger sich berührten, klopfte ihr Herz schneller. Das musste der Eiskaffee sein, der war aber auch verdammt groß. Und sie hatte heute schon zwei Kaffee getrunken. Kein Wunder, dass das ganze Koffein sie … Rutschte Brändle jetzt auch insgesamt näher an sie heran? Bewegte sich sein Gesicht auf sie zu? Würde er, wollte er … Paula konnte nicht mehr atmen.

»Darf's noch was sein?«, fuhr in diesem Augenblick der Kellner dazwischen.

Erschrocken zuckte Paula zurück. Auch Brändle lehnte sich in seinem Stuhl nach hinten. Weder ihr Eiskaffee noch sein Cappuccino waren ansatzweise ausgetrunken. Hatte das sein müssen? Sie warf dem Kellner einen wütenden Blick zu. Das Trinkgeld war gestrichen. Durfte man aufdringlichen Störenfrieden ein Bein stellen?

Sie sah Brändle an, der sich nun damit beschäftigte, in seinem Cappuccino zu rühren.

Die romantische Stimmung war dahin. Paula strich sich eine Haarsträhne hinters Ohr, räusperte sich und sagte: »Ich habe übrigens etwas herausgefunden.« Peinliches Schweigen ertrug sie in Brändles Anwesenheit nicht, da redete sie lieber wieder über die Arbeit. »Ich glaube, Kirner und sein Bürokollege waren sich nicht ganz grün.«

Brändle schlürfte seinen Cappuccino. Er schien von der Erkenntnis nicht so begeistert zu sein.

»Kirner ist nur Privatdozent und hat kaum Geld.« Das erklärte im Übrigen auch, weshalb er in Paulas ohnehin schon günstigem Mietshaus in der billigsten Wohnung unter dem Dach lebte, wo sie so darüber nachdachte … »Hartmann, der Kollege, muss irgendwann in nicht allzu ferner Vergangenheit eine feste Stelle bekommen haben. Und offenbar ist Kirner ebenfalls im Rennen gewesen.« Paula lehnte sich zurück und breitete die Arme aus. »Voilà.«

Brändle zog die Augenbrauen zusammen. »Und weshalb soll das ein Grund sein, dass *Kirner* verschwindet? In dem Fall hätte er doch das Motiv, nämlich Hartmann um die Ecke zu bringen.«

»Vielleicht hatten sie Streit. Ti… äh, jemand«, verbesserte Paula sich, auf Timo war Brändle nicht allzu gut zu sprechen, »hat Kirner neulich vor der Haustür streiten sehen. Mit einem anderen Mann. Wer weiß, vielleicht haben sie sich so gestritten, dass Kirner schließlich Hartmann um die Ecke bringen wollte. Und das ging dann nach hinten los.« Paula sah die Szene vor sich: Kirner, der drei Tage nach dem Streit, den Timo beobachtet hatte, seinem verhassten Konkurrenten möglicherweise vor dessen Haustür auflauerte. Um ihm mit einem Baseballschläger den Schädel zu zertrümmern, ein Messer ins Herz oder mit der Pistole eine Kugel durch den Kopf zu jagen. Und dann ging irgendetwas ganz furchtbar schief …

Brändle verschränkte die Arme vor der Brust. Er sah sehr gelassen und viel zu selbstzufrieden aus. »Wir haben nicht einmal eine Vermisstenanzeige«, sagte er. »Meinst du nicht, deine Fantasie geht etwas mit dir durch?«

Paula musste an Sophia Lemberger denken, Kirners Freundin, die diese Woche ebenfalls noch nicht am Institut aufgetaucht war und vermutlich gemeinsam mit ihrem Freund am Strand von Palma Sangria trank. Trotzdem: Es ging ums Prinzip.

»Ich habe einen Auftrag bekommen und ich werde diesen Fall lösen.« Jetzt verschränkte sie selbst die Arme vor der Brust. Den Hinweis mit der On-off-Beziehung von Sophia Lemberger und Martin Kirner würde sie ihm nun nicht mehr geben, das hatte er davon.

»Solange du dabei keine Gesetze übertrittst.«

»Immer dieses Misstrauen.« Anscheinend war es nicht möglich, mit Brändle einen Kaffee zu trinken, ohne dass er Spitzen verteilte. »Wenn die Polizei ihre Bürger ernst nehmen würde, müsste ich den verschwundenen Kirner ja gar nicht suchen.« Sie legte sechs Euro auf den Tisch – in Stuttgart nahm man's ja von den Lebendigen! – und stand auf. »Und jetzt entschuldige mich. Ich muss eure Arbeit machen.«

Brändle richtete sich ebenfalls auf, und gerade als Paula hoch erhobenen Kopfes an ihm vorbeiwollte, hielt er sie sanft am Arm zurück. Und da waren sie wieder, seine schönen Augen, und jetzt war sie sich sicher, dass er sie hypnotisierte, denn wie von selbst bewegte sich Paulas Kopf auf seinen zu, und bevor sie auch nur über ihre

Handlung nachdenken konnte, hatte sie ihm einen Kuss gegeben.

Brändle küsste zurück.

Paulas Arme legten sich – genauso von selbst – um seinen Hals und sie öffnete leicht ihre Lippen, damit …

»Sie wollten zahlen?« Der Kellner tippte ihr auf die Schulter.

Zurück zur Uni war es nicht weit, und Paula hätte eigentlich einen längeren Fußmarsch gebraucht, um ihren Kopf freizubekommen. Es war nicht nur Brändle, der sie durcheinanderbrachte, auch wenn ihre Gefühle für den Kriminalkommissar durchaus als kompliziert zu bezeichnen waren. Ihr Herz klopfte immer noch doppelt so schnell, und das, obwohl der Kuss nun schon eine Viertelstunde her war. Sie hätte gern Feierabend gemacht, um mit Julia diese »Sache mit Brändle« zu bequatschen, oder sich wenigstens auf einen ihrer bezahlten Aufträge konzentriert.

Der Trotz in ihr war jedoch stärker: Brändle fand, es war Zeitverschwendung, Kirner zu suchen, also musste sie alles daransetzen, den Mann zu finden.

Bevor sie noch einmal mit Annette sprach – die Sekretärin würde etwas über das Verhältnis zwischen Hartmann und Kirner wissen, auch wenn sie mit Sicherheit Hartmann in besserem Licht darstellen würde –, wählte sie zunächst die Nummer, die Annette ihr vorher gegeben hatte. Nicht dass Brändle doch recht behielt, und Kirner gerade mit seiner Freundin Sophia Lemberger auf Mallorca in der Sonne lag.

Leider erreichte sie jedoch niemanden, die Lemberger

bloß sein?« Sie sah Paula an, als würde die ihr gleich die Erklärung liefern.

»Das untersuche ich derzeit.« Paula schenkte ihr ein Lächeln, von dem sie hoffte, dass es zuversichtlich wirkte. »Können Sie mir denn etwas über Herrn Kirner erzählen?«

Die Professorin fuhr sich durch die Haare, die sofort wieder in genau die gleiche akkurate Position zurückfielen. Ihr Friseur musste sündhaft teuer sein. »Ich kenne Martin gut, er war ja schon mein Doktorand, damals.«

»Darf ich Sie noch nach Ihrem Namen fragen?« Paula war sehr froh über ihre Entscheidung, im Müller ein neues Notizbuch gekauft zu haben, dieser Frau hätte sie nur ungern ein Hanfblatt präsentiert.

»Ach natürlich, entschuldigen Sie.« Etwas fahrig blickte die Frau auf, die Nachricht über Martin Kirners Verschwinden hatte sie sichtlich durcheinandergebracht. »Ich bin Andrea Dörfler, Professorin für Internationale Wirtschaftsprüfung. Nach seiner hervorragenden Dissertation wollte ich Martin unbedingt als Mitarbeiter an meinem Lehrstuhl haben.«

»Aber die Stelle hat doch Doktor Hartmann bekommen?«

Frau Professor Dörfler presste die Lippen zusammen, und Paula merkte auf. Jetzt wurde es interessant.

»Wenn es nach mir gegangen wäre, hätten wir Kirner angestellt. Aber Professor Stolten, unser Institutsleiter, war anderer Ansicht.«

Oha. Wenn das keine brisanten Informationen waren.

»Professor Stolten, ja, von dem habe ich gehört«, log Paula. »Ihr Verhältnis ist nicht das beste, richtig?« Das war nur ein Schuss ins Blaue, aber Professor Dörfler reagierte.

Brille mit dicker dunkelbrauner Fassung hing an einer goldenen Kette um ihren Hals. Jetzt griff sie danach und setzte sie unterhalb der Nasenwurzel auf.

»Entschuldigen Sie. Kriminalkommissarin Karotte«, wiederholte Paula, dann wühlte sie in ihrer Handtasche, »und irgendwo muss ich auch noch diesen Ausweis …«

Die Professorin winkte ab. »Ich verlege meinen Bibliotheksausweis auch jedes Mal. Gott sei Dank kennen sie mich mittlerweile gut genug und lassen mich meine Bücher auch mal so mitnehmen.« Sie zwinkerte Paula zu, dann schüttelte sie den Kopf, wie um sich selbst zurechtzuweisen, und sagte: »Aber Sie wollten zu Martin Kirner. Ich zeige Ihnen sein Büro.«

»Da war ich schon, und darum geht es im Grunde: Er ist verschwunden. Ich untersuche seinen Verbleib.« Paula hoffte inbrünstig, dass Martin Kirner wirklich verschwunden war. Wie der arme Mann nach einer Rückkehr aus dem Urlaub seiner Professorin erklären sollte, weshalb die Polizei nach ihm gesucht hatte? Weil seine verrückte Nachbarin ihn entführt oder ermordet wähnte?

»Kirner? Verschwunden? Das kann nicht sein.« Die Professorin legte ihre Papiere neben den Ordner und trat zwei Schritte auf Paula zu. »Ich habe ihn doch gerade … wann war das noch gleich …? Ach, es muss doch ein paar Tage her sein … Seit wann wird er denn vermisst?«

Wann war die Hirschle noch gleich zu ihr gekommen?

»Seit vorgestern. Die Eltern haben die Anzeige gestellt.« Jetzt kam es auf eine Flunkerei mehr oder weniger auch nicht mehr an.

»Ach herrje.« Die Frau ließ sich in Annettes Drehstuhl sinken. »Und zu denken … nein. Wo kann er denn war entweder im Urlaub oder ging aus anderen Gründen nicht ans Telefon.

»Frau Lemberger, mein Name ist Paula Schmidt, rufen Sie mich doch bitte zurück«, sprach Paula ihr auf die Mailbox-Ansage.

Dann betrat sie zum zweiten Mal an diesem Tag das Institut der Internationalen BWL.

Doch statt der rothaarigen Sekretärin traf Paula in deren Büro eine ältere Frau an. Sie trug ein dunkelblaues Kostüm, ihr brünetter Bob war akkurat geschnitten, ihre gesamte Pose strahlte eine höhere Position aus. Mindestens Professorin, das war Paula sofort klar. Mit einer Studentin würde die Frau sicher sprechen, ihr aber ganz bestimmt keine Interna verraten. Privatdetektivin Paula Schmidt gegenüber würde sie misstrauisch sein. Paula straffte kurz die Schultern, aber es blieb ihr nichts anderes übrig.

»Kriminalkommissarin Rike Karotte, ich suche Martin Kirner«, sagte sie also mit so viel Selbstverständlichkeit in der Stimme, wie sie aufbringen konnte, und ärgerte sich darüber, den gefälschten Dienstausweis der Polizei zu Hause gelassen zu haben. Auch wenn sie sich vorgenommen hatte, ihn nicht mehr so häufig zu benutzen, denn Brändle ließ in der Hinsicht nicht mit sich reden. Er hatte ihr sogar gedroht, sie festzunehmen. Aber da er an diesem Fall hier nicht interessiert war … Gleich nachher würde sie den Ausweis entstauben.

Die Professorin, die gerade an einem Regal einige Papiere in einen Ordner sortiert hatte, fuhr herum. »Ich habe Sie gar nicht kommen hören«, sagte sie, und Paula sah ihr an, dass sie einen Schreck bekommen hatte. Eine

Sie nestelte an der Kette ihrer Brille herum, ihre Augen fixierten einen Punkt irgendwo weit rechts von Paula. »Das kann man so nicht sagen. Eigentlich verstehen wir uns sogar sehr gut. Natürlich, wir hatten in der Vergangenheit unsere Differenzen, das ist richtig.«

Und warum wanderten Paulas Gedanken jetzt wieder in Richtung Affäre? Sie musste die Überwachung untreuer Ehepartner und -partnerinnen einschränken, das war nicht gut für den Glauben an die Liebe. Aber zurück zum Thema, es ging hier um Martin Kirner. »Aber eigentlich hatten Sie diese überwunden?«, erriet Paula, was Professor Dörfler ungesagt ließ.

Die Professorin nickte. »Ich war überzeugt davon, dass wir einer Meinung waren! Kirner ist brillant! Hartmann«, sie zuckte abfällig mit den Schultern, »Durchschnitt. Als dann plötzlich diese Entscheidung für Hartmann gefällt wurde, gegen meine Stimme, da war ich natürlich aufgebracht und habe mich übergangen gefühlt.« Sie nahm die Hände von ihrer Brillenkette und sah Paula in die Augen. »Aber was hat mein Verhältnis zu Stolten mit dem Verschwinden von Martin Kirner zu tun?«

Das fragte Paula sich zwar auch, aber sie rang sich ein Lächeln ab und den tröstenden Satz: »Alles kann wichtig sein, Frau Professorin.« Den Spruch kannten die Menschen aus Fernsehkrimis, da nahmen sie Paula die Kommissarin immer sofort ab.

»Kann ich Ihnen sonst irgendwie helfen? Oh, möchten Sie vielleicht einen Kaffee?« Die Professorin sprang auf und lief zur Arbeitsfläche links im Raum, auf der ein Kaffeevollautomat stand. »Irgendwie muss das Ding …« Professor Dörfler drückte auf ein paar Knöpfen herum.

»Ich weiß auch nicht genau, wie Annette das immer macht …«

»Danke, das ist sehr nett von Ihnen, aber ich hatte heute schon genug Kaffee auf dem Präsidium. Die Kollegen überleben ja nicht ohne.« Das war im Grunde nur halb gelogen, schließlich *hatte* sie mit einem Polizisten einen Kaffee getrunken. »Aber Sie könnten mir etwas über das Verhältnis zwischen Martin Kirner und Philipp Hartmann erzählen. Wusste Kirner eigentlich, dass Sie ihn bevorzugten?«

»Das war offensichtlich, ich …« Professor Dörfler schluckte. »Ich hatte ihm die Stelle so gut wie versprochen. Zu dem Zeitpunkt konnte ich ja nicht ahnen, dass …« Erneut nestelten ihre Hände an ihrer Brille herum, und Paula fragte sich, wie diese fahrige Person es schaffte, ihre Haare in solch einer Ordnung zu halten. »Kann ich Ihnen nicht doch etwas anbieten? Vielleicht ein Wasser? Bei der Hitze …«

Durst hatte Paula tatsächlich, der Eiskaffee war hauptsächlich süß gewesen. Und nachdem Professor Dörfler einige Zeit nach Gläsern gesucht und schließlich eines von Annettes Tisch gespült hatte, bekam Paula ihr Wasser.

»Sagen Sie. Diese Nachhilfestunden, die Martin Kirner …«

»Davon weiß ich nichts«, unterbrach Professor Dörfler etwas zu schnell, und Paula übersetzte es ähnlich wie bei Philipp Hartmann in: *Davon möchte ich nichts wissen.*

»Nur mal theoretisch«, hakte Paula nach. »Ist so etwas erlaubt? In der Schule ist das ziemlich eindeutig verboten.« Zumindest glaubte Paula, das mal gehört zu haben.

»Ach, das ist … Ja, im eigenen Fach könnte das vielleicht problematisch werden. Aber das ist ja auch überhaupt nicht der Fall, und wenn ich zum Beispiel einem Studenten privat Statistik erklären würde, also …«

»Grauzone.« Paula nickte wissend und fragte, ob sie einen Deal rausschlagen konnte: Julia würde bei der Idee von privater Statistik-Nachhilfe sicher Purzelbäume vor Freude schlagen.

Frau Professor Dörfler zuckte mit den Schultern und vermied es, Paula anzusehen.

»Ich weiß gar nicht, was ich Ihnen noch sagen kann«, sagte sie schließlich und setzte sich ihre Brille auf, vermutlich nur, um ihre Hände zu beschäftigen, die sie die ganze Zeit in Bewegung hielt. »Ich glaube nicht, dass Kirner Feinde hatte. Auch wenn Stolten letztlich über meinen Kopf hinweg … Aber auch er mochte Martin im Grunde, seine Doktorarbeit war wirklich genial, da konnte auch Stolten nicht … Ja. Mehr kann ich Ihnen auch gar nicht sagen über Martin. Ich weiß nichts über sein Privatleben.« Professor Dörfler ließ ihre Hände fallen und sah Paula etwas verloren an. »Wenn Sie noch Fragen zu seiner Dissertation haben … oder seinen Seminaren …?«

Um Himmels willen! Wenn es sich später als unverzichtbar erweisen würde, darüber Bescheid zu wissen, würde sie noch einmal mit Julia im Schlepptau herkommen. Aber für den Moment … Paula schüttelte den Kopf und verabschiedete sich schnell. Als sie sich im Flur noch einmal nach der Professorin umdrehte, nestelte die Dörfler schon wieder an ihrer Brille.

Paula lief zu Fuß zum Schlossplatz, um die Bahn zum Ostendplatz zu nehmen. Schon am Neckartor stieg sie jedoch wieder aus, sie brauchte Bewegung, musste nachdenken. Auch wenn es etwas zu heiß war, aber in der überfüllten Bahn konnte ihr Kopf nicht arbeiten.

Was könnte Kirner passiert sein? Dass er im Urlaub war, wollte sie schon lange nicht mehr glauben, unabhängig davon, was Brändle vermutete.

Jetzt blieben zwei Fragen:

War er freiwillig untergetaucht? (Und wenn ja, weshalb?)

Oder war er gewaltsam entführt worden? (Und wenn ja, weshalb?)

Diese Akademiker an der Uni führten einen ziemlichen Konkurrenzkampf miteinander, das hatte sich nicht nur durch die Aussagen Annettes und Frau Professor Dörflers bestätigt, das hatte Julia mal in der ZEIT gelesen. Angeblich wurden Kollegen ausgebootet, Arbeiten plagiiert, man schmückte sich anscheinend gern mit fremden Federn. Aber unter einen fremden Artikel den eigenen Namen zu setzen, war doch noch etwas anderes, als den ungeliebten Konkurrenten in einen Keller einzusperren, damit er seine neuesten Forschungsergebnisse verriet? Oder?

Paulas Zunge klebte ihr mittlerweile am Gaumen, die blonden Haarsträhnen an den Schläfen. Sie brauchte dringend mehr Flüssigkeit. Und etwas zu essen.

Glücklicherweise war sie schon in der Haußmannstraße und nicht mehr weit von der Bäckerei entfernt.

»Julia, ich verdurste«, stöhnte Paula noch im Eingang. »Ein großes, nein, ein riesiges Glas Leitungswasser, bitte.« Sie ließ sich auf einen der kleinen Tische fallen. »Und dann brauch ich Zucker. Einen Amerikaner mit viel Glasur.«

Das Wasser trank sie gierig zur Hälfte aus, bevor sie sich über das Gebäck hermachte.

Julia bediente Kunden, wischte die Ablagen ab und füllte Milch in der Kaffeemaschine nach. Ihr Herumwuseln ließ Paula aus irgendeinem Grund melancholisch werden.

»Hast du dir nie gewünscht, studieren zu können?«, fragte sie ihre Freundin. Sie pickte gerade die letzten Krümel des Amerikaners von ihrem Teller auf.

»Nach allem, was ich von dir und Timo mitbekommen hab, waren Sodom und Gomorrha nichts gegen euer Studentenwohnheim.«

Paula lachte. »Also nein?«

Julia legte den Lappen zur Seite, kam hinter der Theke hervor und setzte sich neben Paula an den Tisch. »Ich habe da nie so drüber nachgedacht. Es hat sich eben nicht ergeben.« Julia war das Kind reicher Eltern – sehr reicher Eltern! –, die sich an der Börse verspekuliert und während der Finanzkrise alles verloren hatten. Nach allem, was Julia so erzählte, hatte ihr der Umzug von 500 Quadratmeter in 50 nicht viel ausgemacht. Dennoch …

»Ich frage mich manchmal, was gewesen wäre, wenn …«, sagte Paula. »Wenn deine Eltern nicht ihr Geld verloren hätten. Wenn meine sich nicht hätten scheiden lassen …« Die Nachricht hatten sie ihr kurz nach dem Abitur überbracht. Paula war gerade dabei gewesen, ihr aufregendes neues Leben als Erwachsene in Stuttgart zu planen, da waren sie mit dieser Überraschung angekommen. Mit diesem Schock.

Paula hatte sich in Partys gestürzt, Timo kennengelernt und irgendwie hatte ein Studienfachwechsel zum nächsten und irgendwann zum Abbruch geführt.

»Wenn …«, sinnierte Paula weiter. »Dann wäre ich jetzt MA oder, wer weiß, Frau Doktor und würde …«

»Keine Kriminalfälle lösen«, warf Julia ein.

»Möglicherweise auch untreue Verlobte testen.« Paula verzog die Nase. »Aber wer weiß, vielleicht wäre ich ja jetzt studierte Privatdetektivin!«

»Du kannst alles, was du wissen willst, nachlesen«, sagte Julia, lief hinter die Theke und hielt ihr buntes Marketingkonzept hoch. »Alles Informationen aus dem Internet sowie Fachbüchern aus der Stadtbibliothek. Oh, und in der Unibibliothek war ich auch noch, dort hab ich …«

Zum Glück wurde Paula durch das Bimmeln der Ladentür vom Marketingkonzept abgelenkt. Ihr schlechtes Gewissen, dass sie das immer noch nicht gelesen hatte, hielt sich in Grenzen, war sie doch mit einem neuen Fall beschäftigt. Aber sie fürchtete, Julia würde ihr sämtliche Ideen einfach als Vortrag halten.

»Was gibt's Neues?« Timo rieb sich über die leicht rötlichen Augen und gähnte herzhaft. »Und kann ich einen Kaffee?« Dann ließ er sich auf den Stuhl Paula gegenüber fallen.

»Ich war an der Uni«, informierte sie ihn.

»Oh Gott.«

»Dir hat der Rauswurf überhaupt nichts ausgemacht, oder?« Wie schon neulich Abend wurde Paula selbst von ihrer Aggressivität überrascht.

»Haben mich meine Eltern wenigstens nicht weiter genervt.« Er schien ihren Ausbruch überhaupt nicht bemerkt zu haben, dafür sorgte vermutlich genügend THC in seinem Blut.

»Sterben Mücken eigentlich, wenn sie dein Blut trinken?«, fragte Paula und kratzte sich an einem ihrer Mückenstiche, die sie sich während der nächtlichen Garten-Überwachung von Leon, dem faulen Studenten, zugezogen hatte.

»Ich bin der Rächer der Insektengeplagten.« Timo blinzelte sie an. »Häh, was?«

»Schon gut. Ich war also an der Uni«, nahm Paula den Faden wieder auf und erzählte ihm von der Konkurrenzsituation zwischen Hartmann und Kirner. »Kirner muss Hartmann gehasst haben. Gehasst«, beendete sie ihre Ausführungen.

»Das perfekte Motiv!«, rief Julia aufgeregt und kam mit Timos Kaffee an den Tisch.

»Häh, was?«

»Trink erstmal deinen Cappuccino.« Paula wandte sich Julia zu. »Das Problem ist: Das wäre das perfekte Motiv für Kirner, Hartmann umzubringen. Schließlich hat der ihm den Job vor der Nase weggeschnappt. Aber umgekehrt?« Sie musste ja nicht erwähnen, dass diese Überlegung von Brändle stammte.

»Vielleicht wollte Kirner das, und irgendwas ist grauenhaft schiefgelaufen«, sagte Timo düster.

Es machte Paula Sorgen, dass ihr eigener Gedankengang vorher so ziemlich genau der gleiche gewesen war wie der eines Wasserpfeifen-Verkäufers mit zu wenig Koffein und zu viel Cannabis im Blut.

»Oder …« Der Kaffee schien zu wirken, Timos Augen waren nun zur Gänze geöffnet und seine Bewegungen nahmen wieder menschliches Tempo statt dessen einer Schildkröte an. »Michael Douglas.« Er nickte bedeutungsvoll.

Deutlich zu viel Cannabis, deutlich. Vielleicht sollte sie mal mit seinem Angestellten Carsten reden, dass der das Gras wegsperrte.

»›Falling Down‹? Kennt ihr nicht?«, rief Timo.

Julia und Paula schüttelten die Köpfe.

»Untertitel: Ein ganz normaler Tag. Ein ganz normaler Scheißtag. Er verliert seinen Job, bleibt im Stau stecken und heeeey, ihr wisst alle, wie oft *das* in Stuttgart passiert! Und dann dreht er durch. Läuft Amok. Will alle umbringen.«

»Du meinst, Kirner läuft Amok?«, fragte Julia interessiert.

»Diese Typen tauchen nicht unter, bevor sie Amok laufen«, sagte Paula.

Aber auch darauf hatte Timo eine Antwort: »Vielleicht plant er den großen Coup.« Er senkte die Stimme. »Kein spontanes Durchdrehen wie bei Michael Douglas, sondern ein sorgfältig ausgeführter Plan. In Deutschland kommt man ja jetzt auch nicht so schnell an Waffen wie in den USA, das muss man auch bedenken. Aber dann …«

»So mit einem Gewehr in die Uni, wie der aus Winnenden damals?« Julia schlug sich die Hand vor den Mund. Sie schien Timos Idee weiterzuspinnen. Aber Julia vermutete ja auch hinter jedem Ladendiebstahl die Mafia. Timo hätte ihr nicht alle drei Teile des ›Paten‹ ausleihen sollen.

»Oder TNT. Er sprengt gleich die ganze Uni in die Luft. Deshalb auch das Untertauchen. Eine Bombe zu bauen, war ihm zu Hause zu gefährlich. Bei der ständigen Überwachung durch die Hirschle …«

»Und was hattest du über Kirner gesagt: Er war zurückgezogen? Blieb für sich? Das sagen die Nachbarn anschließend immer.« Julia legte die Arme um sich und schauderte.

»Ach, kommt!« Wenn Paulas Fantasie vorher möglicherweise mit ihr durchgegangen war, an einen Amoklauf glaubte sie nun wirklich nicht. »Das ist ein Privatdozent, der trägt wahrscheinlich Sakkos mit Cordpatches am Ellenbogen.«

»Da kannst du mal sehen, was diese kapitalistische Leistungsgesellschaft aus den Menschen macht«, sinnierte Timo ernst. »Ich bring dir später den Film vorbei.«

»Ich hab da im Internet Sachen gelesen«, flüsterte Julia, »über das Darknet, da kannst du alles kaufen, was du willst. Alles. Da kommt der Kirner ganz leicht an Waffen.«

Paula seufzte. Mit ihren beiden Mitstreitern war heute nicht viel anzufangen. »Wir können uns den Film ja mal ansehen«, sagte sie. Die Alternative war eine Treuetest-Übung oder ein weiterer Abend im Garten einer Studentenverbindung. Amoklauf klang gar nicht so schlecht. »Und vorher Döner bei Gökhan?«

Erfolgreich vom Thema abgelenkt. Julias Augen leuchteten auf, Timos ebenfalls, wenn auch aus anderen Gründen. War es bei Julia ihre Schwärmerei für den unglaublich gut aussehenden Wirt, war es bei Timo die Liebe zu Döner und vermutlich eine Heißhungerattacke nach dem Marihuana-Konsum.

Nachdem Julia mit Paulas Hilfe aufgeräumt und den Laden abgeschlossen hatte – Timo hatte sich währenddessen entschuldigt, er müsse dringend den Film holen, später wäre es … zu spät –, standen sie zu dritt bei Gökhan und warteten auf die bestellten Döner.

»Zum Mitnehmen heute?«, fragte Gökhan, während er die Fladenbrote im Grill erwärmte.

Paula nickte, Julia sah unglücklich aus.

»Sonst esst ihr doch immer hier.«

Paula nickte, Julia sah immer noch unglücklich aus.

»Recherche«, erklärte Timo und reckte die gebrannte DVD in die Höhe. »›Falling Down‹.«

»Mit Michael Douglas?« Gökhan trocknete sich die Finger an seiner Schürze ab, nahm die DVD entgegen, da dort aber nichts weiter draufstand als »Falling Down«, gab er sie gleich wieder zurück.

»Paula hat einen Fall, bei dem es …«

»Ein Amoklauf?«, unterbrach Gökhan ihn mit großen Augen.

»Schwer zu sagen. Aber möglich.« Bedächtig wiegte Timo seinen Kopf hin und her. »Sagen wir mal so: Halt dich in den nächsten Tagen besser von der Uni fern.«

»Timo!«, stöhnte Paula, dann wandte sie sich an den Dönerwirt: »Die Fantasie geht mit ihm durch. Aber schaden kann's ja nicht, alle Optionen durchzuspielen.« Außerdem konnte sie den Filmabend ihrem Bewährungshelfer gegenüber als offizielle Arbeitszeit ausgeben, dafür würde sie auch die haarsträubendsten Theorien in Kauf nehmen.

»Wow.« Gökhan sah beeindruckt aus.

Julia immer noch sehr unglücklich.

»Hey.« Paula kam eine Idee. »Hast du Lust, mitzugucken?«

»Was?« Julia riss die Augen auf. Hektisch zupfte sie Paula am Ärmel. Sie sah nicht mehr unglücklich aus. Eher panisch.

Paula verbuchte das als Verbesserung.

»Muss leider arbeiten«, antwortete Gökhan, aber das Bedauern in seiner Stimme war nicht zu überhören. Und hatte Paula da einen winzigen Seitenblick zu Julia registriert? Die hielt ihre Hände zu Fäusten geballt und atmete etwas zu hektisch.

»Geht ja nicht, den Laden zuzumachen.« Timo kratzte sich unter seinen Dreadlocks. »Grundversorgung muss gesichert sein. Feuerwehr, Krankenhäuser, Döner. Polizei, die könnten mal freimachen, die würde keiner vermissen«, überlegte er weiter.

Gökhan reichte Paula die in Alufolie eingewickelten und in eine Plastiktüte verpackten Döner über die Theke. Stirnrunzelnd zählte sie das Geld aus ihrem Portemonnaie. Wieso zahlte eigentlich immer sie? Sie drehte sich zu ihren Freunden. Julia starrte unverwandt Gökhan an, sie schien in eine Art Schockstarre verfallen zu sein. Timo gähnte.

Paula seufzte und legte das Geld auf den Tresen. »Vielleicht ein andermal.«

»Vielleicht ein andermal.« Gökhan lächelte, sodass Paula Julia beinahe aus dem Laden tragen musste.

»Der Gökhan«, sagte Timo, als sie draußen am Ostendplatz standen, »der ist echt in Ordnung. Der wär doch was für dich, Julia.« Er drehte sich zu Julia um. »Wie findste denn den?«

In ihrer Wohnung fläzte Timo sich direkt auf die Couch, während Paula drei Flaschen Bier aus dem Kühlschrank holte – sie war endlich zum Einkaufen gekommen – und Julia nach Servietten suchte. Kurz vor Paulas Haustür hatte sich ihr Herzschlag angefangen zu beruhigen, und jetzt war auch ihre Gesichtsfarbe beinahe normal. Gleichzeitig setzte ihre Gehirnfunktion wieder ein.

»Das wäre so krass, wenn du jetzt den Fernseher vom Kirner hättest.« Timo machte mit dem rechten Arm eine ausladende Geste. »Paula, wenn der dich stattdessen in Euro bezahlt, musst du dir unbedingt so ein Ding kaufen.«

»Als Erstes brauch ich einen neuen Schreibtischstuhl.«

»Da finde ich dir noch drei auf dem Sperrmüll, aber einen Fernseher kriegst du da nicht.«

»Du sitzt auf einem Schreibtischstuhl vom Sperrmüll?« Julia setzte sich auf die Couch und zückte ihr Smartphone.

»Ich dachte, der wäre vom Flohmarkt?«, fragte Paula.

»Kampf dem Kapitalismus.« Timo reckte die Faust in die Höhe.

»Weißt du, was ich mich immer frage?« Paula stützte die Hände in die Hüften. »Du hast einen Laden. Du bist Geschäftsinhaber. Das ist Kapitalismus pur.«

»Ich zersetze das System von innen. Außerdem verkaufe ich antikapitalistische Sticker.«

»Und Drogen«, sagte Julia und hielt sich schnell die Hand vor den Mund.

Aber Timo zuckte nur mit den Schultern. »Die mag der Kapitalismus auch nicht. Bis auf Bier. Das ist ein Kompromiss, den ich eingehen kann.« Er schnappte sich eine der Bierflaschen, die neben der Couch auf dem Boden standen.

Über diese Rechtfertigung dachte Paula lieber nicht weiter nach. Kopfschüttelnd holte sie ihren Laptop, stellte ihn auf den Fernsehtisch vor der Couch und richtete ihn so aus, dass sie möglichst alle drei gut sehen konnten. Dann quetschte sie sich zwischen ihre beiden Freunde.

Timo schob die DVD ein, und während der Vorspann lief, packten sie ihre Döner aus.

»Ich habe das übrigens mal nachgeschaut.« Julia deutete auf ihr Smartphone. »Dieser Amoklauf in Winnenden 2009. Von den 15 Menschen, die er getötet hat, sind einige gestorben, als er auf der Flucht um sich geschossen hat. Aber in der Schule … da hat er acht Schülerinnen getötet, neun verletzt. Eine Lehrerin getötet, eine verletzt. Und einen Schüler.«

»Echt? Er hatte es auf Mädchen und Frauen abgesehen?« Die Information war neu für Paula.

»Manche Männer kann man einfach nicht verstehen.« Timo schüttelte entsetzt den Kopf.

»Es gab Anfang des 20. Jahrhunderts schon mal einen Amoklauf hier im Ländle«, erzählte Julia weiter. »1913 in Mühlhausen an der Enz. Da hatte ein Stuttgarter Lehrer einige Zeit gearbeitet und dort Häuser angezündet und Menschen erschossen, der hatte es übrigens auf Männer abgesehen.« Julia schluckte. »Vorher hat er seine Frau und seine vier Kinder in Degerloch umgebracht. Sie sollten seine Tat nicht mitbekommen. Anschließend hat er noch das Schloss Ludwigsburg anzünden wollen, aber dazu ist es nicht mehr gekommen.«

»Krieg den Palästen«, sagte Timo düster und schüttelte den Kopf. »Dass die Leute auch 1913 schon ihre Arbeit so gehasst haben …Gut, war ja auch kein Sozialismus damals. Aber die ganze Familie …«

»›Erweiterter Suizid‹ heißt das in der Fachsprache«, klärte Julia ihn auf.

Paula dachte an Sophia Lemberger, die diese Woche nicht an der Uni gewesen war und die sie bisher nicht erreicht hatte. Sie legte ihren Döner zur Seite. Während sie erneut versuchte, bei ihr anzurufen, hörte sie mit halbem Ohr dem Gespräch zwischen Julia und Timo zu.

»Wagner hieß der Lehrer übrigens«, las Julia weiter vor, »und Hermann Hesse hat das in einer Geschichte verarbeitet.«

»Hesse«, nuschelte Timo anerkennend mit vollem Mund. Der einzige Schriftsteller, den er je freiwillig gelesen hatte, und auch nur, weil die ›heißen alternativen Schnecken‹ (Zitat Timo) den so liebten.

Wieder sprang die Mailbox an. Wo steckte diese Lemberger? »Frau Lemberger, Schmidt noch einmal, würden Sie mich bitte zurückrufen, es ist sehr dringend. Vielen Dank«, brachte Paula hervor, bevor sie den Anruf unterbrach und wütend auf ihr Smartphone starrte. Da trug schon jeder so ein Ding mit sich herum und dann ging man nie ans Telefon.

»Den Rest seines Lebens hat Wagner in einer Heilanstalt in Winnenden verbracht«, sagte Julia in diesem Moment.

»In Winnenden?«, wiederholte Timo und riss die Augen auf. »Das kann kein Zufall sein. Da hat sich irgendwas übertragen, da war sein Geist … da war irgendwas im Wasser.«

»Fluor?«, fragte Paula sarkastisch.

»Für Verschwörungstheorien bin ich empfänglich.« Timo nickte ernst.

Das war doch alles Quatsch! »Vielleicht hat ja wirklich jemand Kirner entführt«, sagte Paula schnell, bevor er noch mehr Schwachsinn verzapfte. »Das war doch dein erster Gedanke, oder, Julia?« Und Sophia Lemberger war vielleicht allein im Urlaub. Sicher gab es einen ganz banalen Grund, weshalb sie nicht zu erreichen war.

»Abgehauen wegen Schulden«, antwortete Timo stattdessen. »Oder vor der Mafia.« Er nickte in Julias Richtung. »Michael Douglas hat mal einen Yakuza-Film gemacht. Oh! Oder seine Geliebte hat ihn umgebracht! ›Eine verhängnisvolle Affäre‹, einer seiner besten Filme!«

»Der Schauspieler für alle Lebenslagen«, murmelte Paula.

Dann ließ sie sich rückwärts in die weichen Polster sinken und versuchte, sich auf den cholerischen Douglas zu konzentrieren. So etwas passierte nur im Film.

Paula konnte nicht verhindern, dass sie Albträume hatte und mitten in der Nacht schweißgebadet aufwachte. Ein Amoklauf! Das konnte doch niemand glauben, das war doch nur Timos überspannter Fantasie zu verdanken und Julia, die bei Verbrechen immer gleich ans Schlimmste glaubte. Aber woher sollte Kirner sich Waffen besorgen? Das Darknet war für einen harmlosen Unidozenten auch keine zweite Heimat! Außerdem blieb noch Paulas Gefühl, dass jemand in der Wohnung gewesen war. Oder hatte sie sich da getäuscht? Es war nur ein Gefühl gewesen, dass Brändle und die Biessing auch nicht bestätigt hatten, dennoch …

Paula stellte sich ans offene Fenster. Es musste an der Hitze liegen, dass sie überhaupt einen Gedanken an diese irren Ideen verschwendete. Was sollte sie denn jetzt tun? Brändle anrufen? Der würde sie für verrückt erklären.

Aber gar nichts unternehmen …? Sie wählte noch einmal Sophia Lembergers Nummer, doch auch diesmal sprang nur die Mailbox an. Kein Wunder, mitten in der Nacht. Sie suchte bei Google nach einer Adresse, aber offenbar war die Lemberger nicht im Telefonbuch gemeldet. Es wäre ja auch zu einfach gewesen. Paula seufzte und rieb sich die Stirn. Unten auf der Straße grölte ein Betrunkener. Sie sah auf die Uhr, es war halb fünf – und immer noch viel zu warm. Ihre Gedanken drehten sich im Kreis. Sie legte sich wieder hin, aber es dauerte lange, bis sie noch einmal einschlief.

3. KAPITEL

Um sieben klingelte der Wecker und riss Paula aus einem wenig erholsamen Schlaf. In die Bäckerei musste sie heute früh zwar nicht, aber Frau Niklas hatte um ein persönliches Treffen gebeten, vor der Arbeit. Also vor ihrer, Frau Niklas' Arbeit, und das bedeutete, dass Paula um halb acht im Büro sein musste.

Im Vergleich zum Frühdienst in der Bäckerei konnte man das schon »ausschlafen« nennen, aber die Tatsache, dass man als Privatdetektivin hauptsächlich abends oder sogar nachts arbeitete, war kein unwesentlicher Grund, weshalb Paula ihren neuen Beruf so liebte.

Irgendwann hatte sie sich aus dem Bettbezug, unter dem sie bei der Hitze ohne Decke schlief, geschält und griff nach ihrem Smartphone auf dem Nachttisch, um den Wecker auszustellen. Drei verpasste Anrufe von Brändle. Um sechs, halb sieben und um Viertel vor sieben. Sie runzelte die Stirn. Es schien wichtig zu sein.

Sie schlurfte ins Bad, quetschte Zahnpasta aus der Tube auf ihre Zahnbürste, legte das Handy auf die Ablage unter dem Spiegel und rief Brändle zurück. Während es klingelte, gähnte sie herzhaft, dann schloss sie die Augen und begann im Zeitlupentempo mit der Zahnpflege. Man musste es ja nicht übertreiben. In der Verbindung knackte es, dann sagte Brändle: »Wir haben einen Toten.«

Mit einem Schlag war Paula hellwach. Sie spuckte die Zahnpasta aus und krächzte: »Etwa Martin Kirner?« Weshalb sonst sollte Brändle sie anrufen?

»Sicher können wir es erst nach der Identifizierung sagen. Aber es sieht ganz danach aus. Männlich, um die 40, dunkle halblange Haare.«

Das klang nach ihrem Nachbarn. »Was hat er an?« Ein Sakko mit Lederpatches an den Ellenbogen und es bräuchte keine Identifizierung mehr.

»Ein braun kariertes Sakko und Jeans.«

Bingo.

»Ich bin gleich bei euch. Wo ist der Tote?«

»Schon längst in der Gerichtsmedizin. Der frühe Vogel fängt den Wurm.«

»Dann komm ich dahin.«

»Paula.« Brändle klang erstaunlicherweise nicht warnend. Eher besorgt. »Tu dir das nicht an.«

Was stellte der sich wieder so an, sie hatte schon viele Tote gesehen. Gut, hauptsächlich mit viel Kunstblut sonntagsabends in der ARD: Seitdem sie ihr Büro eröffnet hatte, war der ›Tatort‹ zu ihrer Lieblingsfernsehsendung geworden. Zitate daraus hatten ihr schon die Bewunderung so mancher Klienten eingebracht und einige Zeugen zu einer Aussage animiert. Außerdem war Kirner ihr Fall, sie hatte seine Wohnung betreten, sein Büro durchsucht, mit seinen Kollegen gesprochen. Sie hatte sich Sorgen gemacht um ihn und seine Freundin, jetzt musste sie die Sache durchstehen.

»Ich bin hart im Nehmen«, sagte sie deshalb.

»Du darfst ohnehin nicht da rein«, antwortete Brändle, und Paula war sich nicht sicher, ob das stimmte oder ob er das nur so dahinsagte, um sie fernzuhalten. Vermutlich hatte er recht. Nicht jeder Bürger dürfte so einfach in eine Leichenhalle marschieren … Ein kleiner Schauer lief Paula den Rücken hinunter, und vielleicht hatten die ARD-Toten sie doch nicht so abgehärtet, wie sie es gern gehabt hätte.

»Aber wenn du aufs Präsidium kommst, zeig ich dir Fotos«, versprach Brändle.

Das Präsidium. Wahrlich nicht Paulas Lieblingsort. Aber sie wollte alles über Martin Kirner wissen, sie musste alles wissen, fühlte sie sich dem Mann doch durch ihre Nachforschungen am Institut für Internationale BWL näher als in den letzten Jahren ihrer Nachbarschaft.

»Bin in einer Viertelstunde da«, sagte Paula und unterbrach die Verbindung. Sie spritzte sich etwas Wasser ins Gesicht, schlüpfte in Leggings und T-Shirt und saß keine fünf Minuten später im Auto, das sie zum Polizeipräsidium auf dem Pragsattel bringen sollte. Erst als sie den Motor anließ, stellte sie sich die Frage, weshalb Brändle sie überhaupt angerufen hatte. Sonst teilte er doch auch nicht freiwillig Informationen mit ihr. Stand sie etwa wieder unter Mordverdacht? Ein erneuter, diesmal wirklich eiskalter Schauer lief ihr über den Rücken. Dann schalt sie sich selbst. Natürlich stand sie nicht unter Mordverdacht, Tatverdächtige besuchte die Polizei zu Hause und bestellte sie nicht ein. Ruhig, Paula. Sie atmete dreimal tief ein und aus und versuchte, ihren Herzschlag unter Kontrolle zu bekommen. Brändle brachte sie aber auch jedes Mal durcheinander – so oder so.

Kirner tot. Während Paula ausparkte, fragte sie sich, ob es ihre Schuld war. Hätte sie der Hirschle sofort geglaubt, wäre sie Kirners Verschwinden gleich auf den Grund gegangen – und zwar mit der nötigen Vehemenz –, würde er dann noch leben? Hätte sie seinen Tod verhindern, ihn rechtzeitig finden können? Konnte Paula ihren Job weitermachen mit dem Wissen, dass sie verantwortlich war für den Tod eines Klienten? Beinahe hätte sie eine rote Ampel übersehen. Hastig trat sie auf die Bremse. *Reiß dich zusammen, Paula*, die alte Hirschle war wirklich nicht die überzeugendste Zeugin, und Julias Theorien von Mafia oder Ähnlichem waren an den Haaren herbeigezogen. Vielleicht war Kirner ohnehin schon länger tot? Vielleicht aber auch nicht … Hinter ihr hupte es lautstark. Sie hatte nicht bemerkt, dass die Ampel inzwischen grün war.

Ein paar Minuten später bog Paula auf den Besucherparkplatz des Polizeipräsidiums ein. Sie dachte an ihre Pflichtvergessenheit und den nun toten Kirner. Den sie möglicherweise hätte retten können, wenn sie frühzeitig Verantwortung übernommen hätte. Dann dachte sie an die Uni, an Timo, Partys und ein abgebrochenes Studium. Abrupt stellte sie den Motor aus und stieg aus dem Auto. Ganz konnte sie es nicht lassen, sich auf ihrem Weg zum Eingang misstrauisch umzublicken. Nicht, dass sie doch unter Mordverdacht stand?

Sie betrat den Eingang und beim Anblick der versammelten Uniformierten vergrößerte sich ihre Anspannung noch. Auch wenn sie dieses Mal ganz bestimmt nichts Unrechtes getan hatte – zumindest erinnerte sie sich nicht –, konnte sie das Schuldgefühl in ihrer Magengegend nicht abschütteln. So wie es den meisten Menschen eben ging, wenn sie mit geballter Autorität konfrontiert wurden: Passagiere im ÖPNV beim Anblick eines Fahrkartenkontrolleurs, Schüler auf dem Schulhof, wenn der Schulleiter vorbeiging, Büroangestellte, sobald der Chef hinter einem stand.

»Ich möchte zu Jan Brändle«, meldete Paula an. Sie musste ihren Personalausweis vorzeigen, wurde im Anschluss aber ohne weitere Fragen durchgewinkt. Offenbar hatte er sie angekündigt. Gleich fühlte Paula sich ein bisschen wichtig.

Es war nicht ganz einfach, das richtige Büro zu finden, aber schließlich stand sie doch bei Brändle in der Tür – er teilte sich einen Raum mit jemand anderem, vermutlich der Biessing, und auf seinem Schreibtisch standen zwei Kaffeebecher.

»Setz dich.« Er lächelte und schob ihr sowohl einen Stuhl als auch einen der beiden Kaffeebecher näher. »Zucker ist schon drin.«

Paula überlegte, ob sie zunächst den Kaffee trinken oder sich erst die Bilder ansehen sollte, aber kaum hatte sie aufgeblickt, starrte Martin Kirner ihr entgegen. Oder zumindest das Foto seiner Leiche, das Brändle nun in der Hand hielt. Augenblicklich war Paula froh, weder am Fundort gewesen noch in die Rechtsmedizin gegangen zu sein.

Für eine Sekunde schloss sie die Augen, dann nahm sie einen großen Schluck Kaffee und öffnete sie wieder. »Wenn ich nicht wüsste, dass das eine echte Leiche …« Die Verwesung hatte schon angefangen, der Tote sah aus wie Kirners Version eines schlechten Horrorfilm-Maskenbildners. »Aber das ist er, ja«, bestätigte sie Brändle seine unausgesprochene Frage. Sie hatte den Nachbarn zwar nicht gut gekannt, aber im Hausflur war sie ihm oft genug über den Weg gelaufen, um ihn eindeutig identifizieren zu können.

»Wann hat deine Nachbarin ihn zuerst vermisst?«, fragte Brändle jetzt.

»Bevor sie bei mir war, hat sie bei euch angerufen. Das müsste in euren Unterlagen ja zu finden sein. Ansonsten …« Paula checkte den Kalender in ihrem Smartphone. »Vor vier Tagen war sie bei mir, da hat sie gesagt, sie hätte ihn ›zwei Wochen‹ nicht gesehen, dann können wir von ungefähr drei Wochen ausgehen.«

Brändle nickte. »Wir müssen natürlich noch auf den offiziellen Bericht der Rechtsmedizin warten, aber ich schätze, das kommt ungefähr hin. Länger als ein paar Tage ist er schon tot.«

Er war also nicht in den letzten Tagen in irgendeinem Keller festgehalten gewesen, immer in der Hoffnung auf Rettung. Man hätte nichts ändern können an seinem Tod. Nicht Paula, wenn sie gleich den Auftrag der Hirschle angenommen hätte, nicht die Polizei, wenn sie die Hirschle sofort ernst genommen hätte. Kirner war ermordet worden und längst tot, als die Hirschle ihn vermisst hatte. Auch wenn Paula sich schlecht dabei fühlte, diese Tatsache erleichterte ihr Gewissen ungemein. Sie räusperte sich. »Wie ist er gestorben?«

»Das wird die Rechtsmedizin klären. Er hatte keine äußeren Verletzungen.«

Konnte man an einem Unfall sterben, ohne äußere Verletzungen davonzutragen? Vielleicht ein Herzinfarkt? Schlaganfall?

»Nur …« Paula rutschte auf ihrem Stuhl hin und her.

Sie dachte an Sophia Lemberger, die noch nicht aufgetaucht war, an den Lehrer aus Winnenden und an sogenannte Familiendramen. »Könnte es Selbstmord gewesen sein?«

Brändle schüttelte den Kopf. »Er war vergraben, der Hund eines Spaziergängers, der sich von der Leine losgerissen hatte, hat ihn gefunden. Er war zwar nicht tief, aber doch zumindest ein bisschen in der Erde verscharrt.«

Jemand musste am Tatort gewesen sein, jemand außer Kirner selbst. Dieser Jemand hatte Angst bekommen und Kirner deshalb versteckt. Nur: War dieser Jemand auch schuld an seinem Tod?

»Weshalb ich dich aber hauptsächlich sprechen wollte«, Brändle sah sie aufmerksam an. »Du warst gestern an der Universität. Was hast du herausgefunden?«

Im Café Planie hatte er sich noch lustig gemacht, heute wollte er sie als Informationsquelle anzapfen, das war doch wieder typisch! Aber dann sah Paula noch einmal zum Bild des toten Kirner, nickte und griff nach ihrer Handtasche mit dem Notizbuch.

Sie ließ nichts aus, erzählte von den Querelen am Institut, zwischen Hartmann und Kirner, zwischen der Dörfler und Stolten, ließ nicht einmal aus, dass sie eine Affäre zwischen Hartmann und der Sekretärin Annette vermutete. Vielleicht hatte auch das eine Eifersuchtsszene nach sich gezogen, wer wusste das schon, alles war möglich. *Alles kann wichtig sein.* Schließlich schrieb sie ihm noch Namen und Telefonnummer von Sophia Lemberger auf. »Die habe ich noch nicht erreicht«, erklärte sie. »Bisher ist sie nicht ans Telefon gegangen.« An ihre

Adresse würde die Polizei im Gegensatz zu Paula ja herankommen.

»Danke.« Brändle nahm den Zettel entgegen. Dann zögerte er. »Du … du hältst dich ab jetzt aus dem Fall heraus?«

Paula sah ihn überrascht an. Darüber hatte sie gar nicht nachgedacht. Aber natürlich ging der Fall Kirner sie nichts an: Die Hirschle hatte sie beauftragt, ihn zu finden. Nun ja, gefunden war er jetzt. Darüber hinaus hatte sie keine Order. Abgesehen davon musste selbst Paula zugeben, dass die Polizei bei Todesfällen generell die besseren Ressourcen hatte – auch wenn sie selbst den letzten Mordfall aufgeklärt hatte! Aber immerhin war sie dafür bezahlt worden. Und wenn sie nächsten Monat noch Bier im Kühlschrank haben wollte, konnte sie es sich nicht leisten, hobbymäßig zu ermitteln.

»Ja, natürlich«, sagte sie deshalb. »Ich werde nur zu seiner Beerdigung gehen, das gebietet der Anstand. Ansonsten habe ich mit der Sache nichts mehr zu tun.«

Brändle lächelte sie erleichtert an.

Paula wusste selbst nicht ganz, weshalb ihr der Rückweg zum Parkplatz so schwerfiel. Sie hatte keine Ressourcen, kein Geld, sie konnte und wollte sich nicht einmischen und basta.

Sie startete den Motor, parkte aus und nahm die Pragstraße an der Wilhelma vorbei zurück in die Stadt.

Der morgendliche Arbeitsverkehr in Stuttgart war nicht zu unterschätzen, und so ging es nur schleppend vorwärts. Gut, dass sie normalerweise zu ihrem Büro zu Fuß gehen konnte. Ihr Büro! Frau Niklas wartete sicher schon seit … Paula sah auf die Uhr: zehn nach acht. Frau Niklas wartete sicher nicht mehr, sondern war schon längst wütend zur Arbeit gegangen.

Paula fluchte.

Da der Verkehr ohnehin stockte, griff sie in ihre Handtasche, um das Smartphone herauszuholen. Vier verpasste Anrufe, alle von Frau Niklas.

Paula drückte die Rückruftaste. Telefonieren am Steuer tat sie zwar nur in äußersten Notfällen, aber ihr Bluetooth funktionierte nicht und das Headset hatte sie verlegt, es war also quasi ein Notfall.

Frau Niklas nahm den Anruf beim ersten Klingeln entgegen und begann zu meckern, während Paula ihre Entschuldigung noch vortrug.

»So können Sie mit Ihren Mandanten nicht umgehen«, rief sie.

»Es tut mir leid, Frau Niklas, Tote haben immer Vorrang.« Wer gestorben war, sagte sie natürlich nicht, schließlich besaß sie als Privatdetektivin eine gewisse Integrität ihren Auftraggebern gegenüber. Vor allem wenn besagte Auftraggeber verstorben waren. Und auch dann, wenn diese nichts davon wussten, Auftraggeber gewesen zu sein. Frau Hirschle als Medium zählte.

»Leon ist gestern erst am Morgen nach Hause gekommen!«

»War er blass oder sogar grün im Gesicht? Hat er nach Alkohol gerochen?«

Frau Niklas schnaufte. »So etwas würde er nie tun.«

Innerlich rollte Paula mit den Augen. Da sie Frau Niklas aber schon versetzt hatte und ihr nun was schuldete, behielt sie ihre Bemerkung dazu für sich.

»Aber vielleicht …« Frau Niklas zögerte. »Vielleicht haben seine Freunde ihn dazu animiert. Ach, Frau Schmidt, können Sie nicht irgendetwas tun?« Frau Niklas klang wirklich unglücklich.

Das Auto vor Paula fuhr wieder an, und Paula gab Gas. Sie dachte an den toten Kirner und die alte Hirschle, die zunächst weder von der Polizei noch von Paula selbst ernst genommen worden war. Dann dachte sie an die Uni, an Timo, Partys und ein abgebrochenes Studium. »Wissen Sie was, Frau Niklas?«, fragte Paula. »Ich schau mal, was ich machen kann. Vielleicht ergibt sich ja doch die Gelegenheit, Leon oder seinen Freunden ins Gewissen zu reden.«

»Das würden Sie tun? Oh, Frau Schmidt, Sie sind … ach, ich weiß gar nicht, wie ich Ihnen danken soll! Das ist …« Frau Niklas überschlug sich geradezu vor Begeisterung.

»Bedanken müssen Sie sich nicht. Ich schick Ihnen einfach eine Rechnung«, sagte Paula und unterbrach die Verbindung. Auf was hatte sie sich da nun wieder eingelassen?

Zuerst einmal brauchte sie dringend einen weiteren Kaffee. Brändle, ein Toter und Frau Niklas, und das alles noch vor halb neun am Morgen.

Ein Berliner würde auch nicht schaden, und somit machte Paula sich auf den Weg in die Bäckerei, in der Julia heute Frühdienst hatte.

Die war voller Mitgefühl für Kirner.

»Der arme Mann«, sagte sie, als Paula ihr den Grund für das frühe Kommen genannt hatte.

Paula nickte, ließ sich auf einen der Stühle fallen und bestellte einen Kaffee.

»Ich hoffe, sie finden den Mörder bald. Was glaubst du, wer es war?« Julias Vertrauen in Paulas Fähigkeiten in allen Ehren, aber wie um Himmels willen sollte Paula das so schnell herausbekommen haben?

»Sein Bürokollege ist ein bisschen schmierig«, antwortete Paula. »Und seine Freundin abgetaucht.« Es gab also jetzt schon mehr als eine Person, die als Mörder infrage kam. Wobei sich Paula immer noch nicht hundertprozentig sicher war, dass Sophia Lemberger nicht ebenfalls tot im Wald verscharrt lag. Sie hoffte, Brändle würde sie informieren.

»Ooooh, statistisch gesehen ist das ja häufig der Fall«, sagte Julia. »Entweder Ex- oder derzeitiger Partner. Wobei das vor allem für Frauen gilt, Männer werden oft von ihnen unbekannten Personen getötet.«

»Na, da kann ich ja lange suchen. Also, die Polizei«, korrigierte Paula sich schnell. Sie war aus dem Fall raus. Sie würde höchstens auf der Beerdigung ein bisschen Small Talk mit Kirners Verwandten halten. Aber alles rein privat – versteht sich. Vielleicht könnte sie Brändle einen Hinweis geben. Mehr nicht.

»Die Polizei ermittelt in dem Fall, ja?« Julia sah sie mit großen Augen an, als sie ihr den Kaffee auf den Tresen stellte.

Worauf wollte sie hinaus? »Das ist deren Job.«

»Aber du ermittelst nicht, richtig?«

Paula nahm einen großen Schluck Kaffee, verbrannte sich die Zunge und schüttelte den Kopf. »Kein Auftrag, kein Geld, keine Ressourcen.«

»Ach, Gott, da bin ich ja sooo froh!« Julia lief um die Theke und drückte Paula fest.

Seufzend klopfte Paula ihr auf den Rücken und machte sich schon einmal bereit für einen weiteren Abend im Garten einer Studentenverbindung. Autan, fiel ihr da ein, das musste sie noch beim dm besorgen. Dann kratzte sie sich am linken Oberarm. Verdammte Mistviecher.

*

»Kriegst du jetzt trotzdem den Fernseher?«, fragte Timo durch die offene Tür zu Paulas Büro. Es war recht früh, nicht einmal elf am Vormittag, und er saß vorn in seinem Headshop an der Kasse, die Füße auf den niedrigen Tresen gelegt. Wahrscheinlich hatte er bei der Einrichtung Probe gesessen, um die Höhe des Tresens zu bestimmen. Die Luft war räucherstäbchengeschwängert, vermutlich, um den darunterliegenden Marihuana-Geruch zu überdecken.

»Er braucht ihn ja nicht mehr. Und technisch gesehen ist der Kirner ja wiederaufgetaucht.«

»Aber ich habe ihn nicht gefunden.« Paula blickte von ihren Fotos auf. Sie hatte Leon fotografiert, wie er mit den gleichen Freunden wie schon die Nächte zuvor noch verschlafen in der Studentenverbindung auf dem Bopser ein Bier trank und fernsah. Dank des Heimkinos, das sich die Verbindungsstudenten mit einem Beamer und einer weißen Wand aufgebaut hatten, wusste auch Paula nun, was es mit »Game of Thrones« auf sich hatte.

»Auch wieder wahr.«

Abwesend kratzte Paula sich am Knöchel. »Wie würdest du mit Verbindungsstudenten in Kontakt treten?«

»Ich?«, fragte Timo entsetzt.

»Unpersönliches ›du‹. So ganz allgemein gefragt.«

»Keine Ahnung.« Paula konnte sein Schulterzucken direkt hören. »Freibier ankündigen?«

Paula schob die Fotos zur Seite, stützte ihren Ellenbogen auf den Tisch und legte das Kinn in die Hände. »Zum Studieren ist man nie zu alt«, wiederholte sie eine Phrase, die sie mal irgendwo gelesen hatte.

»Richtig. Nur sind manche Leute viel zu klug.«

»Du zum Beispiel.«

»Natürlich. Mein Leben ist so sehr viel angenehmer.«

Paula kratzte sich erneut am Knöchel, dann am linken Oberarm. Morgen früh hatte sie wieder Frühschicht in der Bäckerei, das bedeutete, noch vor sechs aufzustehen. War ihr Leben angenehmer?

»Wenn ich BWL studiert hätte, würde ich jetzt eine Menge Kohle verdienen.«

»BWL?«, kreischte Timo. Für ihn kam das vermutlich einem Pakt mit dem Teufel gleich.

»Ja, oder was weiß ich, Medizin.« Prähistorische Archäologie, Kunstgeschichte, die Fächer, die sie angefangen hatte, waren eher nicht aufs ganz große Geld angelegt. »Aber ich hätte zumindest geregelte Arbeitszeiten.«

Timo gähnte.

»Ich könnte alles hinschmeißen. Das Büro kündigen«, sie zahlte ohnehin keine Miete, »und noch mal ganz neu anfangen.« Sie redete eher mit sich selbst als mit Timo, der mittlerweile wohl müde war von ihrer lautstarken Unterhaltung über zwei Räume hinweg und nur noch verschlafen »Hm?« murmelte.

Wie sie das finanzieren würde, wusste sie nicht. Aber das Scheitern wiedergutmachen … ihren Eltern beweisen, dass sie es doch konnte …

Paula seufzte und schaltete den Computer an. Zeit für die Recherche an ihrem anderen Fall.

»Was hältst du von: ›Hey Süßer, Küssen ist die Sprache der Liebe – komm doch zu mir rüber und sprich dich aus‹?«, rief sie eine Viertelstunde später nach vorn in Timos Laden. Sie schrieb »die besten Flirt-Sprüche für Frauen« von einer Internetseite in ihr Notizbuch ab, um sich auf ihren Job als Treuetesterin vorzubereiten. Um bis zu diesen Sprüchen vorzudringen, hatte sie sich durch so einige dubiose Webseiten klicken müssen. Eine hatte ihr angeboten, sie mit Frauen aus Thailand in Kontakt zu bringen. »Oder: ›Deine Augen passen super zu meiner Bettwäsche.‹«

»Paula!« Timo nahm die Füße von der Theke, zumindest ging sie davon aus, denn sie hörte sie schwer auf den Boden fallen. »Du bist eine Frau!«

»Ja?«

Timo kam zu ihr rüber und schüttelte den Kopf. »Du brauchst doch keine blöden Sprüche.«

»Ich bin gerne gut vorbereitet.« Außerdem war sie schlecht im Flirten. Dass sie gehofft hatte, die ideale Nachricht zu finden, die sie Brändle schreiben könnte, würde sie aber niemals zugeben.

Timo schüttelte immer noch den Kopf. »Schick ihm ein Foto von deinen Titten.«

»Gut, dass du es sagst.« Die musste sie auch noch googeln und ein paar Screenshots machen. »Wenn ich ein

Nacktfoto zurückbekomme, leite ich das weiter und der Auftrag ist erledigt.«

»Juhu.« Timo wirkte alles andere als begeistert. »Keine Mordfälle mehr aufklären, sondern nichts ahnende Männer ins Verderben stürzen.«

Paula zog eine Augenbraue hoch. »Nichts ahnende Männer, die wildfremden Frauen Nacktfotos schicken. Der soll froh sein, dass ich das nicht benutze, um ihn zu erpressen.«

Für einen Moment hielt Timo inne, dann konnte Paula beinahe das Licht sehen, das in ihm aufging. Dafür vergaß er sogar seinen Monolog über freie Liebe als einzig wahres Zukunftskonzept.

»Na, das wäre doch eine lukrative Einnahmequelle! Wie viel bekommst du von seiner Verlobten? Das Doppelte und du sagst ihr, er ist nicht auf deine Anmache eingestiegen. Hey!« Er setzte sich auf den Stuhl vor Paulas Schreibtisch. So wach hatte er lange nicht mehr gewirkt. »Das könnte dein generelles Geschäftsmodell werden. Du präsentierst den betrügenden Ehepartnern die Beweisfotos, da kannst du doppelt abkassieren! Und tust im Grunde noch Gutes.«

»Weil freie Liebe die Zukunft ist«, ergänzte Paula kopfschüttelnd. »Ist dir das nicht zu kapitalistisch?«

»Ich würde es Vermögensumverteilung nennen.«

»Hast du schon mal was von Geschlechtskrankheiten gehört?«

»Gehört?« Timo lachte. »Auch einige gehabt.«

Jetzt hielt Paula sich die Ohren zu und beschloss, gleich morgen einen Arzttermin zu machen. Und ihre Wohnung zu desinfizieren.

Glücklicherweise ertönte in diesem Augenblick das Glöckchen vorn im Laden, und Timo verließ ihr Büro. Seine übliche Klientel konnte man selten allein im Headshop herumlaufen lassen. Zumindest nicht, wenn man nicht wollte, dass danach drei Bongs und etliche Kleinigkeiten fehlten.

Als die Schritte sich jedoch Paulas Bürotür näherten, blickte sie auf. Und hatte augenblicklich ein schlechtes Gewissen.

»Herr Hartmann!« Sie sprang auf.

»Annette hat mir gesagt, dass Sie Privatdetektivin sind.«

»Es tut mir wirklich leid, ich wollte es Ihnen ja sagen, aber wissen Sie, die Situation war so gut, um Informationen …«

Er nickte abwesend und sah sich im Büro um. »Sind Sie gut?«

Paula blinzelte. Dann hob sie das Kinn. »Natürlich.« Ein bisschen angeben schadete nie.

Er ließ sich auf den Besucherstuhl fallen. »Sie sind ohnehin die einzige, die ich kenne«, sagte er schulterzuckend.

Na, wenn das keine uneingeschränkte Vertrauensbekundung war. Aber sie nahm, was sie kriegen konnte. Selbst Treuetests und Muttersöhnchen-Überwachungen.

»Was kann ich für Sie tun?« Ehefrau observieren? Geliebte? Beide?

»Ich stehe unter Mordverdacht.«

»Sauber!«, rief Timo von draußen. »Doch wieder ein richtiger Fall!«

»Entschuldigen Sie.« Paula stand auf und schloss die Tür. »Mein … Maskottchen.«

Aber Hartmann wirkte immer noch abwesend und

genauso unkonzentriert. Er hatte Timo wahrscheinlich nicht einmal gehört.

»Martin Kirner?«, fragte Paula, nachdem sie sich wieder gesetzt hatte. Er war also tatsächlich ermordet worden. Kein Herzinfarkt, kein Unfall, kein Selbstmord.

Sie zückte ihr Notizbuch und einen Kugelschreiber und sah Hartmann aufmerksam an.

Er seufzte lang und leidend.

»Weil Sie ihm den Job weggeschnappt haben?«, riet Paula.

»Ich war einfach der Bessere.«

Sie zuckte mit den Schultern. »Solange Ihre Chefin das auch so sieht.«

Er verzog den Mund. »Darum geht es nicht«, sagte er schließlich. »Ich habe Martin Geld geliehen.«

Das war neu.

»Wie viel?«, fragte Paula.

»10.000 Euro.«

Sie pfiff leise durch die Zähne. Das war eine Hausnummer. Wie kam Hartmann dazu, seinem Kollegen solch eine Summe zu leihen? Aus schlechtem Gewissen? Und wofür überhaupt?

»Er brauchte ein neues Auto«, erklärte Hartmann. Paula erinnerte sich, dass die Hirschle gesagt hatte, sein Auto stünde vor der Tür. Deshalb hatte sie nicht geglaubt, dass er im Urlaub war.

»Ich hatte gerade etwas Geld übrig, wissen Sie …«

Die neue Stelle. Definitiv aus schlechtem Gewissen. »Ich nehme an, Kirner hat Ihnen dieses Darlehen noch nicht zurückgezahlt?« Weshalb sonst hätte die Polizei Hartmann unter die Lupe nehmen sollen?

»Nein. Und …« Er fuhr sich durch die Haare und vermied es, Paula anzusehen. Stattdessen wandte er den Blick zunächst durch das winzige Fenster in den dunklen Innenhof, in dem nur die Papiermülltonne stand, dann wieder auf seine Hände, die er nervös in seinem Schoß knetete. »Wir hatten ausgemacht, dass er mir das Geld sofort zurückzahlt. Eine größere Summe von 1.500, sobald das Geld von der Uni eintraf, dann alle zwei Monate in Raten von 300 Euro.«

Das klang großzügiger als bei der Bank. Zumindest als das Angebot, das man Paula gemacht hatte, als sie ein Büro für ihre Detektei finanziert haben wollte.

»Die 1.500 hat er auf 1.000 gedrückt, von der zweimonatlichen Rate habe ich noch gar nichts gesehen.«

Das war ärgerlich für Hartmann, erklärte jedoch immer noch nicht das Interesse der Polizei an ihm.

»Sie waren nicht ganz glücklich darüber?«, riet Paula.

Hartmann nickte. »Ich möchte eine Wohnung kaufen«, sagte er. »Und brauchte das Geld dringend zurück, zumindest den ausgemachten Anteil.« Wahrscheinlich auch ein bisschen mehr, aber das würde Hartmann nicht zugeben – Kirner war tot, der konnte das Gegenteil nicht mehr behaupten. »Wir haben uns häufiger gestritten deshalb.«

Paula machte sich eine Notiz, Timo zu fragen, ob Hartmann der Mann war, den er vor ihrer Haustür mit Kirner hatte streiten gesehen.

»Vor Zeugen«, murmelte Paula. »Wissen Sie, wer Sie beobachtet hat?«

Unglücklich zuckte Hartmann mit den Schultern. »Jeder wusste, dass unser Verhältnis nicht das beste war. In den letzten Wochen haben es dann wahrscheinlich alle mitbekommen. Von der Institutsleitung bis zur Mensakraft.«

»Und da hat die Polizei Sie nach einem Alibi gefragt«, mutmaßte Paula.

Hartmann schnaubte. »Alibi! Kirner ist angeblich am 13. Juni gestorben, sie haben mich über den gesamten Tag ausgefragt bis spät in die Nacht. Natürlich bin ich da nicht lückenlos in Gesellschaft gewesen.«

»Hat die Polizei Ihnen die Todesursache gesagt?«

Er schüttelte den Kopf. Keine äußeren Verletzungen, das hatte Brändle gesagt. Und es handelte sich um Mord. Erstickt? Ertränkt? Gift?

»Hm.« Paula ließ ihren Stift fallen, legte beide Hände vor sich auf den Schreibtisch und sah Philipp Hartmann ernst an. »Es sieht nicht gut aus für Sie«, begann sie. »Sie haben ein Motiv und kein Alibi.« Diese Worte kamen ihr bekannt vor. »Wenn ich in dem Fall ermitteln würde, wären Sie ebenfalls mein Hauptverdächtiger.«

»Das weiß ich doch!«, sagte Hartmann. Er klang mittlerweile verzweifelt. »Aber würde ich Sie beauftragen, wenn ich schuldig wäre?«

Was Schuldige so alles taten!, lag Paula auf der Zunge zu sagen.

»Also, übernehmen Sie den Fall?« Hartmann sah sie bittend an.

Paula dachte kurz an Brändle, dem sie versprochen hatte, sich nicht einzumischen. Dann dachte sie lang an ihren Terminkalender, in dem ansonsten nur Bäckerei, Observierung einer Studentenverbindung und Treuetest in der »Schankstelle« zu finden waren. Sie lächelte und streckte Hartmann ihre Hand hin. »Ich habe Sie in Nullkommanichts von dem Verdacht befreit.«

»Es könnte Sophia gewesen sein«, erzählte Hartmann kurze Zeit später, nachdem Paula ihn einen Vertrag hatte unterschreiben und sich 200 Euro als Anzahlung geben lassen. Im Grunde war sie sogar ein bisschen schuld daran, dass Hartmann nun zu ihren Auftraggebern zählte. Wer hatte Brändle schließlich von der Konkurrenzsituation zwischen ihm und Kirner erzählt? Guerilla-Marketing, gefiel Timo sicher, aber ob es das war, was Julia mit ihrem Konzept im Sinn gehabt hatte?

Paula konzentrierte sich wieder auf den unglücklichen Mann, der da vor ihr saß.

»Sophia Lemberger, Martin Kirners Freundin?«, hakte sie nach. Annette hatte etwas von On-off erzählt, also eine Beziehung mit Höhen und Tiefen. Und hatte nicht auch die Hirschle Ähnliches erwähnt, an diesem ersten Abend? Paula war da gerade mit ihrer Lasagne beschäftigt gewesen, aber sie machte sich eine Notiz, die alte Nachbarin danach zu fragen.

»Seine verrückte, rasend eifersüchtige, immer mal wieder Exfreundin«, ergänzte Hartmann vielsagend.

Sophia Lemberger musste eine Nummer sein. »Auch gewalttätig?«, fragte Paula.

Hartmann schürzte die Lippen. »Vielleicht?«, mutmaßte er schließlich. »Ich meine, ich habe Kirner nie mit einem blauen Auge gesehen, aber die Streitereien, die ich manchmal mitbekommen habe …« Er zuckte mit den Schultern. »Also, wenn das Zurückhaltung vor Zeugen war, möchte ich nicht wissen, wie sie sich hinter verschlossenen Türen gestritten haben.«

Das ließ sich ja herausbekommen. Paula malte einen Kringel um den Namen »Hirschle«. »Fällt Ihnen sonst noch jemand ein, der Ihren Kollegen gehasst hat? Oder sagen wir, der einen Konflikt mit ihm hatte?«

Hartmann zögerte. »Eigentlich nicht«, sagte er schließlich. »Es war meist umgekehrt.«

»Umgekehrt?«

»Martin hat so einige Leute nicht leiden können. Mich zum Beispiel.« Er lächelte schwach. »Auch Professor Stolten oder – ich weiß nicht – die Alte aus seinem Haus, die ihn immer wegen der vergessenen Kehrwoche angekeift hat.«

Paula musste ein Grinsen unterdrücken. Das wäre doch auch mal ein Motiv: Rache, weil sich der Nachbar immer vor der Kehrwoche drückte. Mit einem abgebrochenen Besenstiel erstochen. Oder mit der Schneeschaufel erschlagen.

»Er war also kein besonders umgänglicher Mensch?« Da machte man sich automatisch Feinde, meist beruhte Abneigung ja auf Gegenseitigkeit.

»Ja und nein. Er war ganz okay. Schlechte Laune hatte er hin und wieder, klar, und insgesamt kann man ihn auch nicht als Sonnenschein des Instituts bezeichnen. Aber ...« Er zuckte erneut mit den Schultern. »Eigentlich konnte man gut mit ihm auskommen.«

Das war zwar nicht sehr hilfreich, aber wenn sich der Täter auf dem Silbertablett präsentierte, bräuchte Hartmann schließlich keine Privatdetektivin. Paula bedankte sich und reichte ihm eine ihrer Visitenkarten. »Wir bleiben in Kontakt«, verabschiedete sie ihn schließlich. »Und wenn Ihnen noch etwas einfällt: Rufen Sie mich an.«

Nachdem er ihr Büro verlassen hatte, warf sie noch mal einen Blick auf ihre Notizen. Als Erstes musste sie mit Sophia Lemberger sprechen. Paula zückte ihr Handy und wählte erneut die Nummer, die Annette ihr aufgeschrieben hatte.

»Hier ist der Anschluss von Sophia Lemberger, bitte hinterl…«

Diese Frau war ja schwieriger zu erreichen als der Papst! Paula machte sich nicht mehr die Mühe, eine weitere Nachricht auf die Mailbox zu sprechen. Ob die Polizei sie schon erreicht hatte? Vermutlich hatten die sie einfach zu Hause aufgesucht.

Wie käme sie wohl an die Adresse? Das Einwohnermeldeamt rückte seine Daten höchstwahrscheinlich nicht freiwillig raus, und bevor Brändle ihr etwas verriet, würde vorher die Hölle einfrieren.

Sie versuchte ihr Glück bei Facebook, vielleicht würden ihr ein paar Bilder Aufschluss über Sophias Persönlichkeit geben. Doch bis auf eine völlig private Seite mit einer Blume als Profilbild gab es nichts, mit dem sie etwas hätte anfangen können. Sie musste irgendwie persönlich an die Lemberger herankommen, und das so bald wie möglich.

»Sag mal, Timo.« Paula schnappte sich ihr Notizbuch und den Kugelschreiber, warf beides in ihre Handtasche und stellte sich direkt vor die Türschwelle, die ihr Büro mit Timos Headshop verband. Nicht einmal einen winzigen Schritt setzte sie in seinen Laden. »Der Typ, der gerade hier war? War das der, der sich mit dem Kirner gestritten hat? Neulich nachts?«

»Welcher Typ?« Timo sog tief die Luft einer etwas überdimensionierten, selbst gedrehten Zigarette ein.

Paula verdrehte die Augen. »Erinner mich später noch

mal dran«, murmelte sie. Dann verließ sie ihr Büro über den Flur und den Hinterhof.

Sie musste Annette nach Sophias Adresse fragen. Und Philipp Hartmann hätte heute sicher auch nichts mehr dagegen, wenn sie sich Kirners Computer mal genauer ansah.

»Ich würde dir ja gern helfen«, sagte die rothaarige Sekretärin, als Paula eine halbe Stunde später bei ihr im Büro stand. »Aber fällt das nicht unter Datenschutz und Privatsphäre und so?«

Das war bei der Telefonnummer anders gewesen? Paula runzelte die Stirn. Außerdem ging es hier um Hartmann, der Annette schließlich alles andere als egal war.

Aber als die junge Frau ihre Augenbrauen auf und ab bewegte und mit dem Kopf Richtung Flur nickte, wurde Paula klar, dass ihr Zögern offenbar darin begründet lag, dass Frau Professor Dörfler vor der Bürotür mit einem älteren Herrn sprach. Paula bezweifelte zwar, dass die beiden sie hörten, so involviert, wie sie in ihre kleine Diskussion schienen, aber sicher war sicher.

»Stolten?«, flüsterte Paula und deutete mit dem Daumen Richtung Flur.

Annette nickte und verdrehte die Augen. Die Loyalitäten an diesem Institut waren Paula auch noch nicht ganz klar. Als Hartmann-Fan, hätte Paula gedacht, würde Annette den Institutsleiter bevorzugen, der ihn angestellt hatte. Aber nachdem die junge Sekretärin eine Tasse mit Kaffee gefüllt, sogar liebevoll einen Keks danebengelegt und mit den Worten »Frau Professor, bitte schön« auf den Flur gebracht hatte, überlegte Paula, sich eine Grafik anzulegen. Denn als Professor Stolten daraufhin sagte: »Oh, hätten Sie auch einen für mich?«, war Annettes liebenswürdige Antwort: »Die Milch ist alle, leider.«

Kurz darauf goss sie sowohl Paula als auch sich selbst einen großen Becher Milchkaffee ein.

Die Stimmen auf dem Flur verstummten, und Annette atmete aus. »Eigentlich sollte Frau Professor Dörfler Institutsleiterin sein«, sagte sie, während sie eine Adresse auf einem Post-it notierte, das sie Paula in die Hand drückte. »Der Stolten ist ganz okay, aber total unfähig.«

Paula hob die Augenbrauen.

»Wenn du einmal bei einer Institutssitzung dabei gewesen wärst, wüsstest du, wovon ich spreche.« Annette streckte ihre violett lackierten Fingernägel aus. »Ich schreib immer die Protokolle. Meinst du, ich hab auch nur einmal gecheckt, worauf der hinauswill? Jemand Umständlicheren wirst du kaum finden.«

»Aber er hat Philipp Hartmann die Stelle verschafft.«

»Das stimmt.« Annette sah so aus, als würde sie noch etwas dazu sagen wollen, presste aber schließlich nur die Lippen aufeinander.

Paula überlegte, ob sie ihr gestehen sollte, sich bei Professor Dörfler als Polizistin ausgegeben zu haben. Nicht dass die auskunftsfreudige Sekretärin noch wütend auf sie wurde, bisher war sie eine wirklich hervorragende Quelle an Informationen. Für den Moment schob sie ihre Beichte jedoch auf und schlug der Sekretärin stattdessen vor, ihr etwas über Sophia Lemberger zu erzählen.

»Oh Gott!« Annette stöhnte laut auf und lachte gleichzeitig. »Ich mag sie irgendwie. Aber die und der Kirner haben das ganze Institut wahnsinnig gemacht.« Sie knabberte an ihrer Unterlippe. »Ich denke auch, die Sache mit ihr hat den Stolten dazu gebracht, Philipp zu bevorzugen.« Augenblicklich wurde sie rot und begann zu stottern: »Nicht, dass ich nicht denke, Philipp hätte es nicht verdient! Philipp ist sicher ein hervorragender … also er arbeitet immer ganz … Natürlich war es nicht so, dass …«

Paula legte den Kopf schräg. Sie hatte bisher gedacht, dass es sich bei den Querelen um Hartmann und Kirner um das übliche Wer-bevorzugt-wen- und Wer-ist-hier-der-Chef-Spiel gehandelt hätte. Aber wenn sogar die Sekretärin, die bis über beide Ohren in Hartmann verliebt war, zugab, dass die Stelle Kirner zugestanden hätte … So etwas konnte schon am Ego nagen. Vor allem an dem eines ehrgeizigen jungen Wissenschaftlers. Wäre Hartmann nicht ihr Auftraggeber, wäre er jetzt wieder auf Platz eins ihrer Verdächtigenliste aufgestiegen. So allerdings konzentrierte sie sich lieber auf die Nummer zwei. »Was war denn mit Sophia Lemberger?«

»Also.« Annette hob bedeutungsvoll die Augenbrauen, dann sah sie sich nach links und rechts um und erzählte Paula in einer Art Bühnenflüstern alles andere als leise: »Die Sophia, die war früher Kirners Studentin, mit allem Drum und Dran. Hat bei ihm Seminare belegt, einen super Abschluss hingelegt und schließlich vor ihrer Doktorarbeit auch eine Masterthesis geschrieben. Note: sehr gut. Betreuer: Dr. Martin Kirner.« Sie lehnte sich zurück, verschränkte die Arme vor der Brust und nickte viermal ganz langsam.

Bei Paula fiel der Groschen. »Da hatten sie schon längst ein Verhältnis miteinander. Wow.« Kein Wunder, dass Professor Stolten Hartmann angestellt hatte. Die Nachhilfestunden allein hätten jeden gesetzestreuen BWL-Professor wohl zu Hartmann tendieren lassen, aber das …

»Ist so was eigentlich strafrechtlich verboten?«

»Sind ja beide volljährig.« Annette zuckte mit den Schultern.

Paula machte sich trotzdem eine Notiz, dass sie das später recherchieren musste. »Aber schon verständlich, dass der Stolten an seinem Institut keine Folge von ›Verbotene Liebe‹ haben will – und den damit verbundenen Klatsch und Tratsch.« Die Internationale BWL wäre ja zum Gespött der Fakultät geworden.

Erneut zuckte Annette mit den Schultern. »Frau Professor Dörfler sagt, Kirner ist ein brillanter Wissenschaftler.«

Automatisch blitzten in Paulas Kopf wieder Gedanken an die Dörfler und irgendwelche heimlichen Liebschaften ihrerseits auf. Jemand, der so nonchalant mit einem potenziellen Skandal umging, musste aus seinem eigenen Privatleben Schlimmes gewohnt sein. Interessant.

»Gestern hast du gesagt, Sophia Lemberger und Martin Kirner hatten so eine On-off-Geschichte?«, hakte Paula da noch einmal nach, doch in diesem Moment wurden sie durch ein Klopfen am Türrahmen unterbrochen.

Der Junge, der dort stand und Annette mit treuherzigen Augen fragte, ob er trotz eines verpassten Abgabetermins noch einige Formulare nachreichen durfte, konnte doch noch nicht volljährig sein! Der war doch höchstens 15! Wahnsinn, diese Studenten wurden immer jünger …

Mit einem Lächeln an Annette gerichtet verabschiedete Paula sich und dankte allen Göttern, dass Semesterferien waren und die Sekretärin nur alle Jubeljahre einmal beim Kaffeeklatsch gestört wurde.

Paula steuerte gerade auf Kirners Büro zu, um sich seinen Computer näher anzusehen, da hörte sie Stimmen näherkommen. Brändle! Reflexartig öffnete sie die nächstbeste Tür und schlüpfte in den Raum. Früher oder später würde er ohnehin von ihrem Auftrag erfahren, aber: Später war in diesem Fall besser als früher.

Leise schloss sie die Tür hinter sich und blickte sich um. Sie hatte Glück, es war kein Büro, sondern der Kopierraum. Er war klein, eng und roch unverkennbar nach Papier und Toner. Sie atmete ein und schlagartig waren Erinnerungen da: an das kleine archäologische Institut, an die Bibliothek der Kunstgeschichte, deren verstaubte alte Bildbände sie ebenfalls zu riechen meinte, versteckt hinter dem neuen, chemischen Tonergeruch. Winzige Seminarräume, Referate mit Handouts, Seminarordner mit Unterlagen zum Selbstkopieren und überall diese Gerüche nach Papier, nach neuem Papier, nach altem Papier, Papier, Papier, Papier.

Paula lehnte sich neben der Tür an die Wand und verscheuchte die Erinnerungen. Denn unweigerlich würden die zu anderen Erinnerungen führen, zu Tequila und Bier und Gras und Versagen.

Sie legte den Kopf schräg und lauschte, aber außer Schritten auf dem Flur und etwas Gemurmel war nichts zu hören.

Wie lange sollte sie hier drin bleiben? Was tat Brändle überhaupt im Institut? Leute befragen? Wenn ja, wen? Und würde Frau Professor Dörfler sie verpfeifen? Andererseits hatte sie zu dem Zeitpunkt ja Martin Kirners Verschwinden untersucht, dass sie sich dabei für einen winzigen Augenblick als Polizistin ausgegeben hatte, konnte Brändle ihr eigentlich nicht anlasten. Er sollte lieber froh sein, dass die Bevölkerung nun glaubte, die Polizei würde nicht warten, sondern sofort handeln.

Nervös verschränkte Paula die Finger ineinander. Erneut waren Schritte auf dem Flur zu hören, Stimmen, eindeutig die von Brändle, außerdem Annettes, und noch einige andere, die sie nicht identifizieren konnte. Paula war versucht, die Tür einen Spalt zu öffnen, blieb allerdings doch lieber in ihrem Versteck und wartete so lange, bis die Stimmen sich entfernt hatten.

Zur Sicherheit wartete sie noch weitere drei Minuten, dann schlüpfte sie aus dem Raum und lief auf Zehenspitzen über den Flur zu Kirners und Hartmanns Büro. Vorsicht war die Mutter der Porzellankiste.

»Das ist jetzt nicht wahr!«, entfuhr es ihr, nachdem sie die Tür geöffnet hatte. Kein Computer mehr an Kirners Schreibtisch. Und keiner mehr an Hartmanns. Das musste Brändle hier gewollt haben, wobei sie sich fragte, weshalb er dafür persönlich kam. Er selbst würde die PCs wohl kaum untersuchen, der Mann schien ihr bereits mit der Funktionsweise seines Smartphones überfordert. Anrufen, das konnte er, SMS waren schon schwieriger, und von WhatsApp schien er noch nie etwas gehört zu haben. Sie verfluchte sich selbst dafür, die Daten auf Kirners Laptop in seiner Wohnung nicht überspielt zu haben, solange sie die Chance dazu gehabt hatte. Aber damals hatte sie sich darauf konzentriert, nachzusehen, ob jemand in der Wohnung gewesen war. Sie hatte nur Augen für die aufgezogenen Schubladen gehabt, wollte ihr Gefühl bestätigt sehen, dass jemand etwas gesucht hatte.

Und jetzt kam sie weder an die einen Daten noch an die anderen. Seufzend schloss Paula die Tür hinter sich und machte sich auf den Weg zurück. Die einzige heiße Spur lautete nun wieder: Sophia Lemberger.

Im Foyer blieb Paula zum zweiten Mal innerhalb einer halben Stunde vor Schreck beinahe das Herz stehen und sie sprang hinter eine Säule. Bis ihr einfiel, dass Leon, das Muttersöhnchen, sie ja noch nie gesehen hatte – beziehungsweise wenn er sie gesehen hatte, konnte sie gleich einpacken und ihre Lizenz zurückgeben. Sie lebte hauptsächlich vom geheimen Observieren: Wenn ihre Zielobjekte sie dabei regelmäßig beobachten konnten, taugte sie nicht viel als Privatdetektivin. Leon kam ihr entgegen, wie üblich die Schultern etwas zusammengezogen, einen Rucksack halb über die rechte Seite gehängt, hastete er seinen üblichen Freunden in einiger Entfernung hinterher: dem breitschultrigen blonden Verbindungsstudenten, in dessen Garten Paula in letzter Zeit häufiger campierte und der in allem ein Klon seiner Mitbewohner zu sein schien, von den Mokassins unter einer hellblauen kurzen Hose über ein pastellgrünes Polohemd bis zur akkuraten Gelfrisur, sowie dem Mädchen mit den langen dunklen Haaren und der dick umrandeten Hipsterbrille. Der Blonde hatte einen Arm locker um ihre Schultern gelegt. Sie trug ihre Jeans etwa auf Bauchnabelhöhe, das T-Shirt hörte einige Zentimeter darüber auf. Sie war ausnehmend hübsch, doch bisher hatte Paula Leon noch nicht dabei beobachtet, wie er sie anschmachtete – im Gegensatz übrigens zu einer Dreiergruppe männlicher

Studenten hier im Foyer. Vielleicht lag das aber auch an seiner Unbeholfenheit oder an der Tatsache, dass Leon zumeist die Kleidung trug, die seine Mutter ihm rauslegte. Im Gegensatz zu seinem blonden Kumpel war Leons Schritt schüchtern statt ausladend, die Körperhaltung unsicher. Mit Frauen hatte er offenbar noch keine Erfahrung, solange es nicht seine engsten Verwandten waren.

Die drei nahmen recht zielstrebig den Weg zum IBWL-Institut, den Paula gerade eben gekommen war. Auf einmal musste sie daran denken, dass Annette etwas von HiWis gesagt hatte. Leon hatte laut Aussage seiner Mutter bisher fast nur hervorragende Noten, das konnte also hinkommen.

»Ich brauch dringend einen Kaffee«, war der Satz der Studentin, den Paula hörte, als das Pärchen an ihr vorbeiging. Die beiden zeigten keinerlei Anzeichen, dass ihnen die blonde Frau dort im Foyer bekannt vorkam, und auch Leon würdigte Paula keines Blickes, was sie erleichtert aufatmen ließ. Nicht dass sie an ihren Fähigkeiten, absolut unsichtbar zu observieren, gezweifelt hätte, aber … ja, zugegeben, ein bisschen gezweifelt hatte sie. Wie oft hatte sie »verdammtes Mistvieh« ausgerufen und wieder eine Mücke erschlagen? Wie oft hatte sie hektisch ihr Handy aus der Tasche kramen und lautlos stellen müssen, weil sie genau jetzt einen Anruf bekam? Und dann … sie rieb sich den blauen Fleck, den sie vom Sturz aus der Kastanie davongetragen hatte.

Als sie den drei Studenten hinterhersah, fiel ihr etwas ein: Bisher hatte sie nur Kirners Kollegen auf ihrer Liste – die Familie würde sie unauffällig während der Beerdigung ausfragen –, aber an Kirners Studenten hatte sie nicht gedacht! Und Studenten wussten meist eine ganze Menge über ihre Dozenten. Das waren oft Gerüchte, aber hin und wieder war an denen ja was dran. Paula beglückwünschte sich zu ihrer hervorragenden Idee. Jetzt musste sie nur an geschwätzige Studenten kommen, um sie über Kirner auszufragen, und sich gleichzeitig möglichst fern von Leon halten. Zumindest bis zum Zeitpunkt ihres ernsten Gesprächs über seine Zukunft.

Hatte es da nicht dieses Plakat gegeben? Paula suchte die Stellwand. BWL-Party, Freitag, 22 Uhr, genau das. Wo besser ins Gespräch mit BWL-Studenten kommen als auf einer Veranstaltung mit viel Alkohol?

Aber zuerst brauchte sie, wie Leons Freundin, dringend einen Kaffee.

Mit einem Coffee to go vom Starbucks am Schlossplatz schlenderte Paula über die Königstraße. Timo würde einen Herzinfarkt bekommen, wenn er wüsste, dass sie diese kapitalistische und auch noch amerikanische Kette unterstützte. Aber zugegebenermaßen war dieser heimliche Spaß auch der einzige Grund, weshalb sie dort überhaupt hin und wieder etwas kaufte, denn die Preise waren noch gesalzener als jene im Café Planie oder einem der Stuttgarter In-Lokale.

Es waren Wolken aufgezogen, sodass die Sonne nicht mehr brannte und man die Temperaturen ganz gut aushalten konnte. Der kleine Spaziergang schließlich am Gerber vorbei bis zur Tübinger Straße tat gut. Zurück würde sie die U-Bahn vom Marienplatz aus nehmen.

Sophia Lemberger wohnte in einem Eckhaus an der Tübinger Straße, in einem dieser älteren Häuser, in denen die Miete noch einigermaßen bezahlbar war. Paula mochte den Marienplatz, auf dem sich im Sommer die Feste die Klinke in die Hand gaben. Und wenn es mal keine offizielle Veranstaltung gab, konnte man mit einem Bier auf den Treppen sitzen und das Leben um sich herum beobachten.

Immer mal wieder war Paula versucht, auch eines der näher gelegenen Theater dort zu besuchen, sie hatte mal eine Kommilitonin gehabt, die im Dreigroschentheater, einem kleinen Amateurtheater mit viel Atmosphäre, gespielt hatte.

»Lemberger/Köstle/Rickert«, stand auf dem Namensschild an der Haustür, Sophia wohnte also in einer WG.

Paula drückte auf den Klingelknopf und musste keine zehn Sekunden warten, bis der Türsummer betätigt wurde.

Das Treppenhaus war voller Staub. Hier herrschte keine Hirschle über die Kehrwoche – oder wenn es so eine Nachbarin gab, wurde sie vom Rest der Hausgemeinschaft nicht ernst genommen.

Paula musste nur zwei Treppen hinaufsteigen, bis sie hinter einer Tür Geräusche hörte. Sie schaute kurz aufs Klingelschild, es war die richtige Wohnung. Offenbar stand jemand hinter der Tür, Paula hob gerade die Hand, um noch einmal anzuklopfen, da wurde die Wohnungstür aufgerissen.

Im nächsten Augenblick rammte etwas gegen sie. Nein, jemand. Eine kleine Frau mit dunklen Haaren. Paula taumelte einen Schritt zurück. In Selbstschutz riss sie die Hände hoch, aber die Angreiferin hatte den Überraschungseffekt auf ihrer Seite und schlug ihr ins Gesicht.

Ohne zu zielen, stieß Paula ihren Unterarm nach vorn, dem Schmerzensschrei nach zu urteilen, traf sie etwas.

Dann kratzte ihre Angreiferin einmal quer über Paulas Stirn.

»Martin ist tot!«, schrie sie aus vollem Hals. »Tot! Tot! Tot! Und du willst unsere Erinnerung besudeln, beflecken, sie mir *nehmen*!« Immerhin hatte Paula nun die Gewissheit, dass sie es tatsächlich mit der richtigen Person zu tun hatte. Das musste Sophia Lemberger sein.

Sie wollte Paula in den Bauch boxen, die inzwischen ihre Sinne wieder beieinanderhatte und geistesgegenwärtig den Schlag blockte. Sie hielt die Hände ausgestreckt vor sich, um einem erneuten Angriff der Lemberger begegnen zu können.

»Hey!« Jeder bewältigte Trauer anders, das wusste Paula aus einem Psychologie-Tutorial auf YouTube, und Aggressivität gehörte ebenfalls zum Spektrum. Weshalb aber ausgerechnet Paula ihr zum Opfer fiel?

»Du Schlampe!« Erneut schlug die Lemberger zu.

Paula reichte es jetzt. Sie war nicht umsonst vorbestraft, und diese Akademikerin war zudem beinahe einen Kopf kleiner als sie.

In einer Mischung aus Karate und Straßenkampf trat sie ihr gegen das Knie, sodass die Lemberger mit einem Aufschrei hinfiel. Sofort stürzte Paula sich hinterher. Sie wälzten sich auf dem Boden, Sophia Lemberger kratzte und zog an Paulas Haaren. Paula versetzte ihr einen Stoß mit ihrem Knie.

Schließlich lag die zappelnde Sophia auf dem Rücken, Paula hielt sie mit den Beinen fest und fasste mit den Händen nach ihren Armen. Die drückte sie auf den Boden, sodass die Lemberger beinahe bewegungsunfähig war, und sagte dann langsam: »Ich will nur mit Ihnen sprechen.«

Sophia spuckte ihr ins Gesicht.

»Verd…!« Paula ließ ihre Hände los, sprang auf und trat einen Schritt zurück, um sich das Gesicht mit ihrem T-Shirt notdürftig abzuwischen. Die Lemberger sprang ebenfalls auf, aber ihre Bewegungen waren nicht mehr ganz so kraftvoll wie kurz zuvor. Sie atmete keuchend und beschränkte sich aufs Fluchen.

»Miststück!«, zischte Paula.

»Wer ist hier das Miststück? Wer? Mir meinen Freund ausspannen, du billiges Luder! Er hat mich geliebt, mich!«

Langsam dämmerte Paula was. »Sie glauben, dass ich …«

»Du bist das doch, die mich die ganze Zeit angerufen hat!«, fauchte Sophia. Ihre dunklen Haare waren zerzaust, der Mund wutverzerrt. Was für ein seltsamer Kontrast zu dem romantisch-rüschigen Blümchenkleid, das die junge Frau trug.

Wenn sie nicht ganz so zerzaust und wütend gewesen wäre, hätte man sie hübsch finden können. Dunkle Augen, volle Lippen, kein Wunder, dass Kirner immer wieder das »On« in ihrer Beziehung aktiviert hatte.

»Frau Lemberger?«, fragte Paula und versuchte, ihren Tonfall freundlich-nüchtern zu halten, um nicht einen weiteren Angriff von Kirners Freundin zu provozieren.

»Du warst das, du Miststück! Gib's zu!«

»Ich …« Paula hob die Hände – zur Entschuldigung, zur Beruhigung, zur Abwehr, was auch immer. Dann sagte sie: »Ich bin Privatdetektivin. Es geht um den Tod Ihres …«

Doch wenn Paula gedacht hatte, dass sie mit Sophia Lemberger vernünftig würde reden können, hatte sie sich getäuscht. Die setzte nämlich wieder zum Sprung an. »Du hast uns bespitzelt?«, kreischte sie, und Paula gab auf.

Bevor die Lemberger auch nur die Chance hatte, sich erneut auf sie zu stürzen, hastete sie, so schnell es ging, die Treppe hinunter. Sophie Lemberger spuckte noch einmal aus, verfolgte Paula jedoch nicht, sondern drehte sich um, verschwand in ihrer Wohnung und knallte die Tür zu.

Mit dieser Wahnsinnigen war ja nicht einmal ansatzweise normale Kommunikation möglich. Der musste sie auf andere Art und Weise beikommen. Aber dass sie Dreck am Stecken hatte, hielt Paula für erwiesen. Wer sonst würde bei dem Wort »Privatdetektivin« als Erstes Angst vor Bespitzelung haben, wenn der eigene Freund ermordet worden war und besagte Privatdetektivin sich mit der Lösung des Falls beschäftigte?

Paula zog die Haustür hinter sich zu und ihr Blick fiel auf das runde Schild mit dem Schriftzug »3-Groschentheater«. Na, also was Dramatik anging, konnte die Lemberger hier durchaus die Hauptrolle spielen.

Paula musste die Hirschle nun zumindest nicht mehr zu Sophia Lemberger befragen. Vorsichtig fasste sie sich ans rechte Auge und zuckte zusammen. Ihre Lippe fühlte sich geschwollen an, in ihrem Magen zog es. Dass ein langweiliger Unidozent mit so einer durchgedrehten Irren zusammen gewesen war? Paula hoffte, er hatte Sophia Lemberger tatsächlich betrogen, mit einer warmen, weichen, unglaublich liebenswürdigen Frau.

Glücklicherweise hatte Paula Desinfektionsmittel zu Hause, sie wollte nur noch duschen, sich verarzten und dann eine Pizza bestellen und sich mit einem Bier auf die Couch setzen. Es war ein langer, harter Tag gewesen und der nächste Morgen würde früh beginnen: Sie hatte die Vormittagsschicht in der Bäckerei, der Wecker würde also noch vor sechs Uhr klingeln.

Sie schloss die Haustür auf, die noch nicht einmal hinter Paula zufallen konnte, als die Hirschle schon auf sie zustürmte. »Haben Sie gehört? Die Beerdigung findet nächsten Dienstag statt, die Polizei hat den Leichnam schon … du liebe Zeit, wie sehen Sie denn aus?«

Paula versuchte zu lächeln, wodurch sie vermutlich einen noch unheimlicheren Eindruck machte als ohnehin schon. »Nächsten Dienstag?« Das musste sie sich merken. »Und wo ich Sie gerade treffe, Frau Hirschle« – oder besser, wo sie gerade getroffen wurde –, »Sie kennen doch Sophia Lemberger, Martin Kirners Freundin, oder?«

»Na ja, kennen ist zu viel gesagt …« Die Alte wusste von jedem im Haus Beruf, Familienstand, Arbeitszeiten und Hobbys. Paula konnte die wenigsten Gesichter überhaupt den Namen am Klingelschild zuordnen. »Aber die haben sich ordentlich oft gestritten. Der Kirner war gar nicht glücklich mit ihr.«

Das konnte Paula sich vorstellen. Hatte Sophia ihn auch geschlagen? Oder waren Gewaltausbrüche vermeintlichen Kontrahentinnen vorbehalten?

»Und noch eine andere Frage: Sie haben doch von Kirners Auto erzählt, richtig?«

»Der rote Skoda mit den abgefahrenen Reifen.«

»Ist der neu?« Reine Routinefrage.

»Ha, noi, da hätte der Kirner doch nie und nimmer das Geld für gehabt! Nein, nein, die Klapperkiste fährt er schon seit Jahr und Tag!«

»Sind Sie sicher?« Paula wusste noch nicht genau, wie sie die Information einordnen sollte. Kirner hatte sich Geld geliehen von Hartmann, um sich ein neues Auto zu kaufen. Entweder hatte Hartmann sie angelogen, oder Kirner hatte Hartmann nicht die Wahrheit gesagt. In jedem Fall blieb die Frage: Was hatte Kirner mit den 10.000 Euro gemacht? Auch wenn sein Fernseher teuer aussah, brachte es der gesamte Hausrat wohl nicht einmal auf 5.000. Und neu war da eigentlich nichts.

»Na, ich kenn doch wohl noch die Autos meiner Mieter.« Beleidigt verschränkte die Hirschle die Arme vor der Brust.

»Natürlich.« Paula lächelte noch einmal gequält. Sie war so müde.

»Sie sollten ins Bett«, sagte die Hirschle nun auch zu ihr. »Aber verpflastern Sie sich vorher noch.«

Das hatte Paula vor. Mühsam stieg sie die Stufen zu ihrer Wohnung hinauf und wählte schon einmal die Nummer des Pizzaservice.

Im Bad schälte sie sich aus ihrer Kleidung, stieg unter die Dusche und ließ 20 Minuten lang das Wasser auf sich herabprasseln. Ihr schlechtes Gewissen wegen dieser Wasserverschwendung hielt sich in Grenzen, sie hatte heute einiges mitgemacht, sie verdiente eine Entschädigung. Außerdem war das Wasser immerhin nicht heiß. Bei diesen Temperaturen konnte sie nur lauwarm duschen, sie sparte also immerhin etwas Energie. Schließlich, als ihre Finger schon ganz schrumpelig waren, drehte sie das Wasser ab und wickelte sich ein Handtuch um.

Mit dem Unterarm wischte sie über den Spiegel, der trotz der niedrigen Wassertemperatur beschlagen war, und betrachtete ihre Verletzungen.

Es war noch schlimmer, als sie befürchtet hatte: An der Stirn hatte sie zwei große rote Kratzer, das rechte Auge war blutunterlaufen, die Lippe so stark geschwollen, dass es nach einem Selbstversuch mit Botox aussah.

Unglücklich holte Paula sich erst einmal ein Bier aus dem Kühlschrank und nahm einen großen Schluck. Ihr Handy brummte, mehrere WhatsApp-Nachrichten: drei Fotos eines gut aussehenden dunkelhaarigen Mannes Ende 30. Dann: »Samstagabend in der Schankstelle! Vergessen Sie es nicht! Sandra«.

Ach du Sch…! Der Treuetest! Daran hatte sie gar nicht mehr gedacht. Wie sollte sie mit diesem Frankenstein-Gesicht jemanden treuetesten? Jemanden, der – sie sah noch mal auf ihr Handy – so gut aussah wie Sandras Verlobter?

Paula legte ihr Handy zur Seite und überlegte sich, wie sie aus der Sache wieder herauskam. Sie musste sich eine Ausrede für Sandra überlegen. Vielleicht schickte sie ihr auch einfach ein Selfie, dann zog sie den Auftrag sicher von selbst zurück. Auf die 250 Euro konnte sie allerdings nicht verzichten. Vielleicht wäre die Schwellung bis Samstag so weit zurückgegangen, dass es ginge? Vorsichtig drehte Paula ihr Gesicht vor dem Spiegel. Wenn sie das eine Auge, das, das nicht schmerzte, zukniff, war sie nur halb so schlimm anzusehen.

Da war nichts zu machen, sie brauchte das Geld. Sie würde Sandra am Samstag einfach eine Ausrede schicken.

Oder Timo eine Perücke aufsetzen. Sie musste kichern, wahrscheinlich lag das am Hunger. Oder dem Bier auf leeren Magen, obwohl sie noch nicht so viel davon getrunken hatte.

In diesem Moment klingelte es an der Tür und Paula seufzte glücklich. Pizza! Es konnte nur noch besser werden.

Sie drückte auf den Türsummer, der Pizzabote hatte sicher schon Schlimmeres gesehen als eine Frau im Handtuch mit zermatschtem Gesicht. Das Trinkgeld würde ihm über den Anblick hinweghelfen.

Paula kramte in ihrer Handtasche nach dem Portemonnaie, als sie Schritte die Treppe hinaufkommen hörte. In dem Moment, in dem sie aufblickte, um die Pizza entgegenzunehmen, schwor sie sich, nie wieder einfach so auf den Türsummer zu drücken.

»Was ist denn mit dir passiert?« Brändle schien ihr Handtuch nicht einmal zu bemerken, so sehr starrte er auf ihr Gesicht, das in diesem Augenblick vermutlich knallrot war, zumindest fühlten sich ihre Wangen extrem heiß an.

»Ich …« Panisch trat Paula einen Schritt zurück, was ihr Handtuch in Rutschgefahr brachte, woraufhin sie mit beiden Händen danach griff. Was ihr wiederum nicht mehr viel Gegenwehr ermöglichte, als Brändle sie am Ellenbogen fasste und sanft ins Bad schob. Ungefragt öffnete er ihren Hängeschrank und wühlte darin herum.

Und weil es jetzt eh schon egal war, lehnte Paula sich zurück an die Waschmaschine, hoffte, dass eine Hand fürs Handtuch reichen würde, und schnappte sich mit der anderen die Bierflasche, die sie auf der Fensterbank stehen gelassen hatte.

Brändle schien gefunden zu haben, was er gesucht hatte, denn er drehte sich zu ihr um.

»Eine eifersüchtige Ehefrau?«, fragte er und fasste Paula unters Kinn, um ihr Gesicht etwas zu drehen. Gezwungenermaßen stellte sie das Bier ab, obwohl sie glücklich gewesen wäre, sich noch etwas mehr Mut antrinken zu können.

»Eifersüchtige Freundin«, antwortete Paula.

Brändle seufzte. »Du solltest diese Fälle nicht mehr annehmen. Nächtliche Observationen, Affären hinterherspionieren …«

»Das ist halt mein Job«, sagte Paula leise, korrigierte aber seine falsche Annahme über ihren derzeitigen Auftrag nicht. Seine Hände waren ganz sanft, wie er ihr vorsichtig Desinfektionsmittel auftupfte und schließlich ein Pflaster über die Kratzer klebte.

Er stand dicht vor ihr, und sein Aftershave roch so vertraut, am liebsten hätte Paula die Augen geschlossen und sich in diesem Duft vergraben. Ihm schien Ähnliches durch den Kopf zu gehen, denn auch wenn er seine Assistenzarzt-Tätigkeiten beendet hatte, machte er keine Anstalten, von ihr abzurücken. Seine linke Hand war mittlerweile zu ihrer Schulter gewandert, ihrer nackten Schulter, und Paula versuchte sich zu konzentrieren, das war schließlich immer noch Brändle, Polizist und Nervensäge, und sie war immer noch nur mit einem Handtuch bekleidet, außerdem deutlich unterzuckert und … sie schreckte zusammen, als die Türklingel quäkte.

»Besuch«, stellte Brändle steif fest, als er einen großen – viel zu großen – Schritt zurücktrat. Er presste seine Lippen so seltsam aufeinander und verließ das Bad, wobei sein Rücken ganz gerade war. »Ich geh wohl besser.«

»Pizza!«, rief Paula. »Ich hab … Pizza bestellt.« Nur deshalb hatte sie Brändle doch in diesem Aufzug die Tür geöffnet. Er hatte doch nicht gedacht, sie …

Er drehte sich zu ihr um. »Du solltest dich ausschlafen«, sagte er, aber er lächelte dabei wieder, sodass ihr Herz einen dieser kleinen Hüpfer machte, die es in Brändles Gegenwart öfter tat. Vielleicht sollte sie mal zum Kardiologen.

»Mach ich«, sagte Paula, dann verschwand Brändle hinter dem Pizzaboten die Treppe hinunter.

4. KAPITEL

»Wir gehen auf eine Party!« Paula versuchte durch überzogenen Enthusiasmus sowohl von ihrem zerschlagenen Gesicht als auch vom Grund ihres Partybesuchs abzulenken.

»Was hast du denn gemacht?« Augenblicklich ließ Julia die Servietten fallen, die sie gerade in den Spender einsortieren wollte, und kam um die Theke auf Paula zu.

»Was'n für 'ne Party? Und was machen wir da?«, fragte Timo, der am Tisch saß und einen Muffin aß.

Er war nicht häufiger in seinem Shop als Paula in ihrem Büro, nur fand Paulas Job tatsächlich meist außer Haus statt. Seiner hingegen …

»Eine BWL-Party!« Ihr Enthusiasmus hielt sich nur so lange, bis Timo entsetzt die Augen aufriss und »Willst du mich umbringen?« krächzte, während Julia die Hände in die Hüften stemmte. »Du bist verletzt!«

»Nur ein paar Kratzer.«

»BWL. Mein Kryptonit.« Timo stöhnte und ächzte und griff sich mit der Hand ans Herz.

»Nun stellt euch nicht so an«, jammerte Paula. »Ich kann doch da nicht allein hingehen!«

»Im Kapitalismus ist sowieso jeder für sich allein«, sagte Timo dumpf.

»Du könntest ja versuchen, die Studis da zu bekehren?«, schlug Paula vor. »Kommt auf die Seite des Lichts! Hier gibt es Kommunismus und Gras.«

»Ich hab morgen leider Frühschicht«, sagte Julia bedauernd, »da geht es dann sowieso nicht.«

»Und wenn ich für dich übernehme?« Gemeinsam mit der Marzahn, samstags mussten sie immer zu zweit im Laden sein.

»Bist du denn fit genug?«

Paula würde alles dafür tun, um Julia mitnehmen zu können. Sie hatte Pläne für Julia, sie brauchte Julia! Nicht unbedingt für die BWL-Party, aber für das, was Paula danach im Sinn hatte …

»Na ja.« Julia lehnte sich an die Theke. »Es wäre vielleicht tatsächlich mal ganz interessant, mit Fachleuten über die neuesten Entwicklungen auf dem Börsenmarkt zu sprechen.«

Bevor Timo mit Würgegeräuschen anfangen konnte, stimmte Paula ihr schnell zu. »Die haben auf einer Party bestimmt total viel Lust, darüber zu sprechen! Wozu sind Partys denn sonst da?!« Und weil sich Timo nun wirklich anschickte, etwas zu sagen, fügte sie hinzu: »Die hübschesten Studentinnen haben die BWLer.«

Timo klappte seinen Mund wieder zu.

»Das ist bekannt.« Paula nickte nachdrücklich.

Der Rest ihres Arbeitstages verlief zäh, und als sie endlich Feierabend hatte, nahm Paula noch schnell ein belegtes Brötchen mit, das sie schon auf dem Heimweg aß. Zu Hause legte sie sich für eine Stunde hin. Sie hatte heute schon acht Stunden in der Bäckerei hinter sich und würde noch mindestens vier weitere am Abend als Privatdetektivin dranhängen. Wo war der Arbeitsschutz für Freiberufliche?

Als Timo gegen acht bei ihr klingelte, hatte sie die Tomatensoße fertig gekocht und wollte gerade die Nudeln abschütten. Sein siebter Sinn.

»Willst du mitessen?«, fragte sie ihn und holte bereits einen zweiten Teller aus dem Schrank.

Schließlich tauchte auch Julia bei Paula auf – in einer frisch gebügelten hellrosa Bluse, mit Perlenohrringen und einem adrett frisierten Pferdeschwanz.

»Perfekt«, flüsterte Paula. »Die Verbindungsjungs werden dich lieben. Okay, hier der Schlachtplan für heute Abend.« Sie wandte sich an Timo: »Du tust so, als hättest du dich unsterblich in Sophia Lemberger verknallt. Die Frau ist dunkelhaarig, leidenschaftlich und vollkommen durchgeknallt, das sollte dir jeder abkaufen.«

»Hey!«

»Du versuchst alles über sie – und ihre Beziehung zu Martin Kirner – in Erfahrung zu bringen. Wenn du den Mädels zum Beispiel von ihr vorschwärmst und fragst, was ihr gefallen könnte und wie die Chancen stehen, weil der Kirner …«

»Moment mal.« Timo hob eine Hand in die Höhe. »Ich schwärm doch keinem Mädel von einer anderen vor. Gentleman hier, also bitte!«

»Es geht um Hintergrundinfos für Paulas Fall!« Nach ihrem anfänglichen Zögern war Julia nun voll dabei. BWL, sie schien im siebten Himmel.

»Wer weiß, vielleicht kannst du mit den Infos wirklich bei Sophia Lemberger landen«, versuchte Paula ihn zu locken. »Eine sehr, seeeehr leidenschaftliche Frau.«

»Ach, die hat dich so zugerichtet?«

Paula warf die Hände in die Luft. »Wie bist du denn

jetzt da … ach weißt du was? Ich will's besser gar nicht wissen. Und du, Julia«, drehte sie sich zu ihrer Freundin um, »du versuchst, aus den Verbindungsstudenten alles über Kirner herauszuquetschen, was sie wissen.«

»Verstanden.« Julia salutierte.

»Moment mal.« Timo zog die Augenbrauen zusammen. »Und was machst du?«

Tja, was machte sie? … Da waren sie nun bei dem wahren Grund, weshalb Paula nicht allein auf die Party gehen konnte. Sie beschloss, ehrlich zu sein: »Ich werde mit Frau Niklas' Sohn sprechen und ihn hoffentlich wieder auf den Pfad der Tugend zurückholen.«

Die Party fand im Foyer des Instituts statt. Trotz der späten Uhrzeit war es immer noch warm, weshalb sich nicht nur die Raucher, sondern auch einige andere mit einem Getränk in der Hand vor den Eingang gestellt hatten. Früher oder später würde wohl das Ordnungsamt vorbeikommen. Oder ein wütender Nachbar.

Bei der Lautstärke der Musik waren die paar Gespräche vor der Tür aber auch beinahe schon egal.

»Ekelhaft«, war Timos Kommentar, aber Paula fand die Pop-Songs eigentlich nicht schlecht. Tanzbar. Mit Timos Musikgeschmack hatte sie sich noch nie anfreunden können. Gut, Bob Marley, den er hin und wieder im Laden für seine Kunden spielte – das gehörte zu einem Headshop offenbar genauso dazu wie Eros Ramazzotti zu einem italienischen Restaurant –, fand sie ja noch ganz nett. Aber Trance, was er hauptsächlich zu Hause hörte, verursachte ihr Kribbeln unter der Haut.

Vor dem Eingang tummelten sich schon mehr als ein

Dutzend Studenten mit Bierflaschen und Zigaretten in der Hand.

Timo schauderte. Als sie das Foyer betraten, fischte er aus den Untiefen seiner Cargo-Hose einen Che-Guevara-Sticker und pappte ihn an die Eingangstür.

Schnell zog Paula ihn weiter. Es war wohl besser, ihm direkt ein oder zwei Bier zu spendieren. Nicht dass er hier noch die Revolution plante.

Auf dem Weg zur Bar, die man links im Foyer eingerichtet hatte, versuchte Paula sich ein Bild von der Party zu machen. Es war zu dunkel, um gleich mit einem Blick alles zu erfassen, aber Leons Freundin, die hübsche dunkelhaarige Studentin mit den bauchfreien Oberteilen, konnte sie auf der Tanzfläche mit ihrem Freund, dem Verbindungsstudenten Jonas, turteln sehen.

Paula bestellte zwei Bier, eins für Timo, eines für sich, und einen Saft für Julia. Mit den Getränken in der Hand wanderten sie zur Seite und lehnten sich an die Wand. Solche Partys gaben für gewöhnlich wundervolle Einblicke ins Institutsleben. Waren viele Dozenten anwesend, sprach das meist für ein kleines, gut zusammenhaltendes Institut, dann konnte man auch erwarten, dass die meisten Studenten genau zu diesem Fach gehörten. Auf riesigen Fakultätspartys war alles bunt gemischt, da konnte es einem passieren, dass man einen Studenten der katholischen Religion für einen Biologen hielt oder umgekehrt.

Paula entdeckte Professor Stolten, der mit einer jungen Frau im Gespräch war, dem Anschein nach einer Studentin. Dabei warf er hin und wieder Blicke zu Professor Dörfler, die am anderen Ende des Raumes in eine Diskussion verstrickt war. Ihre unbekannte Diskussionspartnerin hatte Paula noch nicht kennengelernt, aber das IBWL-Institut beschäftigte ja noch mehr Dozenten als die Handvoll, die sie bisher getroffen hatte.

Bei dieser Gelegenheit fiel Paula ihr Auftraggeber ein und sie drehte sich suchend um. Ah, da vorn. Philipp Hartmann stand in einer Ecke und trank allein Bier, er hatte vermutlich andere Sorgen. Nicht einmal Paula bemerkte er, obwohl sie mehrfach versuchte, seinen Blick einzufangen. Irgendwann stellte er das Bier ab und verschwand, ohne sich bei jemandem zu verabschieden. Professor Stolten blickte ihm hinterher, wandte sich dann aber wieder der Studentin zu, die ihren Ausschnitt ein bisschen weiter nach unten zog, was er allerdings nicht zu bemerken schien.

»Wetten, dass die auf eine gute Note hofft«, sagte Paula. »Studentinnen, die etwas mit ihren Professoren anfangen …«

»Da spielen diverse psychologische Faktoren eine Rolle.« Julia nickte langsam. »Und ich habe Alkohol vergessen.«

»Der ist vermutlich der wichtigste Motor«, stimmte Paula zu.

»Vielleicht hätte ich mein Schaubild auf Beziehungen sowie Party-One-Night-Stands erweitern sollen.«

Vielleicht war es nicht nur die Kirner/Hartmann-Geschichte, weshalb Frau Professor Dörfler den Institutsleiter nicht mehr leiden konnte. Oder umgekehrt: Vielleicht hatte nicht Stolten ihr eins auswischen wollen, indem er Hartmann bevorzugte, vielleicht war ihre Hartnäckigkeit, trotz aller Skandale an Kirner festzuhalten, der Tatsache geschuldet, dass sie Stolten eins auswischen wollte.

Paula schüttelte den Kopf. Sie hatte ihr ganzes Leben lang nicht so viel über Sex nachgedacht wie in den letzten drei Monaten ihres neuen Jobs. Und apropos Job: »An die Arbeit! Wir sollten uns aufteilen.« Paula zeigte auf eine Gruppe von adretten Jungs, die beieinanderstanden und recht sympathisch aussahen. »Deine Aufgabe«, sagte sie zu Julia, die ihre ordentlich gekämmten Haare noch ein kleines bisschen mehr zurechtdrapierte und Paula zunickte.

»Auf in den Kampf«, flüsterte Timo ihr hinterher. Dann suchte er sich zielsicher die Studentin aus, die die wenigsten Kleidungsstücke trug – was auf einer Party Anfang August wirklich eine schwierige Leistung war, wie Paula fand.

»Bis später«, sagte er, ohne Paula anzusehen, und machte sich im Wiegeschritt auf den Weg zur Tanzfläche.

Paula selbst nahm einen großen Schluck von ihrem Bier. Einen zweiten. Und noch einen, bevor sie sich nach Leon, dem Muttersöhnchen, umsah. Wie sie das Gespräch anfangen sollte, wusste sie noch nicht, und weshalb sie sich überhaupt in diese Lage gebracht hatte, mit ihm zu sprechen, konnte sie sich nur mit temporärer geistiger Umnachtung erklären, die sonst nur Brändle in ihr auslöste.

Sie drehte eine Runde durchs Foyer, ließ die Party auf sich wirken. Sie konnte sich nicht erinnern, zu ihren Studienzeiten auf einer BWL-Party gewesen zu sein. Die Sportler-Partys waren legendär gewesen, daran konnte sie sich erinnern, sonst hatte sie meist mit ihrer eigenen Fakultät – ihren eigenen Fakultäten, sie hatte vielleicht doch einmal zu oft von Orchideenfach zu Orchideenfach gewechselt – gefeiert. Timo war überall dabei gewesen, Hauptsache, es gab Alkohol. Ihre Lieblingspartys waren allerdings die im Studentenwohnheim gewesen, sozusagen zu Hause. Sie kannte die Leute, die Musik kam von einem Kumpel von Timo, dem sie immer wieder Lieblingssongs vorschlagen konnte, und der Raum war so heillos überfüllt, dass jeder Feuerwehrmann die Hände über dem Kopf zusammengeschlagen hätte. Gute Zeiten. Paula trank einen weiteren Schluck Bier. Oder schlechte, wie man's nahm. Die Partys hatten letztlich dazu geführt, dass sie mit etwas zu viel Gras erwischt worden war, sie hatte nur jemandem einen Gefallen tun wollen. Timo hatte sie heldenhaft versucht zu verteidigen und sich dadurch beinahe selbst mit reingerissen, aber im Endeffekt … ja, im Endeffekt war sie es gewesen, sie allein, die es verbockt hatte, die ihr Studium vergeigt, ihre Zukunft in den Sand gesetzt hatte.

Und in dieser Stimmung war es, in der sie vor den Toiletten in Leon hineinlief. Sie stießen tatsächlich zusammen, weil Leon zur Tanzfläche und Paula nur vor sich hingestarrt hatte, und so musste sie sich an seiner Schulter festhalten, um nicht hinzufallen.

»Leon!«

Er blinzelte.

»Ich bin Paula.«

»Woher …?«

»Deine Mut…« Das kam vielleicht nicht so gut. Hätte ihr jemand als Studentin gesagt, dass ihre Mutter nicht mehr wollte, dass sie trank, hätte sie den genauso ernst genommen wie die Warnhinweise auf Zigarettenpackungen. »Äh … Andi hat mir deinen Namen gesagt.«

»Andi?«

Paula gestikulierte vage nach hinten. Es gab hier sicher irgendwo einen Andi, es gab *immer* irgendwo einen Andi.

Leon nickte, sah Paula aber etwas zweifelnd an.

»Weißt du, Leon«, Paula hielt ihr Bier in die Höhe. Es war alle. »Partys und so, das ist ja alles schön und gut.«

»Ja«, sagte er vorsichtig, nachdem sie ihren Gedanken nicht fortführte.

Aber sie musste sich erst sammeln. Jetzt nicht zu mütterlich werden, auch wenn Leon so verdammt jung aussah und so unglaublich nerdig mit seinem akkurat gescheitelten Haar und der runden Brille.

»Komm, ich kauf dir 'n Bier.«

Sie schleppte ihn zur Bar, und auch in die hintere Ecke des Foyers, in dem es zwar immer noch ohrenbetäubend laut war, aber man zumindest ein Gespräch führen konnte, ohne zu sehr schreien zu müssen. Leon dackelte hinter Paula her. Sie konnte schon ein bisschen verstehen, dass Frau Niklas ihn gern zu Hause oder in der Bibliothek wusste – die reale Welt war ziemlich hart für einen Jungen wie ihn.

»Was willst du denn werden?«, fragte Paula. Buchhalter? Er sah aus wie ein Buchhalter.

Stattdessen schob Leon seine Brille die Nase hoch, knibbelte am Etikett seines Tannenzäpfles und schien sich zu fragen, wie er in diese Situation geraten war, auf der Semesterend-Party einer verrückten Fremden Rede und Antwort über seine Zukunft stehen zu müssen. Warum er nicht einfach aufstand und zu seinen Freunden ging? Zu gut erzogen? Dankbarkeit für das Bier? Oder Angst vor Paulas blauem Auge.

»Ich mein ja nur«, erklärte sie, »weißt du, ich hab nämlich auch mal studiert, also angefangen. Nicht direkt BWL« – mehr Archäologie, Kunstgeschichte und …, »aber dann bin ich an die falschen Freunde geraten, auf zu viele schlechte Partys, an Drogen …« – und vielleicht waren die Augenringe und die geschwollene Lippe kein Hindernis, sondern gerade positiv bei diesem Gespräch, so wirkten schließlich auch die neuen Bilder auf den Zigarettenschachteln: abschreckend – »und jetzt … na ja. Bin ich hier.«

»Sind Sie hier«, wiederholte Leon langsam. »Was machen Sie hier?«

»Ach Herrgott.« Sie war übermüdet, hatte zu viel gearbeitet, Alkohol im Blut und echt schlechte Laune. »Hör auf, dich zu besaufen und mit deinen Freunden rumzutreiben. Geh in die Bibliothek, schreib deine Hausarbeiten und mach was aus deinem Leben.« Sie stand auf, trank ihr restliches Bier in einem Zug aus und ging mit großen Schritten auf den Ausgang zu. Auftrag erledigt, mehr konnte sie heute nicht tun. Was diese Niklas auch erwartet hatte! Was sollte sie denn machen? Sie war doch bloß eine gescheiterte Existenz, Studienabbrecherin, abgehalfterte Privatdetektivin. Eigentlich das perfekte Beispiel, um Studenten sofort wieder an den Schreibtisch zu führen. Sie war durch und durch eine Versagerin.

»Hallo, Lieblingspaula!« Timo kam von der Seite auf sie zu und legte einen Arm um sie.

Sie verlangsamte ihren Schritt gezwungenermaßen und drehte den Kopf leicht zu ihm. »Bin ich eine Versagerin?«, fragte sie.

»Du bist die beste Privatdetektivin der Welt«, antwortete er. »Auch wenn du in Bezug auf Schlägereien immer noch nicht dazugelernt hast.«

Trotz ihrer niedergeschlagenen Stimmung musste Paula lächeln.

»Ich brauch was zu rauchen.« Er schlenderte nach draußen.

Paula würde ihm gleich folgen, aber sie musste vorher noch Julia suchen. Die sollte mittlerweile ja auch weitergekommen sein mit ihrer Recherche. Und tatsächlich entdeckte sie ihre Arbeitskollegin in angeregtem Gespräch mit einem jungen Mann. Als sie Paula sah, winkte sie, verabschiedete sich von ihrem Gesprächspartner und kam beschwingt auf Paula zu.

»Ich hab drei Telefonnummern bekommen«, sagte sie mit geröteten Wangen.

Gemeinsam suchten sie nach Timo, den sie schließlich einige Meter rechts vom Eingang fanden, abseits der anderen Bier trinkenden Raucher. Er zündete sich gerade eine selbst gedrehte, verdächtig große Zigarette an.

»Die Lemberger«, sagte er und zog an seinem Joint, »scheint 'ne richtig heiße Braut zu sein.« Er sah Paula an. »Kannst du mir ihre Nummer geben?«

»Haben sie dir noch was anderes erzählt?« Etwas Nützliches, wollte Paula hinzufügen.

»War ziemlich eifersüchtig.«

Paula deutete auf ihr Gesicht. »Das hat sie eindeutig bewiesen, Einstein.«

»Jaaaa, aber nicht nur auf dich.« Timo grinste und zog genüsslich und lange an seinem Joint. Sehr lange … extrem lange …

»Komm schon!« Paula knuffte ihn in die Seite. »Mach's nicht spannender als Heidi Klum. Auf wen?«

»Jennifer.« Timo legte den Kopf schräg. »Und die würde ich definitiv auch nicht von der Bettkante schubsen, wenn …«

»Jennifer?«

»Arbeitet als HiWi am Lehrstuhl von diesem Professor.«

Die Freundin von Verbindungsjonas! »Lange, dunkle Haare?«, vergewisserte Paula sich.

»Und einen Körper, der …«

»Danke, ich weiß, von wem du sprichst«, unterbrach Paula ihn. Tatsächlich war die Studentin ausnehmend hübsch, wie Sophia Lemberger war sie eher der dunkle Typ, war im Gegensatz zur Doktorandin aber auch recht groß, sodass man sie nicht übersehen konnte. Die meisten Jungs im Foyer hatten sich nach ihr umgedreht, und vermutlich schmachtete auch Leon sie auf eine etwas ungeschickte Art an.

»Kein Wunder«, murmelte Paula und setzte gleich ein neuerliches Gespräch mit Annette, aber auch mit Jennifer selbst auf ihre To-do-Liste.

»Adrian und ich haben eine halbe Stunde über Adam Smith gesprochen.« Julia glühte geradezu vor Begeisterung.

»Ist das ein Austauschstudent?« Timo zog die Nase kraus. »Oder einer deiner nölenden Popstars wie James Blunt?«

»Ein Ökonom!«

Bei Paula klingelte etwas. Bis zum Abi hatte sie schließlich noch recht gute Noten gehabt. »Vielleicht solltest du doch studieren«, sagte sie zu Julia, die jedoch resolut den Kopf schüttelte.

»Die Bäckerei würde mir zu sehr fehlen. Und als ... ich weiß nicht ... Business-Analystin müsste ich diese Dinge ja dauernd machen. Nein, das würde mir den ganzen Spaß verleiden und oooh!« Falls es möglich war, leuchteten ihre Augen noch mehr, als sie jetzt nach Paulas Händen griff: »Ich werde dein Marketingkonzept noch mal überarbeiten! Adrian hat mir da ein, zwei Tipps gegeben, mit denen ich dir das ultimative Paket schnüren kann!«

BWL war ihr Hobby ... Paula schüttelte den Kopf. »Martin Kirner?«, fragte sie dann.

»Der war nicht sonderlich beliebt, aber auch nicht unbeliebt. Er hat angeblich eine ziemlich geniale Doktorarbeit geschrieben.« Das wusste Paula bereits. »Deshalb wollen wohl einige unbedingt bei ihm ihre Bachelor- oder Masterarbeit schreiben. Sophia Lemberger auch. Aber das ist ja nach hinten losgegangen.« Das wusste Paula schon von Hartmann, sie vermutete aber, dass die Sache nicht an die große Glocke gehängt worden war.

»Hat der ein oder andere Studi davon was gehört?« Sie konnte sich durchaus vorstellen, dass Hartmann die Gerüchte gestreut hatte. Seine Chancen auf die Anstellung hatte das schließlich verbessert. »Gerüchte? Es gab ein Untersuchungsverfahren, und angeblich hat der Institutsleiter mit dem Dekan und dem Rektor irgendetwas ausgehandelt, im Endeffekt ist es dann unter den Teppich gekehrt worden.«

»Die Lehrstuhlleiterin«, murmelte Paula geistesabwesend. Professor Dörfler musste wirklich einen Narren an Kirner gefressen haben.

»Nein, der Institutsleiter. Stolten.«

Paula war noch dabei, diese Information zu verdauen, da kamen drei Verbindungsstudenten auf sie zu. Das waren ganz sicher Verbindungsstudenten, auch wenn sie keine Schärpe trugen, sie sahen exakt so aus wie Jonas und seine Mitbewohner: pastellfarbene Polohemden mit Pferd und Reiter oder Krokodil, Mokassins und gegelte Haare. Sie blieben breitbeinig vor Timo stehen und verschränkten die Arme vor der Brust. Sie wirkten sehr selbstsicher und auch sehr betrunken.

Der erste der drei reckte das Kinn und sagte: »Ich glaub, du passt hier nicht hin.«

Auch wenn das Institut für Internationale BWL keine Sozialpädagogik war, diese dumme Anmache fand Paula ungerechtfertigt. Sie hatte noch einige andere links-alternativ angehauchte Studenten am Tresen gesehen.

Timo grinste breit, den Joint im Mundwinkel. »Angst, dass deine Schnecke mich heißer findet, hm?«

Paula verdrehte die Augen, auch Julia stöhnte, aber dem Burschenschaftler schien der Spruch alles andere als zu gefallen, denn seine Faust schoss nach vorn und … wesentlich schneller, als Paula Timo sich jemals hatte bewegen sehen, duckte er sich und der Student wurde vom Schwung nach vorn mitgerissen. Ein tänzelnder Schritt zur Seite, der andere fiel um, dann nahm Timo den Joint zwischen Daumen und Mittelfinger und hielt ihn den beiden anderen Burschen hin. »Chillt mal euer Leben.« Er schüttelte den Kopf und machte sich, nun wieder in seinem üblichen Schildkrötentempo, auf den Weg die Schellingstraße hinunter.

»Ey!«, rief ihm noch einer der beiden hinterher, der den

Joint verdutzt entgegengenommen hatte, bevor er sich jedoch lieber um seinen umgefallenen Freund kümmerte.

Paula und Julia folgten Timo zur U-Bahn-Station.

»Siehst du, man muss sich nicht immer prügeln«, sagte Timo und deutete auf Paulas Gesicht.

»Unglaublich«, flüsterte Julia.

Paula sagte lieber gar nichts. Sie war sich nicht sicher, ob sie das eben wirklich gesehen hatte.

Zur U-Bahn war es nicht weit, sie mussten nur noch quer rüber zur Theo und dann an der Lautenschlagerstraße entlang zum Hauptbahnhof.

Eine Bank war am Gleis nicht mehr frei, ein paar betrunkene Jugendliche konnten sich nicht mehr auf den Beinen halten, zwei traurige ältere Gestalten saßen mit Plastiktüten zwischen den Knien auf den Bänken. Wie üblich patrouillierte die Polizei – zu Timos Erleichterung aber am gegenüberliegenden Gleis –, eine alte Frau mit Plastiktüten schrie herum, eine Gruppe junger Männer grölte und ein Pärchen stand knutschend vor dem Fahrplan, sodass Paula sich nicht einmal dort anlehnen konnte.

Sie war müde. Viel zu müde, um jetzt noch zu stehen, viel zu müde, um morgen, nein, heute früh zu arbeiten. Blödes knutschendes Pärchen.

Moment mal.

Schlagartig war Paula wieder wach. Sie zog ihr Handy aus der Tasche.

»Was meint ihr?« Sie hielt Julia und Timo ein Bild hin. »Ist *das* hier *der* Kerl dort?«

Timo gähnte, Julia kniff die Augen zusammen, sah zum Foto, zum knutschenden Pärchen und wieder zurück zum Foto. »Sieht so aus«, sagte sie schließlich. »Auch ein Verdächtiger im Mordfall Kirner?«

Paula schüttelte den Kopf. »Der Verlobte meiner treuetestenden Auftraggeberin. Der gerade definitiv nicht mit seiner Verlobten knutscht.«

Julia riss Mund und Augen auf, Timo gähnte noch einmal, Paula zuckte mit den Schultern und machte ein Foto.

Da hatte sich der Abend ja doppelt gelohnt.

Am nächsten Morgen hielt sich Paula lediglich mit dieser Nachbetrachtung auf gleich zwei erfolgreiche Ermittlungen über Wasser.

Gegen halb elf war sie dennoch mehr als nur froh, dass der morgendliche Ansturm vorbei war und sie Zeit hatte, endlich einen Schluck ihres mittlerweile kalten Kaffees zu trinken.

Was sie mit dem Foto machen sollte, hatte sie noch nicht entschieden. Timos Idee schwebte immer noch im Raum, obwohl ihr solche Erpressungen eigentlich zuwider waren. Und was ihre Mordermittlung anging, beschloss sie, einen Schlachtplan zu entwerfen.

»Was machst du da eigentlich?«, fragte die Marzahn, als eine halbe Stunde später immer noch gähnende Leere im Geschäft herrschte und Paula sich um ihren anderen, ihren *eigentlichen* Job kümmerte.

»Eine Liste.«

»*Du* machst Listen?«

Empört sah Paula auf. Sie mochte Listen! Sie liebte sie vielleicht nicht so sehr, wie Julia das tat – die auch auf Tabellen und Diagramme stand –, aber Paula war *organisiert*. Sie besaß Notizbücher – neuerdings zwei –, ein

Büro und sie machte Listen. Die waren hilfreich, um nicht die Übersicht zu verlieren.

Doch im Blick der Marzahn lag nur Neugier, und so schob Paula ihr den Zettel hinüber. »Das sind alle Leute, die im Institut für Internationale BWL arbeiten und nach bisherigem Ermittlungsstand« – bisheriger Ermittlungsstand, wie professionell das klang! Die Marzahn zeigte sich ebenfalls gebührend beeindruckt – »etwas mit Martin Kirner zu tun hatten.«

Annette als neutrale Person hatte Paula blau gefärbt. Professor Dörfler war grün, da sie bisher als Einzige Martin Kirner wohlgesonnen schien. Professor Stolten war rot, Sophia Lemberger rot und dreimal unterstrichen. Eine Linie führte von ihr zur HiWi-Jennifer. Paula hatte einen Totenkopf auf die Linie gemalt. Ein etwas kleinerer fand sich auf der Linie zwischen Professor Stolten und Professor Dörfler, ein zerbrochenes Herz zwischen Kirner und Sophia Lemberger.

»Wow.«

»›Gute Zeiten, schlechte Zeiten‹ ist nichts gegen die Intrigen an diesem Institut.« Sie hatte ihre beiden Hauptfragen, die es nun zu klären galt, unten drunter geschrieben:

Was hat Kirner mit den 10.000 Euro von Hartmann gemacht?

Hatte Jennifer ein Verhältnis mit Kirner? – Denn das hätte wieder neue Tatmotive für Jennifer oder möglicherweise ihren Freund ergeben.

Außerdem musste sie noch mehr über Professor Stolten in Erfahrung bringen, den Paula bisher noch nicht als wichtig erachtet hatte. Aber offenbar stand hinter der ganzen Kirner/Hartmann-Sache mehr als die bloße Konkurrenz zweier Parteien, Dörfler und Kirner auf der einen, Stolten und Hartmann auf der anderen Seite.

Das Türglöckchen bimmelte und Julia spazierte herein, so ausgeruht wie der Frühling, so strahlend wie die Mittagssonne. Paula, deren Augenringe vermutlich ihren schlimmsten blauen Flecken Konkurrenz machten, unterdrückte eine unverschämte Bemerkung.

Julia wedelte mit einigen Zetteln. Wenn das ihr Marketingkonzept war, konnte Paula für nichts mehr garantieren.

»Psychologie!«, rief Julia stattdessen. »Wusstest du, dass es tatsächlich sehr häufig vorkommt, dass sich Schülerinnen in ihre Lehrer und Schüler in ihre Lehrerinnen verlieben?«

Paula nickte. Sie persönlich hatte zwar eher unattraktive Lehrer gehabt, aber von dieser Art der Schwärmerei hörte man ja häufig.

»Das hat natürlich viel mit den Hormonen in der Pubertät zu tun«, räumte Julia ein, um dann fortzufahren: »Wenn wir die jedoch rausrechnen, bei Studentinnen ist das vielleicht meist nicht mehr der Fall.«

Timo war vermutlich immer noch in der Pubertät, aber Paula fand, das könne man für die Gesamtbevölkerung wohl so annehmen.

»Also, sagen wir, zu 50 Prozent?«, fragte Julia und deutete auf irgendeinen Punkt in einer unglaublich langen Zahlenkolonne. »Dann bleiben die anderen Gründe noch übrig: Man verbringt viel Zeit im Umfeld ›Universität‹, der Professor oder Dozent ist eine Autoritätsperson, eine Person, die viel weiß und einem auch helfen kann, deshalb verlieben sich Patienten auch häufig in ihre Ärztinnen,

Klientinnen in Psychologen und so weiter und so fort.« Sie holte Luft. »Jedenfalls bleiben dann immer noch mindestens 50 Prozent der Gründe übrig. Und offenbar sind Liebesbeziehungen zwischen Professoren und Studentinnen – oder Professorinnen und Studenten oder Professorinnen und Studentinnen oder Professor…«

»Ich hab's verstanden«, unterbrach Paula, »nehmen wir der Einfachheit halber das generische Femininum.«

Julia nickte erleichtert. »… sind Liebesbeziehungen zwischen Professorinnen und Studentinnen offenbar so häufig, dass die Elite-Universität Yale sich gezwungen sah, ein Verbot zu veröffentlichen.« Triumphierend sah sie Paula an, die langsam nickte. Was genau wollte Julia ihr damit sagen?

»Du glaubst, die Wahrscheinlichkeit, dass Kirner in Jennifer eine weitere studentische Verehrerin hatte, ist recht hoch?«

Aufgeregt gestikulierte Julia in Richtung Paulas Gesicht: »Sie hat rausgekriegt, dass Jennifer ihr den Freund ausspannen wollte, ausgespannt hat, und boom, du siehst, was passiert, wenn sie sich mit einer Konkurrentin konfrontiert sieht.« Julia hielt inne und zog die Augenbrauen zusammen. »Moment«, sagte sie. »Sophia Lemberger hat dich angegriffen. Dann müsste Jennifer ebenfalls blaue Flecken haben. Daran erkennst du, ob …«

»Zu lange her.« Paula schüttelte den Kopf. »Das müsste schon vor über drei Wochen passiert sein, und bei meinen Observationen von Leon habe ich nicht darauf geachtet, ob Jennifer verletzt ist.« Wäre es ihr nicht trotzdem aufgefallen? Sie knabberte auf ihrer Unterlippe. »Aber vielleicht ist sie direkt zu Kirner, ohne den Umweg über die Konkurrentin.«

»Und dann hat sie ihn …« Julia machte eine Handbewegung, die sie sich aus ›Psycho‹ abgeschaut haben musste.

»Bis auf die Tatsache, dass er nicht erstochen wurde«, sagte Paula, musste ihrer Freundin aber zustimmen. Sie favorisierte diesen Tathergang derzeit ebenfalls. Sie deutete auf die dreimal unterstrichene Sophia Lemberger in ihrer eigenen weitaus reduzierteren Grafik. Und genau aus diesem Grund … »Ich hab meiner Klientin das Foto ihres Verlobten noch nicht geschickt.«

»Du hast Angst, sie bringt ihn um?«

Diesmal deutete Paula auf ihr Gesicht. Immerhin war die Schwellung der Lippe schon stark zurückgegangen. Dafür war das Auge nun tiefblau und furchterregend.

Den Rest des Wochenendes nutzte Paula zur Erholung. Sie cremte ihre Kratzer mit Wundsalbe ein, legte ein Kühlpad aufs blaue Auge, sah auf ihrem winzigen Laptop fern und beschloss, ihre Wohnung nicht zu putzen, schließlich war sie ja krank. Das Highlight ihres Wochenendes bestand in einer Nachricht von Brändle am Sonntagabend. Dass dem so war, hätte sie aber nur unter Folter zugegeben.

Am Montag fühlte sie sich so weit erholt, früh aufzustehen und vor ihrer Nachmittagsschicht in der Bäckerei dem Institut für Internationale BWL einen erneuten Besuch abzustatten.

»Ich brauch Infos, wer hier mit wem schläft«, fiel Paula bei Annette gleich mit der Tür ins Haus.

»Also … ich … das …«, stotterte die Sekretärin und wurde rot. Sie also definitiv mit dem Hartmann.

»Kirner«, sagte Paula deshalb zur Beruhigung, »mich interessiert hauptsächlich, wer was mit Martin Kirner hatte. Den Hartmann lassen wir mal aus.«

»Ich … also …« Annette strich sich eine rote Haarsträhne hinters Ohr und sah sich um. »Ich weiß nicht, was du meinst.«

So kamen sie nicht weiter. Deshalb setzte Paula ein vertrauenswürdiges Lächeln auf und besah sich die Kaffeemaschine genauer. Diese Vollautomaten sollten doch nicht allzu schwer zu bedienen sein. »Wie wär's erst mal mit einem Kaffee?«, fragte sie und goss Wasser nach.

Annette nickte verwirrt.

Paula machte sich ans Werk und keine vier Minuten später saßen sie mit einem Kaffee beieinander und Paula legte die Karten offen auf den Tisch: »Sophie Lemberger glaubt, dass Kirner auch was mit Jennifer hatte.«

»Jennifer Jaritz? Die Wissenschaftliche Hilfskraft?« Annette schüttelte den Kopf. »Sophia sieht doch überall Gespenster. Die hat mir auch vorgeworfen, mich an Kirner rangemacht zu haben!«

»Also ist da nichts dran?«

Jetzt zögerte Annette doch. Sie öffnete ihren Mund, schloss ihn wieder. Schließlich sagte sie: »Dafür würde ich meine Hand jetzt nicht ins Feuer legen. Jennifer ist jung und …«, sie sah Paula nicht in die Augen, »sehr hübsch. Sie verdreht schon links und rechts die Köpfe.«

Das konnte Paula sich vorstellen, auf der Party hatte sie registriert, wie die Jungs und auch einige der Dozenten das Mädchen teilweise recht unverhohlen angestarrt hatten.

»Sie ist aber auch klug, oder?«, hakte Paula nach. »Oder hat sie die HiWi-Stelle nur wegen …«

»Nein, nein, ihre Noten bei Professor Stolten *und* bei Professor Dörfler sind hervorragend!«

Und auch wenn sie nach der Party in Bezug auf Professor Stolten skeptisch gewesen wäre, bei Frau Professor Dörfler ging es tatsächlich nur nach Können. So viel hatte Paula inzwischen über die Sache mit Kirner mitbekommen. Hübsch *und* klug, und dann auch noch in einem Fach wie IBWL, wo sie irgendwann einmal viel Geld verdienen würde. Manchmal waren die Talente doch unfair verteilt.

»Sag mal, und der Professor Stolten, der hat in der Sophia-Affäre seine schützende Hand über den Kirner gehalten.«

»Der Martin ist halt … 'tschuldige, *war* halt das große Nachwuchstalent hier am Institut. Seine Doktorarbeit ist …«

»Brillant«, ergänzte Paula. Langsam wurde sie doch neugierig. »Hätte er mal seinen Schwanz in der Hose behalten, dann hätte er den Job bekommen.«

Annette hielt sich die Hand vor den Mund, konnte ein Kichern aber nicht verhindern.

»Und wo wir gerade über den Stolten sprechen«, Paula blickte sich um, »der hat mal was mit der Dörfler gehabt, oder?«

Annettes Kichern wurde lauter, dann beugte sie sich vor und flüsterte: »Weihnachtsfeier vor drei Jahren. Aber das hast du nicht von mir.«

Paula musste nun ebenfalls lachen. »Sag mal, bewahrt ihr eigentlich Martin Kirners Doktorarbeit hier auf? Zur

Dokumentation?« Dann könnte sie sie Julia geben, die sie sicherlich mit Begeisterung lesen und ihr anschließend Bericht erstatten würde.

Annette nickte. »Klar. Professor Stolten war ja sein Zweitgutachter und überhaupt, die Leistungen sollen ja archiviert werden.«

Professor Stolten war sein Zweitgutachter gewesen … damals, als noch alles in Ordnung gewesen war zwischen ihnen.

»Darf ich mir die für ein paar Tage ausleihen?« Paula versuchte, so treuherzig wie möglich zu gucken.

Annette knabberte an ihrer Unterlippe. »Frag mal Frau Professor Dörfler. Die wollte heute hier sein. Wenn sie noch nicht in ihrem Büro ist, nächste Tür links, dann müsste sie innerhalb der nächsten halben Stunde kommen.«

»Oh.« Paulas schlechtes Gewissen musste ihr deutlich anzusehen gewesen sein, denn Annette zwinkerte ihr zu. »Ich wusste gleich, wen sie mit der ›netten Kommissarin‹ meinte.«

»Es war nur …« Paula machte doch hier bloß ihren Job. Glaubte man Film und Fernsehen, waren ihre Flunkereien nichts im Vergleich zu dem, was die Kollegen taten.

Annette schnalzte mit der Zunge. »Kommissarin, Detektivin, ist doch einerlei. Hauptsache, jemand untersucht den Mord an Martin.«

Annette hatte den Irrtum – nun gut, die Flunkerei – also nicht aufgeklärt? Paula nickte dankbar und wollte sich schon verabschieden, da fiel ihr noch etwas ein: »Haben die HiWis eigentlich ein eigenes Büro?«

»Direkt hinter dem von Martin und Philipp.«

Dem würde sie anschließend auch noch einen kurzen Besuch abstatten, vielleicht hatte sie ja Glück.

Sie bedankte sich bei Annette, wusch schnell beide Tassen ab, um sich weiterhin bei der Sekretärin beliebt zu machen, schließlich war die Frau eine wunderbare Informationsquelle, die sie so schnell nicht verlieren wollte.

Bevor Paula bei Frau Professor Dörfler klopfte, prüfte sie im WC-Spiegel, ob sie wenigstens halbwegs präsentabel aussah. Professoren flößten ihr immer noch Ehrfurcht ein, auch wenn sie Professor Dörfler schon kennengelernt hatte und die kleine zerstreute Frau eigentlich gar nicht furchteinflößend wirkte.

Ebenso wie schon bei ihrem ersten Zusammentreffen lächelte die Dörfler geistesabwesend, als Paula auf ihre Aufforderung hin das Büro betrat.

»Was kann ich für Sie tun?«, fragte sie und nahm ihre Brille ab, die sie anscheinend nur zum Lesen benötigte.

»Wir haben uns schon kennengelernt, Rike Karotte«, sagte Paula so selbstbewusst wie möglich und drückte Frau Professor Dörfler fest die Hand.

Die blinzelte, setzte für einen Moment ihre Brille wieder auf – sie brauchte sie also doch etwas öfter –, um sie anschließend erneut so fallen zu lassen, dass sie an der Goldkette vor ihrer Brust baumelte. »Richtig«, sagte sie schließlich, »die Polizistin. Obwohl ich nicht glaube, dass ich Ihnen weiterhelfen kann, so leid es mir tut.«

Das hatte sie schon öfter betont. Paula blieb bei ihrem Lächeln. »Ich wollte Sie eigentlich nur fragen, ob ich mir Martin Kirners Doktorarbeit ausleihen kann.«

»Seine Dissertation?« Jetzt stand die Dörfler auf. »Glauben Sie etwa, ein Konkurrent hat …?« Sie beendete ihren Satz nicht, aber Paula konnte sich denken, was sie hatte sagen wollen.

»Ich würde gern das Bild, das ich von Martin Kirner habe, abrunden. Dazu gehört natürlich auch und vor allem seine berufliche Tätigkeit.« Profiling kam bei den Menschen gut an, darüber gab es in letzter Zeit immer mehr Filme und Serien. Und weil es nicht schaden konnte, setzte Paula noch einen drauf: »Aber man kann nie wissen … Ausschließen möchte ich die Theorie eines aus dem Ruder gelaufenen Konkurrenzkampfes nicht.« Wollte sie tatsächlich nicht. Paula hatte mittlerweile gelernt, dass man in diesem Job niemals etwas ausschließen sollte.

»Na ja, Martin und Philipp haben sich ja schon länger gestritten«, murmelte die Dörfler, während sie sich zu einer Schrankwand in ihrem Rücken drehte, um dort eine Reihe von dick gebundenen Diplom-, Doktor- oder Habilitationsarbeiten entlangzufahren. »Natürlich gab es auch den Streit mit Klaus, Klaus Stolten, wissen Sie, wenn der nicht eingegriffen hätte, wäre ja alles ganz anders … ich meine, ich habe kurz überlegt, mich an den Dekan zu wenden, aber dann …«

Paula stoppte ihren Redefluss nicht, vielleicht würde sie noch interessante Lehrstuhl-Interna erfahren.

»Professor Stolten und ich hatten ja auch immer ein gutes Verhältnis, da gab es keinen Grund, mich so zu kränken, und dann auch noch, obwohl … Ah, hier ist sie.« Frau Professor Dörfler zog eine in Blau eingebundene Schrift aus dem Regal und überreichte sie Paula.

»Die kann ich Ihnen so mitgeben, aber wenn Sie sie mir bitte wieder mitbringen, sobald Sie damit fertig sind?«

Eher wenn Julia damit fertig war, dachte Paula, nickte aber brav. »Ich hätte dann auch noch ein paar Fragen an Sie.« Ungefragt setzte Paula sich auf den Stuhl vor Frau Professor Dörflers Schreibtisch.

»An mich?« Sofort waren Professor Dörflers Hände wieder an der Kette ihrer Brille, mit der sie nervös spielte, während sie sich nur sehr zögerlich auf ihren eigenen Stuhl setzte. »Ich wüsste wirklich nicht …«

»Nur ganz allgemeine Fragen. Wie das Arbeitsklima hier ist beispielsweise.«

»Sehr gut, wir verstehen uns eigentlich alle hervorragend.«

»Bis auf Martin Kirner und Philipp Hartmann natürlich«, ergänzte Paula. »Und bis auf Kirner und Professor Stolten und bis auf Sie und Professor Stolten derzeit.«

Frau Dörfler wurde rot.

»Aber mich interessiert auch eher Ihr Verhältnis zu Philipp Hartmann. Was halten Sie von ihm?«

Professor Dörflers Augen huschten hin und her. »Wie meinen Sie das?«

»Zum Beispiel, ob Sie an ihm Ihren Frust darüber ausgelassen haben, dass Professor Stolten Sie im Grunde zu seiner Einstellung gezwungen hat.« Weshalb hatte er das eigentlich gekonnt, fragte Paula sich plötzlich. »Haben Sie eigentlich keine Autonomie über die Angestellten in Ihrem Lehrstuhl?«

»Natürlich habe ich die.« Die Dörfler presste ihre Lippen aufeinander.

»Ich meine ja nur«, korrigierte Paula sich, »dass Professor Stolten doch eigentlich im Unrecht war, Sie bei der Entscheidung zu übergehen.«

»Nun ja.« Die Dörfler, für den Moment offenbar besänftigt, denn ihre Augen glänzten wieder freundlich, räusperte sich ausgiebig. »In gewissem Rahmen ist unser Institutsleiter natürlich verantwortlich für … und Martin war leider … objektiv kein guter Kandidat.«

»Wegen seiner Beziehung zu Sophia Lemberger? Wegen der Nachhilfestunden?«

Professor Dörfler blickte auf ihre Hände, die immer noch mit ihrer Brillenkette beschäftigt waren. »Das Ansehen unseres Instituts«, begann sie schließlich, führte ihren Satz aber nicht zu Ende.

»Das verstehe ich.« Paulas Tonfall wurde etwas sanfter. »Aber es hat Ihre Beziehung zu Professor Stolten sicher auch verkompliziert?«

»Wir arbeiten ganz wunderbar zusammen«, kam die Antwort wie aus der Pistole geschossen. »Nächsten Monat veranstalten wir gemeinsam eine Tagung zum Interkulturellen Management.«

Paula nickte wissend. Timo musste sich damit auskennen, unter seinen Kunden befanden sich diverse Erasmus-Studenten.

»Ich habe jetzt auch leider einen Termin.« Die Dörfler schob ihren Stuhl zurück, stand auf und reichte Paula die Hand. »Ich würde Ihnen wirklich gern weiterhelfen, aber ich denke, hier am Institut werden Sie nicht fündig. Wir respektieren und mögen all unsere Kollegen.«

Das war zwar glatt gelogen, soweit Paula das beurteilen konnte, aber das behielt sie lieber für sich. Sie verabschiedete sich von Professor Dörfler und fragte sich auf dem Flur, wie sie die zerstreute, nervöse und irgendwie nicht greifbare Frau einordnen sollte.

Wie üblich herrschte Stille in den Räumen der IBWL, offenbar war das in den Semesterferien immer der Fall, Annette hatte es ja gesagt. Frau Dörfler schloss, die Handtasche unter den Arm geklemmt, ihr Büro ab, nur aus Annettes Sekretariat hörte man das leise Klacken ihrer Computertastatur.

Paula ging an Hartmanns und Kirners Büro vorbei zum HiWi-Zimmer. Als sie klopfte, rief tatsächlich eine männliche Stimme »Herein!«. Was hatte Annette gesagt? In den Semesterferien arbeiteten die Fleißigen und die, die sich beim Institutsleiter einschleimen wollten.

Sie betrat den kleinen Raum, in dem drei Schreibtische dicht gedrängt standen. Jonas, der Verbindungsstudent, stand mitten im Raum und blätterte in einem Buch. Er blickte auf, und als er Paula sah, legte er den Kopf schräg. »Kennen wir uns?«

»Ich bin Privatdetektivin und ermittle im Fall Kirner. Am Freitagabend sind wir uns vielleicht auf der Party über den Weg gelaufen.«

Er kniff die Augen zusammen. »Nein, das meine ich nicht. Haben wir uns vorher schon irgendwann …«

»Nicht, dass ich wüsste«, schnitt Paula ihm das Wort ab, dann setzte sie sich auf die Kante seines Schreibtischs. »Es geht um deine Freundin. Ich darf dich doch duzen?«

»Äh …«

»Hat Jennifer mal was mit dem Kirner gehabt?« Zeugen überraschen, ihnen keine Chance lassen, die Frage zu erwarten, und dann ihre Reaktion lesen. Das hatte Paula entgegen aller Tipps und Tricks gelernt, und es funktionierte bei ihr am besten. Sie hatte nicht die Geduld, lange schweigend dazusitzen, bis die Leute von selbst begannen zu reden. Sie war nicht die Polizei, sie durfte niemanden in einen Verhörraum sperren, sie musste mit den Gegebenheiten klarkommen.

Jonas' Reaktion war auf alle Fälle einen zweiten Blick wert. Er wurde rot, sprang auf und stotterte wütend: »Jennifer würde mich nicht betrügen!«

Paula war sich ziemlich sicher, dass seine Reaktion das Gegenteil bewies, hütete sich aber, das laut zu sagen. »Na, hätte ja auch sein können, dass das noch vor eurer Beziehung war.«

»Wir sind zusammen, seit wir 15 sind.« Er presste die Lippen aufeinander.

Das erklärte ihr eher unterkühltes Verhalten, denn im Gegensatz zum Durchschnitts-Studenten-Pärchen knutschten Jennifer und Jonas verdammt wenig rum. »Von der Alb gemeinsam in die große Stadt gezogen«, mutmaßte Paula aufgrund der Tatsache und des Dialekts – mit dem sie sich als Ruhrpottlerin zugegebenermaßen nicht auskannte.

»Aus Gerlingen«, korrigierte Jonas.

Wie auch immer. »Hatte der Kirner mit einer anderen Studentin ein Verhältnis? Weißt du da was?«

»Der war doch mit der Sophia Lemberger zusammen.«

»Und ein Seitensprung? Vielleicht betrunken auf einer Weihnachtsfeier oder auf einer Studentenparty?«

»Keine Ahnung.« Jonas schüttelte den Kopf, er sah leicht genervt aus. Dann fragte er: »Was heißt das, Sie ermitteln im Fall Kirner? Macht so was nicht für gewöhnlich die Polizei?«

»Die geben sicher ihr Bestes«, sagte Paula leichthin. »Ich habe einen Auftrag.«

»Von der Lemberger, oder was? Na, wenn die ihn nicht mal selbst …« Er machte eine eindeutige Handbewegung, hielt jedoch inne. »Ach deshalb wollten Sie das mit Kirners Affären wissen. Weil Sie glauben, Sophia hat ihn in einem Eifersuchtsanfall …« Er brauchte zwar einen Augenblick, aber dann konnte man dem Jungen nichts mehr vormachen.

»Hast du ihn gut gekannt, den Kirner?«

Jonas zuckte mit den Schultern. »War halt Dozent hier am Lehrstuhl.«

»Aber nicht dein Lieblingsdozent?«

Ein erneutes Schulterzucken. »Er war okay.«

Paula schnalzte mit der Zunge. »Wer *ist* denn dein Lieblingsdozent?«

»Stolten. Der hat mich auch eingestellt.«

»Gute Noten bei ihm?«

»Was denn sonst?«

Paula vermied es gerade eben noch, mit den Augen zu rollen. »Sonst irgendwelche Gerüchte? Wer mit wem?«

Er verzog den Mund und schüttelte den Kopf. »Geht's hier nur um Sex, oder was?«

Tja, gute Frage, die stellte Paula sich ebenfalls. »Und um Geld«, ergänzte sie dennoch, weil es eigentlich immer um Geld ging, und die 10.000 Euro immer noch verschwunden waren.

»Wenn das jetzt alles wäre. Ich muss nämlich noch was arbeiten heute.« Jonas hob das Buch in die Höhe, das er die ganze Zeit in Händen gehalten hatte.

»Eine Sache noch.« Paula stand auf. »Hast *du* Jennifer denn mal betrogen?«

Jonas' Kiefermuskeln zuckten, aber er zeigte nicht ansatzweise die Wut wie bei ihrer vorherigen Überlegung. Interessant. Mittlerweile war sie sich ziemlich sicher, dass Jennifer etwas mit dem Kirner gehabt hatte. Das würde ein aufregendes zweites Gespräch mit Sophia Lemberger werden.

Sie musste sich nur noch überlegen, wie sie das am geschicktesten anstellte.

»Du willst sie auf seiner Beerdigung konfrontieren?«, fragte Julia entsetzt, als Paula sie am Nachmittag in der Bäckerei ablöste.

»Ich muss sowieso dorthin.« Erstens machte man das so, als Nachbarin und Quasi-Auftraggeberin, und zweitens wollte sie mit seinen Eltern sprechen, völlig informell, einfach nur ein paar Anekdoten, Geschichten aus seiner Jugend, sich ein Bild von Kirner machen – und hin und wieder vielleicht gezielt eine Frage einstreuen.

»Und was, wenn sie dir an die Gurgel springt?«

Paula griff sich an den Hals. »Das wird sie vor so vielen Zeugen nicht tun.« *Hoffentlich.*

»Paula, das kannst du wirklich nicht machen! Illegal in Wohnungen einzusteigen, ist das eine«, begann Julia.

»Gefahr im Verzug«, murmelte Paula. Das war quasi Bürgerpflicht gewesen.

»Aber hier geht es um Moral.«

Paula seufzte. »Sie ist meine beste Spur bisher, und anders scheint sie nicht zu knacken zu sein. Die Frau ist wahnsinnig.«

»Dann solltest du das besser der Polizei überlassen. Wenn diese Sophia Lemberger wirklich so irre ist, und du mit deinem Temperament … das gibt doch Mord und Totschlag.« Julia griff nach Paulas Händen. »Noch mehr Mord und Totschlag.«

Ha, das sollte die Lemberger mal versuchen, dachte Paula. Dann wand sie sich aus Julias Griff und holte Kirners Doktorarbeit aus ihrer Handtasche.

Wie erhofft, bot die Dissertation Ablenkung für Julia, die sich gleich ins Inhaltsverzeichnis vertiefte. »Spannend«, murmelte sie.

Paula erinnerte sich nur noch, dass sie bereits beim Lesen des Titels angefangen hatte zu schielen.

5. KAPITEL

Die Beerdigung fand in Kirners Heimat Riedlingen statt, einem niedlichen kleinen Örtchen auf der Schwäbischen Alb, und Paula bot sich an, die Hirschle im Auto mitzunehmen.

»Glauben Sie, der Mörder ist auch anwesend?«, fragte die alte Frau, als Paula sich gerade auf der Neuen Weinsteige durch den Verkehr navigierte.

Die Mörderin, wollte Paula korrigieren, sagte dann aber nur vage: »Möglich.«

»Ich habe mal gelesen, dass sich Mörder nicht von ihren Opfern fernhalten können. Der Mörder kehrt immer an den Tatort zurück. Und«, sie senkte ihre Stimme, »er besucht das Grab.«

»Wo stand denn das? Bei Agatha Christie?«

Jetzt war es an der Hirschle, vage zu reagieren: »Möglich.«

Für ein paar Minuten sah sie schweigend aus dem Fenster, dann fragte sie: »Wen haben Sie in Verdacht?«

»Über laufende Ermittlungen kann ich nicht sprechen.« Den Satz sagte Brändle gern.

Die Hirschle winkte ab. »Sie sind doch nicht die Polizei! Ich glaube ja, es war die Freundin. Exfreundin. So, wie die immer Theater gemacht hat! Das musste doch auf Mord und Totschlag hinauslaufen.«

Vielleicht sollte sie die Hirschle als Assistentin einstellen, dachte Paula geistesabwesend, als sie den Blinker setzte, um auf die Bundesstraße aufzufahren. Zumindest hielt sie sich an logische Theorien im Gegensatz zu ihren üblichen beiden Mitstreitern, deren Motto »je haarsträubender, desto lieber« zu sein schien.

Die Fahrt dauerte insgesamt gute anderthalb Stunden, in denen die Hirschle in einer Thermoskanne mitgebrachten Tee trank, eine in eine Serviette gewickelte Butterbrezel aß und abschließend Paulas Auto mit Keksen vollkrümelte.

Als sie endlich am winzigen Friedhof ankamen, warteten schon einige wenige schwarz gekleidete Menschen. Es war ein Parkplatz in der Nähe frei, so viele Menschen trauerten offenbar nicht um Martin Kirner. So viele Menschen wohnten auch nicht in Riedlingen, dachte Paula.

Noch war das Grüppchen jedenfalls überschaubar, und Paula spähte nach Sophia Lemberger. Bisher war von Kirners Exfreundin jedoch nichts zu sehen.

»Das sind die Eltern!« Die Hirschle deutete auf ein älteres Ehepaar, der Mann war groß und stand trotz eines Stocks in der Hand sehr aufrecht, seine Frau reichte ihm knapp bis an die Schulter.

Paula war sich nicht sicher, wann man genau kondolieren musste, aber die Hirschle nahm gleich Kurs auf und marschierte strammen Schrittes auf das Ehepaar zu.

»Aufrichtiges Beileid«, sagte sie und schubste dann Paula vor. »Darf ich Ihnen die Privatdetektivin vorstellen, die das Verschwinden Ihres Sohnes untersucht hat?«

Martin Kirners Mutter, eine sympathisch wirkende Frau mit rundlichem Gesicht, lächelte Paula traurig an.

»Ich bin Ihnen sehr dankbar, auch wenn …«, ihre Stimme brach und sie suchte in ihrer Handtasche nach einem Taschentuch.

»Auch von mir herzlichstes Beileid zu Ihrem Verlust«, sagte Paula schnell. »Ich verspreche Ihnen, dass ich den Schuldigen finden werde.« Wenigstens das konnte sie tun, wenn sie schon nicht in der Lage gewesen war, Kirner lebend zu finden.

»Wir haben gehört, sein Arbeitskollege steht unter Verdacht?« Kirners Vater hatte eine tiefe Stimme voller Autorität, die sein aristokratisches Auftreten noch unterstrich, wobei er nicht unsympathisch wirkte. Ob er wohl Universitätsprofessor war und Kirner deshalb diese Laufbahn eingeschlagen hatte? Gepasst hätte es. Auch wenn der etwas verhuschte Martin seinem würdigen Vater so gar nicht ähnlich gewesen war.

»Ach, das denkt die Polizei«, mischte sich die Hirschle ein, bevor Paula antworten konnte. Vielleicht war es auch nicht das Schlechteste, denn den Kirners beichten, dass sie im Auftrag des vermeintlichen Mörders unterwegs war, brachte sie nicht über die Lippen.

»Sie haben einen anderen Verdacht?«

Die Hirschle nickte, legte dann aber den Finger auf die Lippen. »Wir wiegen den Mörder derzeit noch in Sicherheit.«

Frau Kirner sah sie entsetzt an, und Paula hatte das Bedürfnis, sie zu trösten. Keine ihrer üblichen Floskeln wollte ihr über die Lippen kommen, stattdessen drückte sie kurz ihre Hand.

Dankbar nickte die Frau ihr zu. »Wenn wir Ihnen irgendwie … Geld spielt keine Rolle.«

Schnell schüttelte Paula den Kopf. »Machen Sie sich keine …«

»Das junge Ding könnten Sie mit dem Fernseher aus Martins Wohnung glücklich machen«, warf die Hirschle ein.

Frau Kirner blinzelte. »Natürlich, natürlich …«

Erneut schüttelte Paula den Kopf. Vielleicht musste sie sich abhärten, wenn sie je zu etwas kommen wollte, aber im Moment war sie noch nicht so weit, trauernden Eltern Elektrogeräte abzuluchsen. Sie warf ihrer alten Nachbarin einen bösen Blick zu, die nur unschuldig zurückschaute.

»Wir können ohnehin nichts damit anfangen, Sie können gern … auch wenn Sie Möbel … oder …«

Glücklicherweise wurde Frau Kirner in diesem Moment von einer nahen Anverwandten unterbrochen, die ihr um den Hals fiel.

Paula nickte Herrn Kirner noch einmal zu, dann zog sie die Hirschle am Ärmel zur Seite und lehnte sich schließlich einige Meter entfernt an die Friedhofsmauer, um das Eintreffen weiterer Trauergäste zu beobachten.

Der Institutsleiter Professor Stolten erschien gemeinsam mit Frau Professor Dörfler, offenbar hatten sie beschlossen, für den heutigen Tag alle Differenzen beiseitezulegen. Aber immer noch keine Spur von Sophia Lemberger.

»Na, das ist doch fantastisch gelaufen.« Die Hirschle rieb sich begeistert die Hände. »Sie klären den Mord auf, bekommen den Fernseher, und wenn Sie nichts dagegen hätten: Der Kirner hat ein wunderhübsches Tischchen in seinem Flur stehen, das würde wunderbar zu meinem Sofa passen. Aber jetzt«, sie schulterte ihr altmodisches

Handtäschchen, »mische ich mich unters Volk. Wer weiß, was ich Ihnen später alles berichten kann.«

Mit einem Zwinkern verschwand sie in der kleinen Trauerhalle, und Paula blieb allein zurück.

Bis ein dunkles Auto einige Meter entfernt hielt und Brändle und seine Kollegin Biessing ausstiegen.

Das auch noch!

Bevor sie Paula sahen, verdrückte sie sich auch lieber in die Trauerhalle. Viele der Gäste waren ohnehin schon dort, und wenn sie sich hinter einer Säule versteckte und still beobachtete, würde Brändle sie möglicherweise gar nicht entdecken.

*

»Ich dachte, du hättest versprochen, dich aus dem Fall herauszuhalten!«, zischte besagter Kriminaloberkommissar ihr 20 Minuten später in der vorletzten Kirchenbank zu.

Dorthin hatte Paula sich zurückgezogen, um unbemerkt Familie, Freunde, Kollegen und ganz besonders Sophia Lemberger zu beobachten, die, schon als Paula die Halle betreten hatte, schniefend in der ersten Reihe stand.

»Ich bin hier auf der Beerdigung meines Nachbarn«, zischte Paula zurück. »Das ist reiner Anstand.«

»Und deshalb hast du auch dein Notizbuch dabei. Und deshalb machst du mit deinem Smartphone unauffällig Fotos der Anwesenden.«

Dem Mann entging aber auch gar nichts.

»Es gab weitere Entwicklungen«, flüsterte Paula.

»Weitere Entwicklungen?« Das beruhigte ihn sichtlich nicht.

»Euer Hauptverdächtiger.«

»Du weißt nicht einmal, wer das ist.«

»Philipp Hartmann.«

Brändle stutzte und runzelte misstrauisch die Stirn. »Woher …?«

»Stand bei mir im Büro. Ob ich seinen Fall übernehme.« Entschuldigend deutete Paula ein Achselzucken an. Sie tat das nicht aus Trotz. Sie hatte einen Auftrag.

»Oh Gott, wie kommt er denn auf diesen Irrsinn?«

Hatte sie richtig gehört? Irrsinn? »Wer hat denn euren letzten Mordfall gelöst?«

»Wer hat dir denn das Leben gerettet?«, fragte Brändle zurück.

Mittlerweile hatten sich schon mehr als zwei Trauergäste zu ihnen umgedreht. Paula lächelte entschuldigend.

Brändle wartete einen Moment, bis sich die Leute wieder dem Pfarrer zugewandt hatten, und flüsterte dann etwas leiser: »Hast du daher die Verletzungen?«

Paula deutete mit dem Daumen auf Sophia Lemberger. »Furie.« Ob sie ihm sagen sollte, dass sie plante, die junge Frau gleich auf den Mord anzusprechen? Vielleicht war es gar nicht so unpraktisch, dass Brändle dabei war, dann konnte er sie direkt festnehmen.

»Bist du eigentlich deshalb hier?«, fragte sie. »Der Mörder kehrt immer zum Tatort zurück. Oder zum Grab seines Opfers.«

»Woher hast du denn den Quatsch?«

Paula seufzte. »Agatha Christie vermutlich. Ist ja auch egal. Jennifer Jaritz, die Wissenschaftliche Hilfskraft am

Institut, hatte was mit Martin Kirner. Die Lemberger muss das rausbekommen haben.«

»Woher weißt du das?«

Sollte Paula jetzt von Gerüchten erzählen, die unter den Studenten kursierten? Davon, dass Jennifer Jaritz unglaublich schön und Sophia Lemberger unglaublich eifersüchtig war und dass Jonas wusste, dass seine Freundin ihn betrogen hatte?

»Habe ich privat ermittelt. Als private Ermittlerin«, antwortete sie stattdessen.

Sie sah Brändle nicht an, aber sie wusste, dass er gerade eine Augenbraue hochzog. »Okay, ich hab keinen Beweis«, flüsterte Paula, »aber Sophia Lemberger wird bei einer Konfrontation mit den Tatsachen einknicken.« Zumal sie sich noch am offenen Grab ihres Freundes befanden. Es war moralisch fragwürdig, was Paula vorhatte, andererseits galt es, einen Mord aufzuklären und einen (möglicherweise) Unschuldigen vor dem Gefängnis zu bewahren. Da war ihr jedes Mittel recht.

»Du kannst doch so was nicht auf einer Beerdigung tun«, zischte Brändle, als hätte er ihre Gedanken geraten. »Jemanden des Mordes beschuldigen!«

»Weshalb bist du denn hier?«

»Ich habe nur ein paar Fragen.« Er straffte seine Schultern.

Sie auch. Zum Beispiel: ›Haben Sie Ihren Freund Martin Kirner ermordet?‹ Stattdessen antwortete Paula: »Ich werde ganz diskret sein. Niemand wird etwas bemerken.«

»Okay, weißt du was?« Brändle sah ziemlich unglücklich aus. »Ich kann mir vorstellen, dass diese Lemberger was mit seinem Verschwinden zu tun hat. Es gab ein paar

Ungereimtheiten bei unserer ersten Befragung, vor allem als es um die 10.000 Euro …« Er brach ab.

»Jaja, ich weiß, von Hartmann geliehen, nicht zurückgezahlt, angeblich für ein Auto, aber seinen Skoda fährt er seit fünf Jahren.« Paula winkte ab.

»Du weißt schon auch, dass du ermittlungsrelevante Hinweise weitergeben musst?«

»Vertrauliches Verhältnis Privatdetektivin und Mandant«, gab Paula zurück.

Brändle stieß leise Luft durch die Nase aus. Wären sie nicht auf einer Trauerfeier, hätte er vermutlich geschnaubt. Aber auch so blickte sich eine streng aussehende Frau um die 60 nach ihm um.

»Gib's zu, ich bin nicht die schlechteste Privatdetektivin der Welt.« Paula schenkte ihm ein Lächeln.

»Das habe ich nie behauptet.« Er seufzte und fuhr sich durch die Haare. »An deiner Theorie bezüglich der Lemberger ist wahrscheinlich auch viel dran. Aber nicht hier und nicht jetzt.«

Paula zögerte einen Augenblick. Er hatte ja recht. Aber für Paula, die als Privatdetektivin nicht über einschüchternde Maßnahmen wie Verhörräume und Uniformen verfügte, wäre es auch eine gute Chance gewesen.

Schließlich schürzte sie die Lippen. Die Todesursache kannte sie noch nicht. »Was ist denn das Ergebnis der Autopsie?«

Brändle warf ihr einen ungläubigen Blick zu.

»Quid pro quo«, erklärte sie. »Ich lass die Lemberger in Ruhe, du gibst mir eine kleine Information.« Und es war schließlich nur eine kleine Information, eine winzige Information im Grunde bloß. »Und zusätzlich verspreche ich dir, die nächste *ermittlungsrelevante* Information unverzüglich an dich weiterzugeben.«

Brändle seufzte und schüttelte den Kopf, aber Paula hätte schwören können, dass ein Lächeln an seinen Mundwinkeln zupfte. »Jetzt kannst du auch noch Latein«, sagte er.

»Humanistisches Gymnasium.« Lang war's her, und den Spruch hatte sie aus einem Asterix-Comic, aber das musste er ja nicht wissen.

Für einen langen Augenblick herrschte Schweigen.

»Er ist erstickt«, sagte Brändle schließlich. »Wir haben in seiner Lunge Fasern gefunden. Ein Stofftuch, das mit Chloroform getränkt war.«

Paula sah nach vorn, wo der Priester die Hinterbliebenen gerade zum Vaterunser aufforderte, und nickte. »Danke«, sagte sie leise. Dem Rest der Trauerrede hörten sie schweigend zu, dem anschließenden Gang zum Grab folgten sie als Letzte.

Nachdem die Eltern, Sophia Lemberger, die übrigen Verwandten, Freunde und Bekannten Erde und Blumen auf den Sarg geworfen hatten, traten auch sie und Brändle ans Grab.

Sie wartete einen Augenblick, bevor sie sich abwandte und auf die trauernden Eltern zuschritt.

»Mein aufrichtiges Beileid«, wiederholte Paula gerade und gab Martin Kirners Vater die Hand, als jemand laut aufschrie. Geradezu kreischte.

Erschrocken drehte Paula sich um. Dieses Kreischen kam ihr bekannt vor.

Und richtig: Sophia Lemberger, Verdächtige Nummer

eins. Offenbar hatte sie in ihrer Trauer – oder gespielten Trauer? Paula blieb wachsam – ihre Erzfeindin bisher nicht entdeckt. Erst in dem Moment, als Paula den trauernden Eltern kondolierte, schien sie sie gesehen zu haben.

Mit vor Wut blitzenden Augen wollte sie nun auf Paula zustürzen.

Wollte deshalb, weil sie sehr elegante, aber auch sehr hochhackige Schuhe trug, mit denen sie in der aufgelockerten Friedhofserde stecken blieb. Mit einem Aufschrei fiel sie hin. Da ihr Absatz im Rasen festsaß, musste sie sich darauf beschränken, Zeter und Mordio zu brüllen.

Alle Augen richteten sich auf Paula.

Erschrocken trat diese einen Schritt zurück, was die kleine Brünette jedoch nicht daran hinderte, weiterhin in ihre Richtung zu keifen.

Brändle warf Paula einen entsetzten Blick zu und eilte dann zu Sophia Lemberger, um ihr aufzuhelfen.

Paula ihrerseits wurde von der Hirschle am Arm gepackt und mit einem geflüsterten »Bloß weg hier« zur Seite gezogen. Die Trauergäste, inklusive Martin Kirners armer Eltern, sahen ihrem Abgang entgeistert zu.

»Nun kommen Sie schon!« Die Hirschle zerrte an ihrem Arm, da Paula ihr offenbar nicht schnell genug war.

Aber sie konnte nur unglücklich zu Brändle sehen, der ihr soeben ihre Hauptverdächtige weggeschnappt hatte. Gut, der Plan, die Lemberger zu konfrontieren, hatte auch bei ihr anders ausgesehen. Trotzdem: Was sollte sie jetzt machen?

»Jennifer«, fiel ihr in diesem Augenblick ein. Sie musste unbedingt mit Jennifer sprechen. Paula hatte bisher zwar nichts bemerkt, aber wenn die Lemberger sogar Paula angriff, die nachweislich nicht mit Kirner geschlafen hatte, was hätte sie Jennifer Jaritz angetan?

Mittlerweile waren sie an ihrem Auto angelangt, und Paula öffnete die Türen. »Diese Irre macht doch vor nichts halt.«

Paula setzte also die alte Hirschle zu Hause ab, die auf der Beerdigung so gut wie gar nichts herausbekommen hatte. »Die Tante Rose macht die besten Kuchen«, hatte sie erzählt. »Und der Joachim war immer Martins Lieblingsonkel.«

Dann machte Paula sich auf den Weg zur Uni. Es dauerte eine Weile, bis sie Jennifer gefunden hatte. Am Institut für Internationale BWL war sie nicht anzutreffen, aber da so eine ehrgeizige Studentin sicher »vorlesungsfreie Zeit« statt »Semesterferien« sagte, würde sie bestimmt nicht zu Hause oder in irgendwelchen Cafés abhängen.

Und richtig: Sie saß in der Bibliothek, einen Stapel Bücher neben sich. Als sie für eine Toilettenpause den Lesesaal verließ, ergriff Paula ihre Chance.

Vor den WCs wartete sie und sprach Jennifer an, als sie gerade zurück in den Lesesaal wollte.

Sie schien alles andere als begeistert von Paulas Unterstellungen.

»Sind Sie verrückt?«, fragte sie im Flüsterton, doch schon bei ihren nächsten Worten wurde sie lauter: »Ich hab nicht mit dem Kirner geschlafen. Die Polizei hat mich das auch schon gefragt. Seh ich etwa aus wie die Institutsmatratze, oder was? Ich bin seit sechs Jahren mit Jonas zusammen!«

Was hat das denn jetzt damit zu tun?, würde Timo in dieser Situation fragen. Paula beschränkte sich auf: »Jeder macht mal Fehler.«

»Ich hab mit Kirner nichts zu tun gehabt! Und ganz sicher hätte ich nicht mit diesem verpeilten Vollidioten geschlafen!«

Das war mal eine Aussage. Aber weshalb hatte Jonas dann so wütend reagiert? Verdächtigte Sophia Lemberger, verdächtigte sogar ihr eigener Freund Jennifer zu Unrecht? Und das nur, weil sie gut aussah? Beinahe wurde Paula an ihrer Stelle wütend auf so ein System, das jungen Frauen grundsätzlich unterstellte, sich hochzuschlafen statt … Moment mal. Paula biss sich auf die Zunge. Nein. Oder doch? Das konnte nicht sein.

»Stolten hat Sie eingestellt, oder?«

»Ich habe gute Noten bei ihm.«

»Aber erst hatte er Jonas eingestellt. Ein paar Monate früher.«

»Und?«

Paula antwortete nicht, wartete nur ab. Tatsächlich reagierte Jennifer etwas zu heftig. Sie trat einen Schritt auf Paula zu und hob drohend die Hand – hatten die weiblichen Institutsangestellten alle einen Hang zu Gewalt? War das eine Art Einstellungsvoraussetzung? Paula ihrerseits reckte das Kinn. Auch wenn sie ein paar Zentimeter kleiner war als Jennifer, sie war älter und gemeiner. Und sie war vorbestraft. Zwar völlig unschuldig, aber das tat nichts zur Sache. Hier hatte sie die Oberhand.

Ein paar Studenten blieben irritiert stehen, aber weder Paula noch Jennifer schenkten ihnen Beachtung.

»Sie können sich Ihre Unterstellungen sonst wohin

schieben!«, zischte Jennifer wütend. »Ich habe hervorragende Noten, und zwar nicht nur bei Professor Stolten. Dr. Hartmann hält große Stücke auf mich und meine Thesis wird weitaus besser sein als die von Jonas oder von irgendeinem anderen Kommilitonen. Ich habe mir den Job hier verdient!« Sie zeigte Paula den Mittelfinger und stakste zum Lesesaal.

Drei Sekunden später erschien sie wieder, keifte: »Ich liebe Jonas!«, und drehte sich erneut schwungvoll um.

Treffer, versenkt. Paula war äußerst zufrieden mit ihren Ermittlungserfolgen und grinste immer noch, nachdem sie sich am Getränkeautomaten eine Cola geholt und draußen im Park auf ein schattiges Fleckchen Gras gesetzt hatte.

Ein paar wenige Studierende hockten hier ebenfalls, eine Gruppe eher alternativ angehauchter Jungs probierte sich im Slacken, was man früher wohl Seiltanzen genannt hatte, sich aber sehr uncool anhörte. Sie hatten ihre Slackline zwischen einer Bank und einem Baum aufgespannt und konnten sich erstaunlich lang oben halten. Auf dem hinteren Weg ging Leon, anscheinend ganz in Gedanken versunken, einen schweren Rucksack auf dem Rücken. Paulas Erfolge heute wollten offenbar nicht abreißen, das Muttersöhnchen lernte wieder. Vielleicht legte Frau Niklas noch einen Bonus obendrauf.

Eigentlich hatte sie sich ein kleines Schläfchen verdient. Also legte sie sich ins Gras, verschränkte die Arme hinter dem Kopf und ignorierte Brändles Anruf. Wenn sie mit dem ehrlichen Polizisten sprach, würde sie nur ein schlechtes Gewissen entwickeln, und das konnte sie nicht gebrauchen bei dem, was sie im Anschluss vorhatte.

Eine gute Stunde später begann die Sonne ganz sanft hinter den Bäumen zu verschwinden, als Paula ihre Colaflasche nahm, neben einen Mülleimer stellte, damit ein Pfandsammler sie im Supermarkt abgeben konnte, und sich auf den Weg zurück ins Institut machte.

Es war an der Zeit, ihrem Klienten etwas auf den Zahn zu fühlen. Philipp Hartmann, der im Grunde die ganze Zeit in der zweiten Reihe hinter Kirner gestanden hatte. Kirner, das Genie, Kirner, der brillante Geist, der herausragende Forscher, das Goldkind des Instituts. Man hatte ihm bei seinem Verhältnis mit einer Studentin aus der Patsche geholfen, anschließend ebenfalls weggesehen, als er Geld für Nachhilfestunden angenommen hatte, was vielleicht nicht verboten, aber dennoch kein guter Stil war. Ihm war eigentlich alles verziehen worden, der Mann hatte nahezu Narrenfreiheit genossen.

Und doch war Hartmann eingestellt worden. Was auf den ersten Blick logisch erschien, doch dann musste man sich fragen: Weshalb war Kirner, bei all seinen Eskapaden, überhaupt im Spiel um den Posten gewesen? Denn die Einstellung Hartmanns war nur gegen den Willen der Dörfler von Stolten durchgedrückt worden, der selbst wiederum nur kurze Zeit vorher seine eigenen Lobeshymnen auf das Talent Kirner gesungen hatte. Warum?

Das Institut war noch geöffnet, würde aber innerhalb der nächsten zehn Minuten geschlossen werden. Der Hausmeister drehte bereits im Obergeschoss seine Runden.

Paula setzte sich in der Damentoilette in einer Kabine auf ein WC, ließ die Tür einen Spalt offen stehen und zog die Beine an. Den Aufwand hätte sie gar nicht betreiben müssen, der Hausmeister riss nur kurz die allgemeine WC-Tür auf und rief: »Noch jemand hier?«

Paula antwortete nicht und damit hatte sich die Sache. Die Tür wurde zugeknallt und sie hörte, wie der Mann sich pfeifend und mit leichten Schritten entfernte. Feierabend war doch für jeden schön. Und in dem Moment begann der Job der Privatdetektivin. Paula überlegte sich, Werbespots zu drehen, Ideen hätte sie so einige.

Sie stieg von der Toilette, öffnete vorsichtig die Tür und sah sich um. Niemand da, sie konnte also getrost in Hartmanns Büro schleichen.

Die Tür war das geringste Problem, sie war uralt und hatte ein Schloss, das sich leicht öffnen ließ. Carsten, Timos Mitarbeiter und bester Kumpel, hatte ihr zum Einstand einen kleinen Dietrich geschenkt, mit dem sie seither übte. Neuere Türen schaffte Paula noch nicht, wenn sie nicht abgeschlossen waren, hatte sich die Bibliothekskarte bewährt. Aber die schlecht gesicherte Bürotür der Universität hätte sie sogar mit einer Haarnadel öffnen können.

Schwieriger wurde es nun im weiteren Vorgehen: Die Polizei hatte sowohl Kirners als auch Hartmanns PC mitgenommen, der als Hauptverdächtiger offenbar auch nicht mehr allzu viel Recht auf Datenschutz am Arbeitsplatz hatte.

Was konnte Paula hier also finden?

Sie trommelte mit den Fingern auf der Schreibtischplatte herum.

Ein Back-up. Wenn man wichtige Dateien besaß, machte man sich Back-ups. Gut, Paula vergaß das ständig, aber das Prinzip zählte.

Sie schürzte die Lippen und zog die Schubladen von Hartmanns Schreibtisch auf, auch die oberste, verschlossene – leichtsinnig, auf solche Schlösser zu vertrauen, die konnte wirklich jeder mit einer Haarnadel öffnen! –, in der Hoffnung, auf irgendeinen Hinweis zu stoßen, den die Polizei übersehen hatte.

Nichts.

Klar, Stifte, Papier und ein Haargummi, in dem ein braunes Haar steckte – Annette hatte rote Haare, interessant –, aber nichts für ihre Ermittlung Brauchbares.

Sie kniete sich auf den Boden und suchte an der Unterseite des Schreibtischs sowie unter den Schubladen. Nach was, wusste sie nicht. Warum überhaupt war sie der Meinung, Hartmann hatte etwas zu verbergen? Schlechte Erfahrungen mit bisherigen Mandanten?

Paula hockte sich hin und ließ ihren Blick schweifen.

Sie betrachtete das Bücherregal. Vollgestopft mit Büchern, Diplomarbeiten, Ordnern, Zeitschriften. Welch eine wahre Freude, alles zu durchsuchen.

Seufzend stand Paula auf und machte sich an die Arbeit. In der untersten Regalreihe schließlich – es war immer der letzte Ort, an dem man suchte – stand ein altes Finanzlexikon von 1998. Kein Wunder, dass Kirner den alten Schinken nicht mehr brauchte.

Das Buch war ausgehöhlt, um in der Mitte Platz für einen USB-Stick zu schaffen. Clever, dachte Paula, den Trick musste sie sich merken.

Triumphierend ließ sie den Stick in ihre Hosentasche gleiten. Hartmann hatte ihn *versteckt*. Der Inhalt musste wichtig sein. Weshalb die Polizei den nicht gefunden hatte? Mit Papier kannten die Beamten sich wohl gar nicht mehr aus? Sie hoffte sehr, dass nicht Brändle persönlich für diesen Lapsus verantwortlich war. Andererseits … wäre sicher auch ganz nett, ihm das an passender Stelle unter die Nase reiben zu können.

Leise verließ sie den Raum und suchte im Erdgeschoss nach einem Fenster, durch das sie verschwinden konnte. Anschließend zog sie es, so gut es ging, von außen wieder zu und hoffte, es würden keine Randalierer ausgerechnet heute Nacht hier vorbeikommen und entscheiden, dass das Institut für IBWL ein gutes Ziel war.

Sie hatte ihr Auto auf dem Parkplatz an der Schellingstraße geparkt, auf dem es günstiger war, als die Parkgebühren am Straßenrand zu bezahlen. Um diese Zeit befanden sich nicht mehr allzu viele Autos dort, die meisten parkten tagsüber, wenn sie Einkäufe erledigten oder zur Arbeit wollten. Neben ihrem Polo stand kein weiterer Wagen. Aber irgendetwas stimmte nicht. Paula beschleunigte ihre Schritte. Da lag ziemlich viel Glas auf dem Boden, und sie war sich sicher, dass das vorher nicht dort gelegen hatte. Als sie näher kam, konnte sie auch die Ursache erkennen: Jemand hatte die Scheibe auf der Beifahrerseite eingeschlagen, auf der Seite, die zum Park zeigte. Trotzdem, im Dunkeln oder abgewandt lag auch diese Seite nicht. Es standen nur sehr wenig Bäume dort, es gab ein bisschen Rasen, ein paar Büsche … Das hätten Hundert Leute sehen können! Was für eine Unverschämtheit.

Paula schloss die Tür auf und untersuchte zunächst, ob etwas geklaut worden war. Das Kleingeld für eine Cola an der Tankstelle sowie die Ersatz-Sonnenbrille lagen noch in der Mittelablage. Im Handschuhfach fand sie ihre Bedienungsanleitungen und das uralte Navi, das nur mit der richtigen Mischung aus Drohungen und Gebeten funktionierte, außerdem eine halbe Packung Taschentücher. Mehr hatte sie dort aber auch nicht aufbewahrt. In der Tür fand sie ihre Straßenkarte, eine Parkscheibe, ein verklebtes Bonbon und Tabakkrümel, die vermutlich von Timo stammten. (Das Bonbon höchstwahrscheinlich auch.)

Es war also nichts geklaut worden.

Paula lief einmal um ihr Auto herum, suchte nach Kratzern im Lack oder anderen Schäden, öffnete den Kofferraum. Nichts.

Nichts geklaut, aber auch kein Hinweis auf den oder die Täter.

Seufzend zog sie ihr Smartphone aus der Hosentasche und rief Brändle zurück.

»Die vielbeschäftigte Privatdetektivin«, begrüßte er sie sarkastisch.

»Wenn's wichtig ist, wärst du vorbeigekommen oder hättest bei mir die Wohnungstür eingeschlagen«, gab sie gleichmütig zurück. »Und apropos einschlagen: Das hat jemand mit meiner Autoscheibe getan.«

»Was? Wo bist du? Geht's dir gut?« Jetzt klang er schon wieder so furchtbar besorgt, und Paula hätte beinahe mit den Augen gerollt. »Parkplatz an der Uni und natürlich geht's mir gut.« Sie konnte ganz gut allein auf sich aufpassen. »Nur hat eben irgendein Mistkäfer sich an meinem Auto zu schaffen gemacht.«

»Beweg dich nicht von der Stelle. Oder doch. Geh ins nächstgelegene Café. Ich bin sofort bei dir.«

»Wieso soll ich …« Doch bevor Paula ihren Gedanken zu Ende sprechen konnte, hatte er aufgelegt.

Kopfschüttelnd setzte sie sich auf die Bank am Parkhäuschen und wartete.

Es dauerte keine 20 Minuten, bis Brändle bei ihr war.

»Ich dachte, du wolltest dich in ein Café setzen.«

»Habt ihr einen irren Serienmörder freigelassen oder was soll die Panik?«

Er gestikulierte zum Auto. »Ganz offensichtlich will dir jemand drohen!«

»Ganz offensichtlich hat er es aber nicht auf mich als Person abgesehen«, entgegnete sie. Abgesehen davon glaubte sie nicht, dass ihr Auto vorsätzlich zerstört worden war. Irgendein gelangweilter Jugendlicher mit Lust an Randale hatte sich eben das Auto gesucht, bei dem die Gefahr, entdeckt zu werden, am geringsten war.

»Das kann die zweite Stufe sein.« Brändle sorgte sich unnötig.

Aber er war vorbeigekommen, er kümmerte sich und sie war ihm dafür dankbar. Also verkniff Paula sich jeden weiteren Kommentar und zeigte ihm stattdessen ihren Polo, den er sich von vorn bis hinten besah. Er hatte sogar Schutzhandschuhe dabei.

»Vielleicht kriege ich jemanden vom KTI«, sagte er.

Das Kriminaltechnische Institut? Das konnte doch nicht sein Ernst sein? »Wenn die von jeder eingeschlagenen Scheibe Fingerabdrücke nehmen würden, käme niemand mehr dazu, richtige Verbrechen aufzuklären.«

»Es sei denn, es steht im Zusammenhang mit einem Mordfall.« Er kniff die Augen zusammen und drehte sich einmal um die eigene Achse. »Auf jeden Fall frag ich mal nach den Videos der Überwachungskameras hier vom Parkplatz.«

Wie praktisch es doch war, bei der Polizei zu sein. Paula hätte irgendwo einbrechen müssen, um da ranzukommen. Ein bisschen neidisch war sie schon. »Wieso Zusammenhang mit einem Mordfall?«, fragte sie dann. »Glaubst du echt …«

»Wem bist du diesmal auf die Füße getreten?«

Na ja, da waren möglicherweise ein paar Leute … Paula verlagerte ihr Gewicht vom rechten auf den linken Fuß. »Jennifer war nicht besonders angetan von mir«, gab sie zu. »Aber eine Musterstudentin schlägt auf dem Parkplatz Scheiben ein? Woher kennt die mein Auto?« Sie schüttelte den Kopf.

»Die Lemberger hat dich ebenfalls auf dem Kieker«, ergänzte Brändle.

»Ja, aber die hätte gleich das Auto angezündet.« Paula überlegte. »Bleibt noch Hartmann …«, so ein Mist aber auch, dass sie den Inhalt des brisanten Sticks noch nicht gesehen hatte, »oder Stolten, man weiß ja nie.«

»Ein Professor, der durch die Gegend läuft und Scheiben einschlägt?« Brändle klang ungläubig.

Paula nickte. »Gerade die, da guckt niemand so genau hin, die kommen mit allem davon.«

Er brummte skeptisch und fragte dann: »Sonst noch wer? Hast du Professor Dörfler beleidigt, der Sekretärin Kaffee über die Bluse gekippt?«

Paula schnalzte unwillig mit der Zunge. Der Dörfler gegenüber hatte sie sich als Polizistin ausgegeben, aber erstens: Hatte die diese Lüge überhaupt herausgefunden? Und zweitens: Weshalb sollte man aus diesem Grund jemandem die Scheibe einschlagen?

»Ganz ehrlich?« Paula zog die Nase kraus. »So blöd es ist, ich glaub, das war ein Zufall. Hier kommen ja immer mal wieder übermütige Jugendliche vorbei.«

Brändle brummte wieder, dann ging er ein paar Schritte zur Seite, um zu telefonieren. Es schien nicht so zu laufen, wie er erhofft hatte, zumindest schloss sie das aus seiner grimmigen Miene.

»Keine KTU«, informierte er sie.

Das hatte sie sich ohnehin gedacht.

»Ich ruf dich an, wenn ich die Videobänder hab. Vielleicht ist der Täter zu sehen, vielleicht kannst du ihn identifizieren.«

Wenn er da mal nicht zu zuversichtlich war. Paulas beziehungsweise Timos Erfahrung nach, der hatte ihr das erzählt, waren die meisten Videokameras nur Attrappen, bei anderen liefen äußerst sporadisch Bilder mit, es gab viele tote Winkel, und wenn mit viel, viel Glück doch eine Aufnahme vorhanden war, war die so verzerrt und verpixelt, dass man nicht einmal seine eigene Mutter erkennen würde.

»Kann ja nicht schaden«, sagte sie dennoch.

Als Nächstes krempelte er sich die Ärmel seines Hemds hoch – und weshalb trug dieser Mann immer so enge Hemden, da konnte sich doch kein Mensch konzentrieren! – und öffnete die Motorhaube.

»Ich glaube nicht, dass das notwendig ist«, sagte Paula. »Der TÜV ist nicht mehr ganz neu und er ruckelt manchmal beim Anfahren, aber insgesamt … ich meine …«

Brändle musste sich sehr weit vorbeugen, um jedes Detail genau zu betrachten, und Paula hielt jetzt lieber den Mund und bewunderte die Aussicht. Nicht nur seine Hemden spannten ganz hervorragend an bestimmten Körperteilen.

Viel zu schnell schloss er die Motorhaube wieder, und Paula konnte gerade eben so ein enttäuschtes Aufseufzen verhindern.

Dann hockte er sich hin und schickte sich an, unter das Auto zu krabbeln.

Sie riss sich aus ihren Tagträumen los. »Sag mal, was *machst* du da?«

Trotz seiner Größe war Brändle ziemlich wendig.

»Untersuchen«, kam die Antwort von irgendwie unterhalb ihrer Karosserie.

Aha.

Zwei Minuten später krabbelte er wieder hervor, stand federnd auf und klopfte sich den Staub von der Hose. »Alles sauber«, sagte er, »keine Manipulation, keine Bombe.«

»Du hast geglaubt …« Eine Bombe? Manipulation? Für einen kurzen Augenblick wurde Paula kalt.

Brändle lächelte sie an und strich ihr eine lose blonde Strähne hinters Ohr.

»Sei einfach in der nächsten Zeit ein bisschen vorsichtig, okay?«, sagte er zum Abschied.

»Ich werde auf mich aufpassen«, versprach Paula. Dann hauchte sie ihm einen Kuss auf die Wange und stieg schnell in ihr Auto, bevor sie noch irgendetwas Dummes tat.

Zu Hause stürzte sie sofort an ihren Laptop und öffnete den Stick.

»Wissenschaftliche Arbeiten« – bitte was?

»Sommersemester 16«, »Wintersemester 16/17«, »Sommersemester 17«, ein Ordner »Habil«, einer mit »Prüfungen«. Dafür hatte Hartmann ein *Buch* ausgehöhlt? Das konnte doch nicht sein Ernst sein.

Paula schluckte ihre Enttäuschung hinunter und holte sich ein Bier. Den Laptop auf den Knien, machte sie es sich auf der Couch bequem und schaltete ihren kleinen Fernseher ein.

Nebenher klickte sie sich durch Hartmanns Ordner und Unterordner, Gründlichkeit war wichtig, und dann konnte sie immerhin behaupten, alles versucht zu haben.

Financial dies, Financial das, Julia hätte ihre wahre Freude an den Inhalten. Paula leider nicht.

Doch was war das? Im 5. Unterordner der »Habil«, die übrigens die International Financial Reporting Standards zum Thema hatte, befand sich ein weiterer Ordner mit Fotos. Interessant. Wozu brauchte der Mann Fotos in seiner Habil?

Paula öffnete sie und musste feststellen, dass Jennifer auch komplett nackt wirklich wunderschön war. Klaus Stolten hingegen nicht so sehr. Klein war er, vermutlich auch kleiner als Jennifer, und dürr, mit einem erstaunlich faltigen Bauch. Mochte vielleicht am Alter liegen. Die beiden befanden sich in einem Büro, vermutlich in seinem, ein hohes Bücherregal war im Hintergrund zu sehen, im Fokus lagen der Schreibtisch und ein großer Drehstuhl. Die Fotos waren von außen durchs Fenster geschossen worden, und beinahe hatte Paula so etwas wie Bewunderung übrig, dass der alte Professor noch so viele Stellungen draufhatte. Wenn das kein Volltreffer war. Sie nahm einen großen Schluck Bier auf diese Entdeckung, lehnte sich zurück und schnalzte mit der Zunge.

So ergab doch alles einen Sinn. Stolten hatte seine Finger nicht von der hübschen Studentin lassen können – warum auch immer die es mit dem alten Sack getrieben hatte. Aber was hatte Julia noch über Autoritätspersonen erzählt? Außerdem war die HiWi-Stelle dabei herausgesprungen – Und Hartmann hatte ihn erpresst.

Kein Wunder, dass er Kirner die 10.000 Euro geliehen hatte: von wegen Mitleid mit dem schlechter gestellten Kollegen, dem er ein paar Kröten gönnte. Es war pures schlechtes Gewissen! Und davon konnte sie selbst ein Lied singen, dachte sie, als sie Brändles Anruf wegdrückte. *Wie definiert man überhaupt ermittlungsrelevante Informationen?* Andererseits: Ergebnisse zählten. Und sie hatte jetzt den Beweis, dass ihr Klient tatsächlich nicht ganz so unschuldig war, wie er vorgab. Er hatte Stolten erpresst, um die Stelle zu bekommen, die eigentlich jeder Martin Kirner zugesprochen hätte.

Weshalb diese Leute mit Dreck am Stecken sich ausgerechnet an eine Privatdetektivin wandten? Dachten sie, sie wäre zu blöd, um deren eigene Verstrickung in den Fall herauszufinden? Wenn sie diesen Mord aufgeklärt hatte, würde sie sich als Erstes mit Julias Marketingkonzept beschäftigen und eine Zielgruppe definieren.

Wie passten nun die Bilder von Jennifer und Stolten zum Mord an Kirner? Hatte der Privatdozent von der Erpressung erfahren? Er konnte Hartmann konfrontiert haben, er konnte aber auch gedroht haben, die Sache an die große Glocke zu hängen, womit es für beide – für Hartmann und für Stolten – schlecht ausgesehen hätte. Das wiederum bedeutete, dass auch Stolten ein Motiv hätte, und zwar eins, um sowohl Hartmann als auch Kirner umzubringen.

Paula machte eine Kopie der Fotos auf ihrem eigenen Laptop, fotografierte es zusätzlich mit ihrem Smartphone und fragte sich, was Professor Dörfler wohl zu der ganzen Angelegenheit sagen würde.

Am nächsten Morgen ließ sie sich Zeit. In der Bäckerei hatte sie frei, und Professor Stolten schlief sicher auch gern länger. Bevor sie am Nachmittag Carsten fragen wollte, ob einer seiner Kumpel privat eine Autoscheibe reparieren konnte, holte sie sich im Büro den Karton ihres frisch gekauften Druckers und schnitt ihn auseinander. In der Mitte befand sich praktischerweise eine Sichtfensterfolie, damit man den Drucker vor dem Kauf sehen konnte. Irrelevant, aber für den Augenblick äußerst praktisch, damit Paula auch zur Beifahrerseite heraus etwas sehen konnte. Mit viel Paketklebeband befestigte sie die Pappkonstruktion in der Beifahrertür und betrachtete anschließend ihr Werk. Solange es nicht regnete oder kälter wurde, würde es reichen.

Froh darüber, dass Menschen über 50 noch zu einem großen Teil im Telefonbuch zu finden waren, machte sie sich gegen halb elf auf den Weg in den Stuttgarter Westen. Professor Stolten wohnte in »Klein Palästina«, einem Wohnhausensemble, das durchaus Ähnlichkeiten mit der im Bauhausstil errichteten Weißenhofsiedlung hatte. In dem einen Semester Architektur, das sie wegen der technischen Seite aber abgebrochen und gegen Kunstgeschichte getauscht hatte, hatte Paula sowohl die eine als auch die andere Siedlung besucht. Von den Gebäuden, die älter als 100 Jahre waren, hatte sie keine Ahnung. Aber was das 20. Jahrhundert betraf … So waren die diversen Studienfachwechsel doch für etwas gut: Zu jedem Thema konnte sie einen winzigen Ausschnitt beitragen.

Anfang der 30er-Jahre waren die kubischen Einfamilienhäuser in der Nähe des Hölderlinplatzes in Hanglage errichtet worden – den Spitznamen hatten sie damals entweder von der Form und ihrer weißen Farbe oder deshalb, weil die Architekten und auch einige der Bauherren Juden gewesen waren.

Sie stieg aus dem Auto, betrachtete für einen Augenblick das Gebäude und nahm schließlich die kleine Treppe, die rechts am Hang bis zur Haustür führte.

Eine kleine Frau mit dunklen kurzen Haaren und roten Wangen öffnete. Sie trug ein kariertes Hemd mit hochgekrempelten Ärmeln und dazu eine Jeans. Insgesamt wirkte sie sportlich und nicht im Entferntesten so, wie Paula sich eine Professorengattin vorgestellt hatte. Sie hatte ein Kostüm und teuren Schmuck erwartet, zu viel Make-up und arrogantes Getue. Bevor sie sich jedoch mit ihren Vorurteilen und Stereotypen beschäftigte, konzentrierte sie sich lieber wieder auf ihren Fall.

»Ich würde gern mit Professor Stolten sprechen«, begann Paula. »Ich bin …«

Aber die Frau ließ sie gar nicht erst ausreden. »Sind Sie eine Studentin meines Mannes?«, fragte sie und winkte Paula herein. Also wirklich die Ehefrau.

»Klaus!«, rief sie ins Innere des Hauses, dann drehte sie sich zu Paula um. »Kann ich Ihnen etwas anbieten? Ein Wasser? Einen Kaffee? Einen Apfelkuchen? Ich habe gebacken.«

Vielleicht, dachte Paula, war sie da ihren Vorurteilen erlegen, und es war im Gegenteil absolut perfekt passend, dass ein Professor eine hemdsärmelige Frau heiratete, die ihm dann das Leben in Ordnung hielt, ihn an Geburtstage erinnerte, Apfelkuchen backte oder auch Glühbirnen austauschte, während er in höheren geistigen Sphären schwebte.

»Danke, ich …« Andererseits … Paula zuckte entschuldigend mit den Schultern. »Ein Apfelkuchen wäre schon fein.«

Frau Stolten lachte und schickte Paula geradeaus ins Wohnzimmer, während sie selbst nach rechts in die Küche ging.

Im Wohnzimmer saß Stolten auf einer dunkelbraunen, gemütlich aussehenden Ledercouch hinter der ZEIT vergraben. Offenbar völlig versunken in einen Artikel, hatte er sie nicht kommen gehört. Paula räusperte sich, und in diesem Moment betrat auch schon seine Frau mit zwei Tellern Apfelkuchen das Wohnzimmer.

»Nun leg schon die Zeitung weg, Klaus«, sagte sie gut gelaunt und stellte beide Teller auf den Couchtisch.

Ihr Mann sah irritiert von ihr zu Paula, dann zum Apfelkuchen und wieder zurück. »Entschuldigung, ich …«, murmelte er und zog die Augenbrauen zusammen.

»Ich bin dann jetzt weg«, sagte Frau Stolten. »Klaus, denk dran, heute Abend kommen die Bäuerles, schaust du später, ob wir noch einen guten Weißwein da haben? Ruf mich an, ich muss nachher eh noch einkaufen gehen.«

Geistesabwesend nickte der Professor, das Kopfschütteln und Seufzen seiner Frau bedeuteten wohl, dass sie ihn später noch einmal anrufen und nach dem Wein fragen würde.

Dann stand er auf, um Paula die Hand zu schütteln.

Er war kleiner, als sie ihn in Erinnerung hatte – vielleicht einen oder zwei Zentimeter größer als sie. Also knapp über 1,70, deutlich kleiner als Jennifer, wie Paula schon von den Fotos vermutet hatte. Interessante Kombination, die beiden.

Er blickte auf den Apfelkuchen und runzelte die Stirn. »Mir wäre es lieber, wenn Sie in meine Sprechstunde ans Institut kommen würden. Mittwochs 14 bis 16 Uhr.«

»Ich bin keine Studentin.« Weshalb sie ihm nicht gleich sagte, warum sie gekommen war, konnte sie nicht erklären, aber sein verwirrter, etwas schuldbewusster Gesichtsausdruck war aufschlussreich.

»Sind Sie von der Polizei?«, fragte er schließlich, und Paula machte sich eine mentale Notiz, die Strategie, zu schweigen, bis die Zeugen von selbst redeten, doch öfter anzuwenden. Zumindest bei denjenigen, denen das schlechte Gewissen schon auf die Stirn geschrieben stand.

Deshalb setzte sie sich erst einmal in den einen Sessel, probierte ein Stück von dem Apfelkuchen und kaute langsam, ohne etwas zu sagen. Sie hatte es Frau Stolten angesehen, er war köstlich. Das war eine Sache, die sie vor ihrer neuen Karriere als Privatdetektivin nicht geahnt hatte: die unglaublich guten Backwaren der Zeuginnen und Verdächtigen. Entschädigten vollauf für die fehlenden Berliner, weil sie nicht mehr so viel in der Bäckerei arbeiten konnte.

»Ich würde mit Ihnen gern über Martin Kirner reden«, sagte Paula schließlich. Das war nicht gelogen, und wenn er daraus den Schluss zog, dass sie in der Tat als Polizistin arbeitete, dann war das nicht ihre Schuld.

Er seufzte, lang und leidend, und setzte sich Paula

gegenüber auf den Platz auf der Couch, den er vorher bereits eingenommen hatte.

»Ich mochte Martin«, begann er, »er war ein hervorragender Wissenschaftler und auch privat ein angenehmer Mensch.«

»Trotzdem haben Sie ihn bei der Festanstellung übergangen und Philipp Hartmann bevorzugt. Gegen den Willen der direkten Chefin Frau Professor Dörfler.«

Stolten bewegte seinen Kiefer, dann sagte er gepresst: »Nachdem ich Martin vorher aus einem Skandal herausgeholfen hatte. So jemand ist untragbar für ein seriöses Institut!«

»Haben Sie ihm das auch gesagt?«

»Natürlich.«

Paula schlug die Beine übereinander. »So jemand ist aber nicht untragbar genug, dass man ihn komplett rausschmeißen würde?«

»Solange er nicht angestellt ist, kann er machen, was er will.«

»Warum haben Sie die Stelle nicht ausgeschrieben?«

»Hartmann war doch da. Warum hätte ich sie …«

»Das hätte vielleicht weniger Krach gegeben, oder? Man muss an einem Institut ja doch auch ein bisschen diplomatisch denken, richtig? Mit einer Neuausschreibung hätten Sie Frau Professor Dörfler möglicherweise auch auf Ihre Seite ziehen können.«

»Hartmann ist ein guter Mitarbeiter, und es wäre eine völlig unsinnige Ressourcenverschwendung gewesen, sich um ein Bewerbungsverfahren zu kümmern.«

»Sie halten also große Stücke auf Hartmann?« Paula kam sich ein bisschen gemein vor, geradezu hinterhältig.

Aber sie fragte sich, wann er mit seinen Argumenten ins Schwimmen geraten würde.

»Natürlich. Sonst hätte ich ihn ja wohl nicht eingestellt«, war seine beißende Antwort.

Paula aß betont gleichgültig ein weiteres Stück Kuchen. Sie kaute, schluckte und sagte schließlich: »Ich habe mich nur gefragt, weil sie ihm auf der Institutsparty so demonstrativ die kalte Schulter gezeigt haben.«

»Ich … das war … ja nun …«, stotterte Stolten, und Paula musste sich zusammenreißen, nicht breit zu grinsen. Hatte ja nicht lang gedauert.

»Wissen Sie, ich habe mich gefragt, ob seine Festanstellung nicht mit Fotos zu tun hat, die ich bei Hartmann gefunden habe.«

Stolten wusste, welche Fotos sie meinte, er fragte nicht einmal nach. Er sackte nur in sich zusammen und flüsterte: »Sagen Sie meiner Frau nichts.«

Ob sie von Professor Dörfler und der Weihnachtsfeier wusste? Paula zog die Augenbrauen hoch. »Auf diesen Apfelkuchen würde ich auch nicht für den Rest meines Lebens verzichten wollen.«

Er schüttelte den Kopf. »Sie würde sich niemals scheiden lassen.«

»Warum das nicht?« Den Apfelkuchen würde auch ein anderer zu schätzen wissen.

Er sah sehr, sehr schuldbewusst aus, als er sagte: »Ich verdiene das Geld. Und … es gibt einen Ehevertrag.«

Paula legte den Kopf schräg. Vielleicht sollte sie Frau Stolten mal Timo vorbeischicken. Der würde ihr das Konzept von freier Liebe und Polyamorie erklären und ihr raten, sich einen knackigen jungen Liebhaber zu suchen, mit dem sie Professor Stoltens Geld ausgab. Wenn sie es recht bedachte, keine schlechte Idee.

»Hartmann hat Sie erpresst, richtig?«, kam Paula auf den Fall zurück.

Stolten ließ hilflos die Arme herunterhängen und nickte.

»Das wäre ja beinahe ironisch gewesen: Sie schützen Martin Kirner bei seinem kleinen ›Problem‹ mit Sophia Lemberger und dem Untersuchungsausschuss, und ein Jahr später stolpern Sie selbst in eine Affäre mit einer Studentin.« Denn Hartmann war es sicher nicht darum gegangen, was Frau Stolten dazu sagen würde.

»Ich wollte das nicht!« Der Professor fuhr sich durch die wenigen noch vorhandenen Haare. »Das müssen Sie mir glauben. Ich hatte nie vor, mit einer Studentin … das ist einfach nicht mein Stil. Aber dann kam dieses junge Ding in mein Zimmer und … sie hat mich verführt.«

Paula stöhnte genervt auf. »Sie wissen ja hoffentlich selbst, was für eine absolut dämliche Ausrede das ist!«

»Ja, ich weiß. Ich … es tut mir alles so leid, glauben Sie mir, ich würde es rückgängig machen, wenn ich es könnte! Nichts lieber als das. Und ich habe sie seitdem auch nicht wieder angefasst, nicht einmal in ihre Richtung geblickt!«

Das stimmte allerdings. Auf der Institutsparty hatte Paula ihn nur mit der anderen Studentin gesehen, deren Dekolleté ihn allerdings nicht interessiert hatte, und etwas später dann kurz mit seinem HiWi Jonas.

»Und Jennifer?«

Verwirrt sah er auf, und Paula präzisierte: »Warum, glauben Sie, hat sie Sie … verführt?«

Sein Gesichtsausdruck erhellte sich immer noch nicht, und sie wollte den Kopf schütteln über so viel männliche Ahnungslosigkeit. »Haben Sie ihr dafür die HiWi-Stelle gegeben?«

Er schüttelte den Kopf. »Nein, nein, sie war ja schon längst angestellt, auf Jonas' Empfehlung hin.«

»Nachdem diese junge hübsche Frau also mit Ihnen geschlafen hat, hat sie anschließend keinerlei Forderungen gestellt.«

»Nein.«

Sie hatte kein Geld von Stolten bekommen, keine gute Note? Und er hatte das einfach als Erklärung hingenommen? Sich nicht einen Moment gefragt, warum die hübscheste Studentin des Instituts mit ihm, einem kleinen ältlichen Mann mit beginnender Glatze, geschlafen hatte? Einmal so ein Selbstbewusstsein, dachte Paula, die ihn mit hochgezogenen Augenbrauen ansah. Aber er schaute nur weiterhin unglücklich und so beschloss sie, das Thema zu wechseln. »Hat Kirner Wind davon bekommen? Ich meine, seine Festanstellung war beinahe beschlossene Sache gewesen, er muss doch vermutet haben, dass an Hartmanns Bevorzugung etwas faul war?«

Stolten zuckte mit den Schultern.

Paula lehnte sich zurück und verschränkte die Arme vor der Brust. »Sie wissen, dass Sie damit ein Motiv gehabt hätten, Martin Kirner umzubringen?«

Er lachte trocken. »Hartmann! Den ja. Aber Kirner?«

»Wenn er Ihnen gedroht hat, die ganze Sache auffliegen zu lassen? Dann hätte er Sie genauso in der Hand gehabt wie Hartmann.«

»Er ist nicht zu mir gekommen, falls Sie das wissen wollen. Er hat nie etwas verlauten lassen und meine Erklärung, dass sein Fehlverhalten in Bezug auf Sophia untragbar war, geschluckt.«

Paula überlegte. Einen Beweis dafür, dass Kirner von der Erpressung erfahren hatte, besaß sie nicht. Ebenso wenig einen dafür, dass Stolten gewalttätig war. Auch jetzt war seine einzige Reaktion auf ihre Enthüllung Scham, Schuldbewusstsein und Traurigkeit gewesen. Er saß immer noch in sich zusammengesunken da. Wut sah anders aus. Natürlich wusste man nie, wie jemand reagierte, wenn er angegriffen wurde. Aber weshalb wiederum hätte Kirner sich an Stolten rächen wollen? Im Grunde hätten beide ein Motiv gehabt, Hartmann zu ermorden. Weshalb nun aber Kirner tot aufgefunden worden war …

»Das wäre dann für heute alles«, sagte Paula und stand auf.

Stolten erhob sich ebenfalls und brachte sie zur Tür. Dort knetete er unruhig seine Hände und fragte schließlich: »Werden Sie meiner Frau von Jennifer erzählen?«

Paula drehte sich um und ging.

Zurück in ihrem Büro kümmerte Paula sich als Erstes um ihren liegen gebliebenen Fall des Treuetests. Sie würde Philipp Hartmann noch einmal ziemlich genau auf den Zahn fühlen müssen, aber das wollte sie nicht voreilig tun. Sie brauchte weitere Beweise, weitere Theorien. Und ihre andere Auftraggeberin Sandra Reinhard wartete sicher schon ungeduldig.

Sie suchte die Nummer des Verlobten heraus, die Sandra ihr vorsichtshalber geschickt hatte. Nachdem sie seinen Kontakt auf WhatsApp gefunden hatte, sendete sie kommentarlos das Foto, das sie von ihm und der Unbekannten an der U-Bahn gemacht hatte.

Er reagierte sofort und schrieb: »Wollen Sie mich erpressen?«

»Ja«, schrieb Paula zurück.

Es folgte eine Pause, in der er vermutlich sämtliche Flüche aussprach, die er kannte.

Dann klingelte ihr Telefon. Paula drückte den Anruf weg und sah auf die Uhr. Halb eins. Sie trank einen Kaffee, wippte mit den Beinen, ignorierte eine Kontaktaufnahme seinerseits über WhatsApp und ließ eine halbe Stunde vergehen. Er musste mittlerweile Blut und Wasser schwitzen. Sie wippte noch eine weitere Viertelstunde mit den Beinen, dann rief sie ihn zurück.

»Was wollen Sie?«, fragte er knapp, Wut schwang in jeder Silbe des Satzes mit. Dahinter jedoch konnte sie eine ganze Menge Angst hören.

»Dass Sie mir entweder versprechen, nie wieder so einen Scheiß zu machen und Ihre Verlobte auf Händen zu tragen, oder dass Sie die Verlobung auflösen, wenn Sie's nicht lassen können.«

Dann legte Paula auf.

Sie suchte Sandra Reinhards Nummer und textete ihr: »Es tut mir leid, Ihr Verlobter ist nicht auf mich angesprungen. Entweder er ist treu oder ich bin nicht sein Typ.«

Für einen Augenblick starrte Paula einfach nur ihr Handy an, dann löschte sie beide Fotos, sowohl das von Sandras Verlobtem als auch das von Professor Stolten, und schaltete ihr Smartphone ab. Sie ließ ihren Kopf nach vorn fallen und stützte ihn auf beide Hände. So blieb sie einige Minuten sitzen, bis sie vorn im Headshop die Türklingel hörte. Timo begrüßte seinen Verkäufer und Kumpel Carsten so überschwänglich, wie es einem bekifften Headshop-Besitzer gelang. Carsten war in Ordnung, wie Timo trug er Dreads, seine waren jedoch kürzer und dunkler. Die Augen hielt er immer halb geschlossen, hatte jedoch einiges auf dem Kasten, wenn es um – kriminelle – Fingerfertigkeit ging.

Nach dem obligatorischen Handschlag, den Paula in ihrem Büro hören konnte, kam Timo ins Hinterzimmer zu Paula und legte ihr eine Bäckertüte auf den Schreibtisch. »Grüße von Julia. Wo du bist.«

»Bei der Arbeit. Danke.« Sie öffnete die Tüte, fand eine Butterbrezel und biss hinein.

Timo setzte sich auf den Stuhl vor ihrem Schreibtisch. »Scheiße, ist der unbequem.«

Bevor Paula etwas erwidern konnte, winkte er mit seiner rechten Hand und sagte: »Erzähl mal.«

Also berichtete sie von ihrem Besuch bei Professor Stolten, von Jennifer und Hartmanns Erpressung. »Weißt du, jeder hat einen Grund, Hartmann um die Ecke zu bringen, der Typ hat sich sowohl Kirner als auch Professor Stolten zum Feind gemacht«, beendete sie ihre Geschichte, »aber wer, verdammt noch mal, wollte Kirner loswerden?«

Timo nickte ernst. »Wenn du um die Ecke denkst, wird ein Schuh draus.« Er stand auf, ging nach vorne ins Ladenlokal und wühlte irgendwo herum. Schließlich kam er zurück und hielt triumphierend eine DVD in der Hand, diesmal tatsächlich eine originale. »›Who Framed

Roger Rabbit‹«, erklärte er stolz. »Stolten bringt Kirner um, damit der Mord Hartmann in die Schuhe geschoben wird. Auf einen Schlag ist er beide Männer los, die ihm zur Gefahr werden könnten: Hartmann, der Erpresser, sitzt im Knast, und Kirner kann ihm kein lebendiger Vorwurf seines Versagens mehr sein.« Er setzte sich wieder. »Scheiße, Mann, der ist echt unbequem.«

Paula sah ihn lange an. »Timo, du spinnst«, sagte sie schließlich.

Er warf die Arme in die Luft. »Das ist eine lückenlose Argumentationskette!«

»Du hast auch gesagt, Kirner plant einen Amoklauf.« Was sie, wie sie zu ihrer Schande gestehen musste, sogar ein bisschen geglaubt hatte.

»Zu dem Zeitpunkt war es die logische Erklärung für sämtliche Vorkommnisse.«

Weitaus logischer als ein Urlaub oder ein Mord, dachte Paula sarkastisch. »Es war absolut völlig unlogisch.«

»Sieh mal«, erklärte Timo. »Du hast einen Typen, Hartmann, den eigentlich jeder gern tot sehen würde. Tot ist tatsächlich aber ein anderer, nämlich Kirner. Wem also nützt Kirners Tod?« Das war die große Frage.

»Es gibt immer noch 10.000 Euro, die verschwunden sind«, überlegte Paula.

Timo nickte nachdrücklich. »Es geht doch immer nur ums Geld. Kapitalistenschweine.«

»Oder um Liebe.«

»Monogame Idioten.«

Geld und Liebe, bei dem Gedanken klingelte etwas bei Paula. Etwas, das sie vorher registriert, aber nicht weiter beachtet hatte.

»Danke, Timo!« Paula schnappte sich ihre Handtasche und wollte ihr Büro gerade über den Flur verlassen, da fiel ihr noch etwas ein. »Carsten?«, rief sie nach vorn in den Headshop. »Hast du nicht einen Kumpel, der Autoscheiben reparieren kann? Ich hab 100 Euro.«

»Ich schau mal, was sich machen lässt«, kam die verschlafene Antwort. Sie würde morgen noch einmal nachfragen.

Bevor sie sich erneut in die Nähe von Sophia Lemberger wagte, brauchte Paula eine schusssichere Weste. Oder vielleicht einen Baseballschläger. In den Stuttgarter Süden fuhr Paula mit der Bahn, dort war ja niemals ein Parkplatz zu finden, und dann hatte man aus der Tübinger Straße inzwischen auch eine Fahrradstraße gemacht, ganz zu schweigen von diversen kleineren Baustellen. Am Marienplatz stieg sie aus der U-Bahn und fuhr mit der Rolltreppe nach oben. In der Gelateria holte sie sich ein Eis, das sie auf den Stufen zum Marienplatz sitzend aß. Wenn sie schon weder Baseballschläger noch schusssichere Weste besaß, wollte sie sich vor der Begegnung mit der Furie wenigstens etwas stärken. Eine Weile saß sie einfach nur da, genoss ihr Eis und beobachtete die vorübereilenden oder -schlendernden Menschen. Eine Gruppe Anfang 20-Jähriger stellte sich mit Gitarre und Mundharmonika neben dem Brunnen auf und spielte eine Art Polka-Pop.

Irgendwann blickte Paula auf die Uhr und stand auf. Es half ja alles nichts. Wenn sie diesen Fall lösen wollte, musste sie die Lemberger konfrontieren. Ihre Lippe war ohnehin längst abgeschwollen, die Kratzer verheilt, nur ihr Auge war noch ein ganz kleines bisschen gelb unterlaufen. Es war also Zeit für neues Lemberger-Make-up.

An der Ecke zur Tübinger Straße klingelte sie wieder bei »Lemberger/…« und wartete auf das Summen des Türöffners.

Diesmal stand Sophia Lemberger in der Tür, als Paula die Stufen heraufkam. Erneut trug sie ein romantisches Kleid, heute mit Spitzenbesatz, das so gar nicht zu ihrem Temperament passen wollte. Die Haare hatte sie in einem Zopf geflochten, die Augen blitzten feindselig. Aber immerhin machte sie keine Anstalten, auf Paula loszugehen.

»Wir sollten uns mal unterhalten«, sagte Paula.

»Ich wüsste nicht, was ich Ihnen zu sagen hätte.«

»Zum Beispiel könnten Sie mir sagen, wie lange Sie diesen Ring schon besitzen.« Sie nickte in Richtung des teuren Silberrings mit Stein in der Mitte, den Sophia am Finger trug. »Der hat nämlich ganz schön ordentliche Kratzer hinterlassen.« Paula fasste sich an die Stirn.

»Das geht Sie einen Scheißdreck an.«

»Paula Schmidt mein Name, Privatdetektivin.« Paula lächelte freundlich. »Ich kann meine Vermutungen auch direkt an die Polizei weitergeben.«

Jetzt huschten Sophias Augen hin und her, sie schien zu überlegen. Sie fuhr sich mit der Zungenspitze über die Unterlippe, dann legte sie schützend die rechte Hand um den linken Ringfinger. Paula seufzte. Sie musste ihr wohl auf die Sprünge helfen. »Das ist ein Verlobungsring.«

Sophias Augen verengten sich und Paula fuhr fort: »Lassen Sie mich raten: Sie dachten, diesmal wäre es wirklich vorbei mit Ihnen und Martin. Der stornierte Urlaub. Funkstille. Sie wollten es durchziehen, definitiv. Aber dann … dann ist etwas passiert. Wollen Sie mir nicht verraten, was?«

Sophia schob ihren Unterkiefer vor. Sie schien noch nicht zu wissen, worauf Paula hinauswollte, ob die Drohung mit der Polizei ernst gemeint war. Oder sie wartete auf Beweise. Beweise, die Paula nicht hatte, da alles bislang eine Vermutung war. Zusammengereimt aus winzigen Hinweisen und möglicherweise auch völlig aus der Luft gegriffen. Aber es war eine Theorie, eine gute noch dazu. Sie beschloss zu bluffen.

»Wissen Sie, was ich glaube?« Paula machte einen Schritt auf die Lemberger zu. »Sie hatten sich wieder einmal gestritten und vielleicht ist Martin zu weit gegangen. In jedem Fall hat er Ihnen nicht die Aufmerksamkeit geschenkt, die Sie verdient hätten. Hat Sie möglicherweise tatsächlich betrogen. Und Sie wollten sich rächen.«

»Martin hat mich geliebt!« Sophias Augen blitzten und sie machte einen Schritt auf Paula zu. Ihre Hände an der Seite waren zu Fäusten geballt.

»Und dabei sind Sie zu weit gegangen«, sagte Paula. Alles sprach dafür, alles passte zusammen: Die On-off-Beziehung, die 180-Grad-Drehung bei Sophia, die kürzlich noch die Beziehung hatte beenden wollen und nun einen teuren Ring trug. Die 10.000 Euro, die Kirner sich für ein angebliches neues Auto von Hartmann geliehen hatte und deren Verbleib noch nicht geklärt war. Kirner hatte einen Verlobungsring davon gekauft. Gut, Paula glaubte nicht, dass er das gesamte Geld für den Ring ausgegeben hatte, das schien ihr etwas zu absurd für einen Cordhosen tragenden Privatdozenten. Den Rest hatte er vermutlich für die Hochzeit beiseitegelegt. »Und jetzt ist Martin tot«, fügte Paula hinzu.

Das war der Moment, in dem Sophia Lemberger auf sie zustürzte. Doch Paula hatte damit gerechnet. Sie sprang zur Seite, packte Sophia am Arm und drehte ihn auf den Rücken.

Von dieser kleinen Furie ließ sie sich nicht noch einmal überraschen. Sie hatte genug blaue Flecken kassiert. »Sie haben ihn …«

»Nein!«, schrie Sophia. »Nein, nein, nein! Ich habe ihn nicht umgebracht, ich hätte ihn nie umbringen können, ich hätte das nie tun können!«

»Aber Sie haben den Ring …«

»Ich habe Martin geliebt! Martin hat mich geliebt!« Tränen sammelten sich in Sophias Augen, trotz oder wegen ihrer Wut, das konnte Paula selbst von der Seite aus sehen.

»Die Erkenntnis ist etwas zu spät gekommen, nicht wahr?«, fragte Paula. Die Erkenntnis, dass er sie nicht betrogen, sondern geliebt hatte. Und jetzt quälten Sophia das schlechte Gewissen und die Trauer. Nur aufgrund ihres vorigen Misstrauens? Oder weil sie ihn …

Die Wohnung! Deshalb die Spuren, deshalb Paulas Gefühl, dass schon jemand vor ihr dort gewesen war und die Zimmer durchsucht hatte. Natürlich! Woher hatte Sophia Lemberger den Ring?

»Sie sind in seine Wohnung eingestiegen. Einen Zweitschlüssel hatten Sie wohl noch.«

»Ich habe nichts getan.« Sophia versuchte ihren Arm zu befreien, aber Paula lockerte ihren Griff nicht.

»Die alte Hirschle hat Sie gesehen«, sagte sie leichthin. »Wie Sie dort waren. Wie Sie herumgewühlt haben.«

»Ich wollte doch nur … Es war vorbei! Und dann kam … und ich dachte, das ist die Gelegenheit, es Martin heimzuzahlen! Diesem … und dann war da der Ring, in der Nachttischschublade, und … das geht Sie überhaupt nichts an!« Mit einem Mal war wieder die Furien-Sophia da. Sie wand und drehte sich, und während Paula ihren Arm festhielt, bekam sie plötzlich einen Tritt gegen das Schienbein. Vor Schmerz schrie sie auf und ließ Sophia los. Doch statt sich auf Paula zu stürzen, rannte sie zurück in ihre Wohnung und knallte die Tür zu.

Paula starrte auf die weiße Wohnungstür. Sie rieb sich das Schienbein und seufzte.

Kurz überlegte sie, zu klopfen oder durch die Tür weiter mit Sophia Lemberger zu sprechen. Aber sie vermutete, dass das keinen Zweck haben würde. Und immerhin war sie um ein Puzzlestück reicher. Wo genau es ins Bild passte, war Paula noch nicht ganz klar, aber das würde sie noch herausbekommen.

Die U-Bahn war brechend voll, aber das war um diese Uhrzeit, nach Feierabend, völlig normal. In Gedanken noch bei Sophia Lemberger, dem Verlobungsring und dieser chaotischen Beziehung zu Martin Kirner, lief Paula das kurze Stück von der Haltestelle zu ihrer Haustür. Sie achtete nicht auf ihre Umgebung, es war ja noch nicht einmal dunkel, und deshalb registrierte sie die Bewegung erst, als es bereits zu spät war. Sie schloss gerade die Haustür auf, als plötzlich jemand von hinten auf sie zuschnellte, sie in den Flur drängte und ihr zwei harte Schläge in die

Nieren verpasste. Er war direkt hinter ihr. Sie konnte nicht einmal schreien, weil die Schmerzen ihr den Atem raubten. An Gegenwehr war gar nicht zu denken. Sie sackte zu Boden, japste nach Luft. Ihr Angreifer trat ihr noch einmal heftig gegen die Rippen. Erwischte ihren Arm. Sie stöhnte. Schließlich krallte er sich ihre Handtasche und verschwand.

Paula rang weiterhin um Atem, wobei jeder Atemzug brannte wie Feuer. Ihre Rippen. Sie wollte fluchen, hatte jedoch nicht genug Luft dafür. Tränen schossen ihr in die Augen, mit dem rechten Arm zog sie den getroffenen linken an ihren Körper und blieb liegen. Nicht einmal jemanden anrufen konnte sie, ihr Smartphone befand sich in ihrer Handtasche. Sie schloss die Augen und versuchte nach einer Weile, sich aufzusetzen. Wieder durchfuhr sie dieser stechende Schmerz und presste sie an den Boden. Irgendwann würde sie schon wieder aufstehen, irgendwann …

»Frau Schmidt!« Die schrille Stimme der Hirschle hallte in Paulas Ohren wider. Die Alte stand vor ihr, sie war gerade zur Haustür hereingekommen.

»Alles okay!«, keuchte Paula, die nicht genau wusste, ob ihr jede Hilfe recht war oder ob sie auf die der Hirschle nicht doch lieber verzichtete.

Aber die Nachbarin erwies sich als äußerst hilfreich. »Dann ist das wohl Ihre Handtasche, die ich draußen im Gebüsch gefunden hab«, sagte sie. »Das Portemonnaie ist noch da, aber leider kein Geld mehr drin.«

Das hatte vorher schon gefehlt, dachte Paula. »Hauptsache, mein Handy ist noch da.«

»Telefon hab ich keins gesehen.« Bevor Paula noch die

ganze Tragweite dieser Bemerkung bejammern konnte, schulterte die Hirschle die Tasche und ging neben Paula in die Knie. Vorsichtig legte sie einen Arm um Paula, hielt sich am Treppengeländer fest und langsam – und auf Paulas Seite leider auch unter Schmerzen – schafften sie es gemeinsam, aufzustehen. Paula stöhnte.

»Soll ich Ihren Freund anrufen?«, fragte die Hirschle. »Damit der Sie ins Krankenhaus bringt?«

Bloß nicht. Weder Timo noch Julia besaßen ein Auto – im Übrigen wie die Hirschle – und Brändle wollte Paula in diesem Zustand sicher nicht begegnen. Außerdem hoffte sie, dass alles halb so schlimm war, sobald sich die ersten Schmerzen gelegt hätten. Ihr Angreifer hatte sie kampfunfähig gemacht, die Schläge in die Nieren hatten höllisch wehgetan. Aber ernsthafte Verletzungen konnte sie eigentlich nicht davongetragen haben. Was die Rippen anging, da konnte ein Arzt auch nichts tun. Die Prellung im Arm würde sie mit Voltaren behandeln.

»Danke.« Sie schüttelte den Kopf und biss die Zähne zusammen. Dann sah sie vorsichtig die Treppen hoch.

»Das schaffen wir schon«, munterte die Hirschle sie auf, deren Konstitution auch nicht die beste war.

Stufe um Stufe zogen und schoben sie gemeinsam, bis Paula schließlich am Treppenabsatz des zweiten Stocks angekommen war. Jetzt unterm Dach zu wohnen wie der Kirner, wäre die reinste Folter. Paula lehnte sich an ihre Wohnungstür, schloss auf und fiel beinahe in ihren Flur hinein.

»Wenn's schlimmer wird, rufen Sie aber einen Arzt, gell?«, sagte die Hirschle zum Abschied, als sie Paulas Handtasche im Flur auf den Boden stellte.

Paula nickte, bedankte sich noch einmal atemlos und schloss die Tür hinter sich. Sie schleppte sich ins Wohnzimmer, wo sie erst einmal auf der Couch liegen blieb und wartete, bis der Schmerz nachließ.

Das dauerte eine ganze Weile, und irgendwann spürte Paula, dass sie enormen Hunger hatte. Außerdem musste sie ihren Arm dringend eincremen, sonst bekäme sie in den nächsten Tagen einen überdimensionalen blauen Fleck, und ihren Rippen konnte es auch nicht schaden. Außerdem eine Schmerztablette. Als Erstes die Schmerztablette. Paula biss die Zähne aufeinander und hievte sich hoch.

In diesem Augenblick klingelte es an der Tür und sie zuckte zusammen. Sie zog scharf die Luft durch die Zähne ein und wartete ein paar Sekunden, bis die Schmerzwelle, die ihren Oberkörper erfasst hatte, abgeebbt war.

Es dauerte einige Zeit, bis sie es zur Tür geschafft hatte. Es klingelte noch einmal. Sie hob den Hörer der Gegensprechanlage ab. Einem Unbekannten würde sie jetzt ganz sicher nicht öffnen. Doch sie schaffte es nicht, etwas zu fragen.

»Ich hab das Video«, sagte Brändle.

Paula drückte auf den Türsummer und wartete an die Wand gelehnt, bis er die Treppe hinaufkam.

»Du warst telefonisch nicht zu erreichen«, sagte er, »da dachte ich, ich versuch mein Glück mal direkt. Auf dem Band ist leider niemand …« Er brach ab, offenbar hatte er registriert, dass mit Paula etwas nicht stimmte. »Was ist passiert?«

»Überfall«, presste Paula heraus. »Nichts Schlimmes, aber Schmerzen.«

Wie schon beim letzten Mal schien er sofort zu wissen, was zu tun war. Mussten Polizisten nicht regelmäßig Erste-Hilfe-Kurse besuchen? Das zahlte sich aus. Zunächst half er Paula, sich wieder aufs Sofa zu legen, dann durchsuchte er ihre Schränke, brachte ihr ein Glas Wasser und die ersehnte Schmerztablette. Schließlich fand er auch ihr Voltaren.

Paula hatte weder die Kraft noch die Lust sich zu wehren, als er ihr das T-Shirt auszog und sowohl ihren Arm als auch die Rippen großzügig mit dem Gel eincremte. Seine Hände fühlten sich warm an, das Gel kühl. Paula schloss die Augen.

»Mir wäre lieber, wir könnten das mal wiederholen, wenn du nicht verletzt bist«, sagte Brändle irgendwann leise. Er nahm seine Hand von ihren Rippen und legte eine Decke über Paula.

»Wir …« Paulas Mund war plötzlich ganz trocken, also nickte sie einfach nur. Sehr vorsichtig beugte er sich nach vorn und gab ihr einen zarten Kuss. Automatisch hob sie die Arme und verzog das Gesicht bei der Bewegung.

»Ein andermal«, flüsterte Brändle und strich ihr eine Haarsträhne aus dem Gesicht.

Dann setzte er sich vor sie auf den Boden und hielt ihr sein Handy hin. »Ich habe die Aufnahme überspielt.« Er zeigte ihr ein kurzes Video, in dem zu sehen war, wie eine schwarz gekleidete Person, vielleicht die gleiche, die sie heute überfallen hatte, die Scheibe an ihrem Auto einschlug. Nichts weiter. Er – Paula schätzte, es war ein Mann – suchte nichts, zerstörte nur die Scheibe und war wieder verschwunden.

Sie schüttelte ihren Kopf. »Keine Ahnung.«

»Der Gleiche, der dich heute …?«

Auch das konnte sie nicht sagen.

»Du solltest dich aus dem Fall heraushalten«, sagte Brändle. Irgendwie hatte sie geahnt, dass dieser Satz kommen würde. »Wir bei der Polizei, wir haben Ressourcen. Ich habe eine Ausbildung und eine Waffe. Aber du …« Er sah sie unglücklich an. »Du gerätst innerhalb einer Woche das zweite Mal in eine Schlägerei und …«

»Alles okay«, sagte Paula. Und das war es sogar irgendwie. Es ging ihr schon viel besser, sehr viel besser. Die Schmerztablette begann zu wirken, und Brändles Anwesenheit beruhigte sie. »Kannst du mal nachsehen, was genau er geklaut hat? In meiner Handtasche?«

Brändle holte ihr die Tasche aus dem Flur und legte einen Lippenstift, Zahnseide, die DVD »Who Framed Roger Rabbit«, ihr Portemonnaie und zwei Kugelschreiber heraus.

»Smartphone«, sagte sie, das wusste sie schon, »und Notizbuch.« Sie ließ ihren Kopf zurück auf die Couch fallen. Der Raubüberfall hatte mit ihren Mordermittlungen zu tun, *musste* damit zu tun haben. Wer sonst interessierte sich für ein Notizbuch und ließ ein Portemonnaie liegen?

Brändle nickte grimmig. »Wir kriegen den.«

Hätte Paula nicht aufgepasst, hätte sie gelacht, denn er klang wie einem schlechten Actionfilm entsprungen.

Seufzend setzte er sich neben Paula auf die Couch, die es dank der Schmerztablette mittlerweile schaffte, sich in eine halbe Sitzposition aufzurichten. »Das ist gefährlich, Paula. Und so nett es mit dir auf der Couch ist, es wäre mir lieber, wir finden eine Gelegenheit, bei der du nicht vor Schmerzen stöhnen musst.«

Sie schüttelte den Kopf. Keine Chance. Der Mistkerl hatte ihr Smartphone. Es war etwas Persönliches geworden.

Brändle sah sie unzufrieden an. Zögerlich sagte er schließlich: »Ich lass dich vielleicht besser schlafen.«

Paula wollte nicken, obwohl sie sich gewünscht hätte, dass er blieb, aber dann sah er sie so an, auf so eine ganz bestimmte Weise, und auf einmal war es ihr egal, ob sie verletzlich war oder nicht.

»Bleib noch ein bisschen«, flüsterte sie und nickte in Richtung Handtasche. »Wir könnten ›Roger Rabbit‹ ansehen?«

Er lächelte, und den Rest des Abends verbrachte Paula so zufrieden, wie sie es in ihrem Zustand sein konnte, gemeinsam mit einem Polizisten auf der Couch, mit einem Stück Pizza in der Hand und einem Hasen auf dem Laptop. Und fürs Protokoll: Brändle fand die Idee, dass jemand Kirner umgebracht haben könnte, um Hartmann hinter Gitter zu bringen, genauso bescheuert wie Paula selbst.

6. KAPITEL

Am nächsten Morgen erwachte Paula auf der Couch zwar noch mit Schmerzen beim Atmen, aber das Pochen hatte aufgehört, die Rippen waren also nicht gebrochen, vielleicht geprellt, höchstens angeknackst. Ihr linker Arm tat noch weh, wenn sie ihn bewegte, dafür war der untere Rücken noch etwas steif, aber das hatte sie auch oft, nachdem sie länger in der Bäckerei gearbeitet hatte. Alles in allem fühlte sie sich den Umständen entsprechend gut. Da Brändle nach dem Film gegangen war, cremte sie sich selbst noch einmal mit Voltaren ein – vielleicht gab es Privatdetektiv-Großkunden-Rabatt bei Apotheken? –, nahm noch eine Schmerztablette und suchte ihre Sachen zusammen.

Um Zeit zu sparen und Anstrengung zu vermeiden, würde sie einfach in der Bäckerei frühstücken, wo sie früher oder später hoffentlich auf Timo traf. Neben einem neuen Autofenster brauchte sie jetzt auch noch ein Handy. Statt ihres geklauten Notizbuchs steckte sie den Werbeblock eines Hotels in ihre Handtasche, den Timo ihr mal als Urlaubssouvenir mitgebracht hatte. Dann machte sie sich auf den Weg in die Bäckerei.

»Was ist denn jetzt schon wieder passiert?«, rief Julia unglücklich, als Paula sich vorsichtig auf einen Stuhl setzte, wobei sie besonders die linke Seite zu schonen versuchte.

»Alles halb so wild«, beruhigte Paula sie und erzählte ihr von dem Überfall. »Brändle ist schon am Fall dran«, ergänzte sie, bevor Julia sich weiter aufregte. Julia vertraute Brändle, vermutlich nur aufgrund seiner blöden Polizeimarke. »Er hat den Kerl sogar auf Video, also den von meinem Auto.«

Julia stellte ihr einen Latte macchiato hin, legte etwas Zucker daneben und sagte nachdrücklich: »Gut. Ich hoffe, er kommt hinter Gittern.«

»Vermutlich für recht lange. Wahrscheinlich ist er ja auch schuld am Tod von Martin Kirner.«

»Du meinst, du bist dem Mörder begegnet?« Julia schlug die Hand vor den Mund.

Paula hatte darüber nachgedacht, aber das war das Einzige, was Sinn machte. »Ich muss bei meinen Ermittlungen irgendwem so richtig auf die Füße getreten sein. Irgendjemandem zu nahe gekommen sein, der Panik vor seiner Entdeckung hat.«

»Aber wem?«

»Hast du ›Roger Rabbit‹ gesehen?«, unkte Timo, der gerade hereingekommen war. »Ich sage es dir. Jemand will dem Hartmann was anhängen.«

»Brändle fand die Theorie auch Quatsch.«

»Ach. Seit wann sind wir denn so obrigkeitshörig?«

Paula ging nicht auf seinen Kommentar ein, sondern deutete auf ihre linke Seite. »Ich bin überfallen worden. Ich brauch ein neues Smartphone.«

»Preisklasse?«

»So billig wie möglich?«

Er wiegte seinen Kopf hin und her und gähnte. »Glaub, Nils hat neulich ein paar gefunden.«

Julia zog ihre Nase kraus, und um schnell vom Thema »gefunden«, »vom Laster gefallen« oder »geklaut« abzulenken, wechselte Paula wieder zu ihrem ursprünglichen Thema: »Ich habe die Lemberger gestern gesprochen. Diesmal war sie relativ friedlich – für ihre Verhältnisse.« Was natürlich nichts bedeuten musste. Sie konnte Paula trotzdem gefolgt sein, um später den Überraschungsmoment auszunutzen und sie zu überfallen. »Sie ist bei Martin Kirner eingebrochen.« Wenn man von Einbruch sprechen konnte, sie besaß ja seinen Zweitschlüssel. Dennoch: Es war nicht abgesprochen gewesen mit ihm, sie waren schon getrennt und, besonders wichtig: Sie hatte es mit böswilligen Absichten getan. Aber weshalb? Warum? Was wollte sie finden? Und … Paula kniff die Augen zusammen. »Ich habe so viele Informationen und alle mit irgendwelchen losen Enden!« Wie zum Beispiel der Sex zwischen Jennifer und Professor Stolten. Weshalb hatte Jennifer das getan? Stolten selbst schien sich überhaupt nicht zu wundern, dass eine 30 Jahre jüngere Schönheit einfach mal eben so Sex mit ihm wollte – und zufälligerweise hatte gerade in diesem Moment Hartmann mit seiner Kamera dagestanden, der das Ganze knipste und Stolten erpressen konnte. »Was für ein Zufall«, sagte Paula sarkastisch.

Julia sah sie fragend an, auch Timo blickte etwas verwirrt, während er in ein Rosinenbrötchen biss.

»Goldene Regel im Privatdetektiv-Business: Es gibt keine Zufälle!« Hätte sie sich auch mal daran gehalten. Dann wäre ihr gleich klar gewesen, dass auch die zerbrochene Autoscheibe keiner gewesen war.

Sie drehte sich zu Timo. »Wem nützt es, das hast du gefragt.«

»Niemand tut was, ohne einen Nutzen zu haben.« Er zuckte mit den Schultern.

»Und genau da gibt es nur einen: Hartmann.« Paula lehnte sich zurück. Hartmann, überall Hartmann. Hartmann musste Jennifer angestiftet haben. Paula versuchte, sich an die Noten zu erinnern, sie hatte sie ausgedruckt. Und hatte Jennifer nicht ausschließlich ausgezeichnete Noten? Bei Hartmann hatte sie die volle Punktzahl ohne einen einzigen Abzug, und das musste wohl sein Versprechen gewesen sein, wenn sie dafür mit Stolten … Paula zog die Nase kraus. Logisch war es dennoch nicht, weshalb Jennifer mit Stolten geschlafen hatte, aber immerhin etwas logischer, als dass sie es einmalig und völlig aus freien Stücken getan hatte. »Hartmann muss auch die Lemberger angestiftet haben, etwas in Kirners Wohnung zu suchen.«

Gefunden hatte sie den Ring, der sie daraufhin in ein völliges Gefühlschaos gestürzt und aus ihr eine labile liebeskranke (nicht mehr Ex-)Freundin gemacht hatte. Aber was hatte sie gesucht? Und warum hatte sie es gesucht?

Paula trank den letzten Schluck ihres Kaffees aus. »Zeit, dass ich mich mal mit meinem Klienten näher unterhalte.«

Sie wollte etwas zu schwungvoll aufstehen und musste daraufhin erst einmal eine knappe Minute wieder zu Atem kommen.

Timo schüttelte den Kopf. »Vielleicht bring ich dir die Handys später zu Hause vorbei«, murmelte er. »Nicht, dass du mir im Laden umkippst. Die denken doch, Gott weiß was ich für ein Zeug verkaufe.« Er fasste sie vorsichtig unter, öffnete die Tür und brachte Paula zu ihrem Auto.

»Soll ich vielleicht mitkommen?«, fragte er.

Aber mittlerweile hatte der Schmerz wieder nachgelassen. »Kümmer dich lieber um ein neues Telefon.« Das war jetzt wirklich eins der wichtigsten Dinge. »Ich fühl mich so nackt ohne.«

Nach den ersten Schritten schmerzte das Laufen nicht mehr so sehr, Paula hatte sich weitere Tabletten eingesteckt, die sie bei Bedarf nehmen konnte.

Sie hoffte, Hartmann am Institut anzutreffen, und hatte Glück. Als sie an die Bürotür klopfte, an der das Schild immer noch »M. Kirner/P. Hartmann« lautete, rief Hartmann laut »Herein!«.

»Herr Hartmann«, begrüßte sie ihn freundlich und setzte sich dann auf den Stuhl vor seinem Schreibtisch. »Wow, der ist ziemlich bequem!« Obwohl es Eigentum einer Uni war.

Er zog eine Augenbraue hoch. »Wie kann ich Ihnen helfen?«

»Oh, hoffentlich sehr.« Paula lächelte immer noch. »Weshalb haben Sie Sophia Lemberger dazu angestiftet, in Kirners Wohnung einzusteigen?«

»Ich … was wollen Sie … wie kommen Sie …?«, stotterte Hartmann. »Ich weiß nicht, wovon Sie reden.«

Paula schnalzte mit der Zunge. »Eigentlich spreche ich von Ihrer Erpressung. Sie haben Jennifer dazu angestiftet, Professor Stolten zu verführen, damit Sie ihn um die Stelle hier erpressen können. Wobei ich mich schon frage, weshalb Jennifer bei der Sache zugesagt hat.«

Hartmann sah sie verunsichert an, dann blickte er zum Fenster, dann wieder zu Paula. »Behandeln Sie das Folgende vertraulich?«, fragte er.

»Ich bin Privatdetektivin, wenn herauskäme, dass ich Geheimnisse meiner Auftraggeber ausplaudere, stehe ich mindestens so blöd da wie Sie, wenn Ihre erschwindelte Festanstellung publik wird.«

Er verzog den Mund, nickte dann aber. »Jennifer ist sehr ehrgeizig.«

Deshalb hatte er es auch geschafft, sie mit einer besonders guten Note zu locken. Dennoch …

»Außerdem war sie sauer auf ihren Freund und auf Professor Stolten, weil er Jonas bevorzugt hatte, als die HiWi-Stelle neu zu besetzen war.«

»Sie wollte ihm die Ungerechtigkeit heimzahlen?«

»Sie war sofort Feuer und Flamme. Um Jonas' Einstellung zu rechtfertigen, hatte Stolten ihm ein ›Sehr gut‹ gegeben, ihr ein ›Sehr gut Minus‹.«

Paula entging die Problematik und sie sah Hartmann fragend an, der ihr zuzwinkerte. »Raten Sie mal, wer von wem abgeschrieben hat.«

Oh. Den Gedankensprung zu »Ich verführe meinen Professor« konnte Paula zwar nicht mehr nachvollziehen, aber dass Jennifer wütend gewesen war, erschien ihr logisch.

»Da hatten Sie natürlich leichtes Spiel.«

»Ob ich oder der Kirner fest angestellt werden, kann doch einer Studentin egal sein.«

Nur, dass es im Endeffekt nicht egal gewesen war. Denn dummerweise hatte Kirner sich auf seine Weise gerächt. »Kirner hat's herausbekommen«, sagte sie. »Kirner wusste, was passiert war, und deshalb hat er ihr eine schlechte Note gegeben.«

Hartmann schüttelte den Kopf. »Kirner hat es herausgefunden, aber erst …«, er atmete tief ein, »kürzlich.«

Belastete Hartmann sich gerade selbst? »Vor ungefähr drei bis vier Wochen?«

»Sechs ungefähr.« Offenbar wusste er selbst, was er da sagte, denn er konnte ihr nicht in die Augen sehen. »Aber die schlechten Noten hat er vorher schon verteilt.«

»Weshalb?«

Hartmann lachte freudlos. »Er hatte Schiebung vermutet.« Was ja nun nicht allzu weit hergeholt war. »Und aus Rache hat er einfach Stoltens Lieblingsstudenten schlecht benotet.«

»Kann das Stolten nicht völlig egal sein?«

»Ziemlich, ja. Ich habe nie behauptet, dass Martin ein netter Mensch war.«

Das hatte Paula schon oft gehört. Niemand *hasste* ihn wirklich, aber richtig *leiden* hatte ihn auch niemand können. Sie nickte nachdenklich. »Und als er es dann herausbekommen hat? Hat er Sie konfrontiert?«

Hartmann schluckte. »Er wusste nicht genau, was vorgefallen war. Er hatte nur eine Vermutung. Und als Vorsorge ...« Er blickte wieder aus dem Fenster.

Aber Paula verstand ihn auch so. »Als Vorsorge dachten Sie, Sie suchen belastendes Material auch über Kirner. Irgendetwas, was auch immer, je schlimmer, desto besser. Erpressung und Gegenerpressung, du meine Güte.« Ihr wurde beinahe schwindlig von diesem winkelzügigen Gedankengang. »Und Sophia hat mitgemacht.«

»Martin hatte die Beziehung beendet.«

»Ja, aber das passierte doch andau...«, wollte Paula diese Information zur Seite wischen, aber Hartmann zog die Augenbrauen hoch und schüttelte den Kopf.

»Sie waren andauernd off, in ihrer On-off-Beziehung,

das ja«, bestätigte er, »aber es war immer Sophia. Sophia, die Martin ein Verhältnis mit einer Studentin unterstellte, Sophia, die ausflippte, weil Martin die Bachelor-Thesis einer hübschen Studentin betreute. Dann musste Martin ein paar Wochen Blumen schicken, auf den Knien herumkriechen, bis Sophia ihn wieder zurücknahm. Diesmal …« Er machte eine bedeutungsvolle Pause.

»Diesmal war alles anders«, vervollständigte Paula seinen Satz. Sie hielt inne. Sophia hatte den Ring gefunden, den Verlobungsring, von dem Paula bisher immer ausgegangen war, dass er auch für sie bestimmt gewesen war. Aber was, wenn … was, wenn Sophia verletzt und mit gebrochenem Herzen in die Wohnung ihres Exfreundes einstieg und einen Verlobungsring für eine andere Frau fand?

So wie sie Sophia kennengelernt hatte, wäre das das sichere Todesurteil für Martin Kirner gewesen. Sie wollte Brändle anrufen, fragen, ob die Polizei die Wohnung durchsucht und dort Blutspuren gefunden hatte. Wo war Martin Kirner ermordet worden?

Paula verabschiedete sich und lief, so schnell sie konnte, zurück zu ihrem Auto. Sie würde zum Präsidium fahren, das war wichtig.

Als sie sich in ihren Polo gesetzt, sich angeschnallt hatte und gerade den Motor starten wollte, klingelte es. Das Klingeln hörte sich verdächtig nach ihrem eigenen Klingelton an. Paula drehte sich hektisch um. Vor Schmerzen stöhnte sie laut auf, aber niemand saß mit einer Axt auf dem Rücksitz – sie hatte in der letzten Zeit einfach nur zu viele dämliche Hollywoodfilme von Timo gesehen. Das Klingeln hörte nicht auf. Paula sah unter den Sitz, unter den Beifahrersitz, öffnete schließlich das Handschuhfach.

Dort leuchtete ein Smartphone und zeigte auf dem Display den Anruf einer unbekannten Nummer an.

»Ja?« Vorsichtig hielt Paula das Telefon mit dem Putzlappen für beschlagene Scheiben an ihr Ohr.

»Wenn Sie wissen wollen, was passiert ist«, knarzte eine verzerrte Stimme, »kommen Sie heute um Mitternacht zum Parkplatz Drehscheibe bei Walddorfhäslach.«

»Wer sind Sie?«, fragte Paula. »Was wollen Sie?«

Aber die Stimme wiederholte nur, ebenso knarzend und eintönig wie vorher: »Wenn Sie wissen wollen, was passiert ist: Kommen Sie um Mitternacht zum Parkplatz Drehscheibe. Ich habe Informationen für Sie.« Dann wurde der Anruf unterbrochen.

Verdammt! Mit ihrem rechten unverletzten Arm schlug Paula auf ihr Lenkrad. Wer war das gewesen? Und warum? Die Person hatte einen Stimmverzerrer benutzt, ganz sicher. Aber war es Freund oder Feind?

Sie sah sich das Smartphone in ihrer Hand genauer an. Der Kratzer quer übers Display, die abgesprungene rechte obere Ecke, das war eindeutig ihr eigenes Handy. Ihr Angreifer vom Vorabend musste es hier platziert haben, um sie anrufen zu können. Feind, eindeutig Feind, dachte Paula, als sie tief einatmete und ihre linke Seite protestierte.

Was sollte sie nun tun? Bloß Julia nichts von dem Anruf erzählen, die würde es ihr nur ausreden wollen. Brändle? Der würde es ihr ebenfalls ausreden wollen, andererseits …

Timo.

Paula startete ihren Wagen und fuhr ins Büro.

Auf dem Weg bekam sie einen weiteren Anruf. Mit einem kurzen Seitenblick auf das Handy, das auf dem Beifahrersitz lag, stellte sie fest, dass die Nummer angezeigt wurde. Der Anrufer war aber offenbar nicht eingespeichert. Stuttgarter Nummer, sagte das Display.

An der nächsten Ampel rief Paula zurück.

»Haben Sie schon mit Leon gesprochen?«, fragte Frau Niklas.

»Hat er Ihnen nichts gesagt?«

»Nein. Ich habe versucht, mit ihm zu reden, aber der Junge ist ja so unzugänglich!«

»Letzte Woche auf der BWL-Party haben wir geredet. Er schien mir zugehört zu haben. Jedenfalls habe ich ihn vorgestern« – das war doch vorgestern gewesen? Oder vor drei Tagen? Es war so viel passiert in letzter Zeit! – »auf dem Weg in die Bibliothek getroffen. Er hatte Bücher dabei.«

»Oh wirklich?« Frau Niklas klang verwirrt, aber erfreut. »Können Sie ihn heute Abend vielleicht noch einmal überwachen? Dass ich weiß, wo er sich aufhält.«

»Heute Abend ist leider ganz schlecht.« Paula bog in den Kreisverkehr am Ostendplatz ein. »Aber ich könnte vielleicht morgen oder übermorgen?« Oder nächste Woche, wenn ihre Rippen so weit verheilt waren, dass ihr ein erneuter Sturz von einem Baum keine Sorgen mehr bereiten musste.

»Aber warum …«

»Wirklich, Frau Niklas, ich habe auch noch andere Klienten und für heute Abend einen Auftrag angenommen. Ich melde mich bei Ihnen!« Paula drückte die Verbindung weg.

Mit Erschrecken stellte sie fest, dass sie es tatsächlich in Betracht zog, am Abend zum Treffpunkt am Parkplatz Drehscheibe zu gehen. *Ich habe Informationen für Sie.* Das schrie doch geradezu danach, dass der Anrufer anderes im Sinn hatte.

Paula knabberte auf ihrer Unterlippe. Sie befand sich in einer Sackgasse. So viele Hinweise hatte sie gefunden, so viele Theorien gesponnen, und dennoch war sie nicht schlauer als zu Anfang ihrer Ermittlungen.

Was würde Brändle sagen? Er würde sie für verrückt erklären, ihr den Ausflug in den Wald womöglich verbieten. Als ob sie sich etwas verbieten lassen würde, ha. Ja, die Sache war gefährlich. Sehr gefährlich. Und diesmal hätte er sogar recht, es war Wahnsinn, sich solch einem Risiko auszusetzen.

Die nächste Ampel schaltete auf Rot und Paula musste anhalten.

Aber was, wenn der Anrufer es ernst gemeint hatte? Wenn er – oder sie – unter Druck stand? Nicht frei sprechen konnte, aber sein Gewissen erleichtern wollte? Im Auto neben ihr spielte ein Mittzwanziger mit dem Gaspedal und ließ seinen Motor aufheulen, als zwei hübsche weibliche Teenies die Straße überquerten.

Arschloch, dachte sie. Kirner war auch eins gewesen, ziemlich offensichtlich sogar, und ihr Mandant Hartmann gehörte auch nicht zu einer besonders guten Sorte Mensch.

Unschuldig hinter Gittern zu kommen, hatte er dennoch nicht verdient.

Erneut dachte Paula an Brändle.

Die Ampel schaltete auf Grün, sie fuhr los und wusste im gleichen Moment, dass sie hingehen würde. Zum Parkplatz Drehscheibe. Mitten in der Nacht.

Jetzt, wo die Frage nach dem »ob« eindeutig geklärt war, musste sie nur noch das »wie« organisieren …

Sie parkte direkt vor Timos Headshop und sparte sich den Umweg über den Hausflur. Diesmal ging es um einen Notfall. Während sie den Laden betrat, durchsuchte sie auf dem Smartphone ihre Kontaktdaten, sie war sich sicher, Frau Niklas eingespeichert gehabt zu haben.

Leer. Komplett leer, alle Kontakte. Hektisch suchte Paula nach Bildern, anderen Dateien, aber nicht einmal mehr ihre Apps hatte man ihr gelassen, alles war gelöscht, zurückgesetzt, ein völlig anonymes Handy. Bis auf die Kratzer.

Sie seufzte und öffnete die Tür.

Timo blickte überrascht auf, als sie seinen Laden betrat, ein kleiner dunkelhaariger Typ in abgerissener Kleidung legte gerade ein paar Handys auf die Theke.

»Du kommst ja genau richtig«, sagte Timo.

»Brauch ich nicht mehr.« Paula wedelte mit ihrem Smartphone. »Hab's wiederbekommen.«

»Wie …?«

»Aber kannst du auch Autofenster reparieren?«, wandte sie sich an den Dunkelhaarigen.

Der reagierte nicht, sondern steckte nur achselzuckend seine Mobiltelefone wieder ein.

»Hey, lass mir vielleicht das hier da«, sagte Timo und legte seine Hand über ein iPhone. »Ich könnte ein neues gebrauchen. Mein altes ist mir ins Klo gefallen.«

»Hab auch wasserdichte.«

»Perfekt.« Timo nickte.

»Bring ich morgen vorbei.« Der Kerl nickte, machte eine Handbewegung, die man als Abschiedsgruß interpretieren konnte, und verschwand.

»Folgendes.« Paula ging in ihr Büro, um den Schreibtischstuhl hinaus zu Timo zu rollen. »Ich bin angerufen worden.«

»Auf deinem Smartphone. Das du wo genau wiedergefunden hast?«

»Im Auto, Handschuhfach.«

»Paula, manchmal bist du verpeilter als ich.«

Ungeduldig schüttelte sie den Kopf und erklärte ihm detailliert, wie es gewesen war. Auch von dem Treffen um Mitternacht im Schönbuch erzählte sie ihm, was er mit ernstem Blick quittierte.

»Die werden dich umbringen«, sagte er düster.

»Wer ist ›die‹?«

»Mafia? Verfassungsschutz?« Er hob die Arme. »Ich habe keine Ahnung! Aber irgendwelche Leute, denen du in die Quere gekommen bist und die dich nun tot sehen wollen.«

»Martin Kirners Mörder. Oder …« Paula schlug ihre Beine übereinander. »Oder ein verängstigter Zeuge, der mir die Wahrheit sagen will.«

»Nein. Ein Treffen nachts im Wald, allein, hat nur einen Zweck.« Langsam zog Timo seinen Daumen über seinen Hals. »Ich hab genug Hollywoodfilme gesehen, um zu wissen, wie das ausgeht.«

Zugegeben, das war auch Paulas Befürchtung. »Ich brauche ein Back-up.«

»Back-up?«

Na, das Wort kam doch direkt aus seinen Hollywoodfilmen! »Jemanden, der mir beisteht, im Hintergrund. Der eingreifen kann, falls was schiefläuft.«

»Das macht Sinn.« Timo nickte. »Wen willst du fragen?«

Paula sah ihn stumm an.

»Ich?«

»Hast du nicht kriminelle Freunde?«

»*Klein*kriminell, höchstens. Aber weißt du doch, ich bin Pazifist.«

»Mensch, Timo, es wird doch ein paar Autonome unter deinen Kommunisten-Kollegen geben. Wer Steine auf die Polizei schmeißen kann, wird das ja wohl auch bei einem Mörder hinkriegen!«

»Ich hätte nie gedacht, dass ich diesen Satz zu meinen Lebzeiten sagen werde.« Er schüttelte den Kopf und stand stöhnend auf. »Aber sollten wir nicht besser die Polizei holen?«

Paula sah ihn böse an. Was Brändle sagen würde, wusste sie, darüber hatte sie sich auch schon Gedanken gemacht. Erst recht jetzt, da sie noch verletzt war. »Das ist meine einzige Chance. Ein Treffen mit einem wichtigen Zeugen.« Oder mit dem Mörder … »Ich habe keine Ahnung, wer er ist, aber diese Gelegenheit kann ich mir einfach nicht entgehen lassen. Außerdem«, sie setzte traurige Augen auf, »werde ich sicher weiterhin überfallen und angegriffen, vielleicht wird mein Auto bald komplett zerstört. Ich befinde mich in Gefahr.« Zur Verdeutlichung ließ sie ihren linken Arm wie einen lahmen Flügel hängen. Sie wusste, sie trug etwas dick auf, andererseits hatte es jemand ja ziemlich eindeutig auf sie abgesehen.

»Okay.« Er schürzte die Lippen. »Ich werd mal ein paar Anrufe erledigen. Dann komm ich später bei dir vorbei und … wir nehmen dein Auto?«

»Perfekt.«

Bis dahin musste sie sich gut vorbereiten.

Paula nahm noch eine Schmerztablette, dann ging sie einkaufen. Pfefferspray bekam man zwar nicht in jedem Supermarkt und auch im dm, der es angeblich verkaufte, war sie nicht fündig geworden, aber schließlich lief sie an einem Schlüssel- und Alarmanlagengeschäft vorbei, der es anbot. Zusätzlich kaufte sie im Baumarkt Kabelbinder, die waren vielleicht besser als Handschellen aus dem Sex-Shop. Wie genau sie den Mörder überwältigen wollte, wusste sie noch nicht. Ob sie auf Input durch Timos Freunde hoffen konnte? Falls er denn jemanden auftreiben würde. Sonst musste er eben selbst ran. Auf Timo konnte sie sich verlassen, er würde ihr immer helfen. Das Problem war nur: Manchmal schlief er einfach ein. Oh, da fiel ihr ein, dass sie ihn daran erinnern musste, heute nicht zu rauchen. Das machte ihn immer so träge.

In einer Buchhandlung kaufte sie noch eine Wanderkarte vom Schönbuch. Sie würde zwar das GPS an ihrem Handy aktivieren, aber eine Karte schadete nicht. So konnte sie sich vorher den Weg zum Treffpunkt und die dortige Umgebung einprägen. Und das konnte sie am besten mit Papier. Im Gegensatz zu Julia war sie schließlich nur zugezogen, eine Neig'schmeckte, und kannte sich nur im Kessel aus.

Zu Hause suchte sie einen dunklen Kapuzenpullover heraus und steckte das Pfefferspray in die Bauchtasche. Dann breitete sie die Wanderkarte auf dem Wohnzimmerfußboden aus und hockte sich davor. Der Parkplatz Drehscheibe befand sich bei Walddorfhäslach, das hatte sie recherchiert. Von dort aus war man, wie Timo vermutet hatte, tatsächlich sehr schnell im Wald. Und das mitten in der Nacht …

Als ihr Telefon klingelte und Paula Julias Nummer auf dem Display erkannte, drückte sie den Anruf mit schlechtem Gewissen weg. Aber Julias Sorge war wirklich das Letzte, was sie jetzt gebrauchen konnte. Und umgekehrt wäre Julias Nacht sicher um einiges ruhiger, wenn sie sich keine Sorgen um Paula machen musste.

Paula nahm ihren Kugelschreiber wieder zur Hand und malte ein dickes Kreuz an den Parkplatz.

Es klingelte an der Tür.

»Ich hab Döner mitgebracht!«, rief Timo über die Gegensprechanlage. Oha. Was war denn da passiert? Hatte er jemanden umgelegt und wollte sie jetzt bestechen, dass sie jemand anderem Beweismittel unterschob?

Paula drückte auf den Türsummer.

»Wie komm ich zu der Ehre?«, fragte sie, als er ihr stolz ein in Alufolie gewickeltes Fladenbrot reichte.

»Stärkung für heute Abend, kannst du gebrauchen. Eigentlich würde ich dir auch was von meinem Gras anbieten. Aber ich denke, wir sollten wach und aufmerksam bleiben.«

Paula war beeindruckt. So viel Umsicht hätte sie von Timo nicht erwartet.

»Was sagen deine Kumpel?«

»Fmpfhgt«, nuschelte er mit vollem Mund, während er in ihrem Küchenschrank nach einem Glas suchte. Er drehte sich um, schluckte und wiederholte dann: »Hab zwei gefunden. Kommen direkt zum Treffpunkt. Wir funken uns dort mit ihnen zusammen.«

»Zusammen*funken*?«

»Weißt ja, ein paar meiner Freunde bleiben lieber unsichtbar.« Er zuckte mit den Schultern.

Paula biss in ihren Döner. Besser ein paar strahlen- und lichtscheue Autonome als gar keine Hilfe.

Den Abend verbrachten sie mit einem von Timo mitgebrachten Film auf der Couch.

»Action ist gut, um dich schon mal in Stimmung zu bringen, dein Adrenalin anzuheizen«, kommentierte er seine Wahl des Ray-Liotta-Streifens »Flucht aus Absolom«. »Und hier geht's ebenfalls um den Überlebenskampf im Wald.«

Paula legte den Kopf schräg. »Ich hoffe, der Schönbuch ist etwas harmloser als dieser Dschungel da.«

»Man kann nie wissen. Besser Vorsicht als Nachsicht«, sagte Timo düster.

Paula lehnte sich wieder zurück in die Couchkissen. Immerhin würde sie bei diesem Film nicht einschlafen.

Gegen halb elf machten sie sich auf den Weg. Zwar erwartete Paula keinen Stau, aber die Nervosität ließ sie nicht mehr ruhig sitzen. Außerdem konnte es nicht schaden, etwas früher da zu sein.

Sie parkte ihr Auto auf dem angegebenen Parkplatz, stellte den Motor ab und lauschte.

»Hörst du was?«, fragte sie Timo. Waren das nicht andere Motoren?

»Vielleicht Kalle und Locke«, sagte er schulterzuckend. Dann zog er die Nase kraus. »Eigentlich sollten die eh schon längst …« Er blickte sich um. Dann packte er kopfschüttelnd Kabel aus einer mitgebrachten Plastiktüte und reichte sie ihr. »Dein Handy brauchst du für Anrufe des Unbekannten. Also halten wir Kontakt über Funk.«

Paula musste ein bisschen herumfummeln, bis sie verstanden hatte, wie die Kabel funktionierten, aber irgendwann hatte sie eines im Ohr und Timo ebenfalls.

»Flügellahmer Adler, bitte kommen. Flügellahmer Adler, bitte kommen«, sagte er.

Paula starrte ihn an. »Echt? Das ist dein Codename für mich?«

Er zeigte auf ihren linken Arm mit dem dicken blauen Fleck.

Sie schüttelte den Kopf.

»So, und jetzt muss ich dich noch orten können.« Timo wischte auf ihrem Handy herum und tippte plötzlich eine App an, die Paula noch nie gesehen hatte.

»Fitness-App, damit kannst du mir anzeigen, wo genau du dich befindest.«

Fitness-App, das erklärte, weshalb ihr das Symbol unbekannt gewesen war.

Als plötzlich ihr Handy klingelte, zuckte sie zusammen. »Es geht los«, flüsterte sie.

Timo rutschte nervös auf seinem Sitz hin und her. »Ich bin direkt hinter dir. In deinem Ohr«, sagte er aufmunternd. »Und …«, er blickte auf sein Handy, »meine

Freunde sind auch in der Nähe. Müssten sofort da sein. Wo bleiben die eigentlich?«

Paula straffte sich und nahm den Anruf entgegen. Sie stellte ihn auf Lautsprecher.

»Ich habe gesehen, du bist schon da«, schnarrte die metallische Stimme von vorhin ihr entgegen.

Paula sah Timo an, der hektisch etwas auf seinem Smartphone tippte. Wahrscheinlich, um Kalle und Locke zu warnen, damit sie vorsichtig waren.

»Steig aus dem Auto und geh langsam geradeaus. Dort findest du in etwa 300 Metern eine Bank. Dort werden wir uns treffen. Jetzt.«

Die Verbindung wurde unterbrochen, Paula starrte Timo an.

»Auf in den Kampf, flügellahmer Adler!«, flüsterte er. Jetzt gab es kein Zurück mehr. Bis gerade eben hatte Paula sich noch gesagt, sie würde spontan entscheiden, ob sie aus dem Auto stieg oder nicht. Aber als sie die verzerrte Stimme gehört hatte, war ihr klar gewesen, dass sie das tun musste. Neugier war nicht nur der Katze, sondern vor allem der Privatdetektivin Tod, dachte sie düster und öffnete die Fahrertür.

Sie hoffte, dass Kalle und Locke sich beeilten.

Dann ging sie langsam, Schritt für Schritt den Waldweg entlang. 300 Meter. Würde der Unbekannte mit ihr sprechen wollen? Oder würde er sie überfallen? Sie hinterrücks erschlagen, erschießen, erstechen?

Der kleine Knopf in ihrem Ohr rauschte, Timo meldete sich. »Ich muss dir noch was sagen.« Seine Stimme stockte.

Oh Gott, bitte keine »Paula, ich hab dich immer

geliebt«-Abschiedsszenarien. Sie würde hier nicht sterben, sie würde hier ganz sicher als …

»Ich hab dich betrogen. Und dieses Mal tut es mir wirklich leid.«

Was?

»Kalle und Locke sind endlich da, aber es sind eigentlich nicht direkt Kalle und Locke, es …«

Sie hörte eine Stimme im Hintergrund, offenbar stritt sich Timo mit jemandem um das Handy, und dann war auf einmal Brändle am Apparat. »Dein bekiffter Freund hat das einzig Richtige getan.«

Paula schnappte nach Luft.

»Ich bin hier«, sagte Brändle. »Und das SEK ebenfalls. Wir haben von Timo deine Handy-Ortung, es sollte nichts schiefgehen.«

»Berühmte letzte Worte«, murmelte Paula. Ausgerechnet Brändle hatte Timo informiert. Was sie sich von ihm alles würde anhören müssen!

Sie blickte sich um. Konnte der unbekannte Anrufer sie sehen? Sie selbst konnte gerade einmal die Hand vor Augen erkennen.

Paula lauschte. Täuschte sie sich, oder hatte sich da hinten etwas bewegt? Das SEK oder ihr unbekannter Anrufer? Wenn es doch nur nicht so dunkel wäre. Tiefschwarz ragten Baumstämme neben ihr aus dem Dunkel.

»Auf in den Kampf«, murmelte sie, straffte die Schultern und trat entschlossen der Schwärze entgegen.

Im Wald war es kälter als in der Stadt, ein ganzes Stück. Die linke Hand umfasste ihr Handy, mit rechts hielt sie das Pfefferspray verborgen in der Bauchtasche des Sweatshirts. Vorsichtig nahm sie Schritt um Schritt, horchte in die Dunkelheit hinein. Aber außer Stille war da nichts. Wie gut konnte ein SEK sich verstecken? Wie gut ein Mörder?

Ein paar kleine Zweige knackten, als sie darauf trat.

Der Treffpunkt musste nun genau vor ihr liegen. Sie blieb stehen und lauschte.

Plötzlich klingelte ihr Handy erneut.

»Hallo?« Ihre Stimme zitterte.

»Geh weiter geradeaus, etwa 200 Meter.« Wieder diese verzerrte Stimme.

»Woher weißt du denn, was bei mir geradeaus ist?«

»Zerbrich dir nicht den Kopf.«

Unwillkürlich blickte Paula sich um, konnte jedoch nichts erkennen. Und er? »200 Meter? Wie soll ich denn …?«

»Mach 200 große Schritte.«

»Was ist los?«, fragte Brändle in ihrem Ohr.

»Treffpunkt ist verschoben worden«, flüsterte Paula. »200 Meter geradeaus.«

Sie konnte hören, wie Brändle jemandem etwas zurief.

Paula wagte sich vorwärts, immer weiter in den dunklen Wald. Zählte bis 100, dann bis 200, blieb stehen. Sie merkte, wie sie zitterte. Nicht vor Kälte, vor Anspannung.

Ihr Handy klingelte erneut.

»300 Meter nach rechts«, knarzte es.

Paula unterdrückte einen Fluch, kam aber auch dieser Aufforderung nach.

»Der schickt mich hier völlig wirr durch die Gegend«, flüsterte sie. Aber von Brändle kam keine Antwort. »Brändle?« Nichts. »Jan?«

Sie holte ihr Handy heraus. Kein Balken Empfang.

Orten konnte man es trotzdem noch. Oder? Unsicher blieb Paula stehen. Sollte sie zurückgehen? Weiter vor?

Sie zog die Hand, mit der sie das Pfefferspray umklammerte, aus der Tasche ihres Kapuzenpullovers und schrie auf, als sie plötzlich einen Zweig knacken hörte. Alarmiert drehte sie sich in die Richtung, machte einen Schritt zurück, und die Faust des Angreifers traf sie nur am Ohr.

Sie drückte auf den Knopf des Pfeffersprays. Hörte jemanden scharf einatmen, unterdrückt fluchen. Erwischt!

Paula rannte los. Aber da stand jemand, stand ihr direkt im Weg. Eine zweite Person. Das Pfefferspray wurde ihr aus der Hand geschlagen, sie kickte nach vorn, blind, traf irgendetwas, irgendjemanden, hörte ihren Angreifer keuchen.

Dann wurde sie brutal zu Boden gerissen.

Der harte Aufprall auf ihren ohnehin schon lädierten Rippen raubte ihr den Atem, für einen Moment war sie völlig unfähig, sich zu bewegen. Als ihre Instinkte wieder einsetzten, ihr sagten, sie müsse sich zwingen, müsse weiter um sich schlagen, um sich treten, war es schon zu spät. Sie wurde gepackt, über den Boden geschleift. Schritte. Das waren mehrere Personen, registrierte sie durch die Schmerzen hindurch. Oh Gott, ihre Rippen, wenn sie vorher nicht gebrochen waren, dann jetzt, und auf einmal rollte sie, und dann war da kaltes Wasser, eiskaltes Wasser. Instinktiv holte sie Luft. Ein Fehler.

Sie prustete, schlug wild um sich. Japste. Verschluckte sich. Wasser in ihren Lungen, Wasser überall. Kalt. Und keine Luft, sie konnte nicht atmen.

Oben. Sie musste nach oben. Aber wo war das? Vollkommene Desorientierung, kein Boden unter den Füßen, Schwärze überall, ein Rauschen in den Ohren. Panik.

Ihre Lungen brannten. Sie strampelte, ruderte wild mit den Armen, blieb mit dem Bein an etwas Hartem, Scharfem hängen. Arbeitete gegen den Widerstand an, ihre Jeans riss. Ein großer Stein? Ihre Wade brannte. Hatte sie sich die Haut aufgerissen? Sie musste nach oben, sie *musste.* Sie musste die Zähne zusammenbeißen und sie musste verdammt noch mal die verdammte Oberfläche finden. Sie würde nicht in diesem lächerlichen Bach oder Tümpel, was auch immer, sie würde hier nicht ertrinken!

Plötzlich war da die Oberfläche. Luft. Und Schmerzen.

In den Rippen, in den Lungen, in der linken Wade, im Arm.

Sie zwang sich, ihn zu bewegen, auch nicht auf die Rippen zu achten, vorsichtig mit den Beinen zu treten, denn wenigstens war sie an der Oberfläche, wenigstens konnte sie atmen. *Paula, beweg dich. Scheiß auf die Schmerzen.*

Irgendwann spürte sie endlich Boden unter den Füßen, es war hier nicht mehr tief. Keuchend schleppte sie sich auf allen vieren ans Ufer, spuckte Wasser.

Als sie ein Knacken im Gebüsch hörte, erstarrte sie.

Ihr Angreifer?

Sie wusste nicht, an welches Ufer sie geschwommen war, wusste nicht, ob er ihr gefolgt war, ob er … Erneut ein Knacken, und dann Schritte, schnelle Schritte, und sie wusste, sie hatte nichts mehr zu bieten. Keine Gegenwehr. Keine Kraft. Gar nichts. Nur einen schmerzenden Körper.

Plötzlich ein Schuss.

Paula versuchte, nicht zu atmen. Es war schwer, so

schwer, sie brauchte dringend Luft! Ein weiterer Schuss, jemand brüllte.

Das war Brändle. Brändle rief nach ihr, suchte nach ihr, und vor Erleichterung hätte Paula beinahe geweint.

Sie kam nicht hoch, ihre Arme und Knie gaben nach, und sie blieb einfach liegen. Ausruhen. Brändle würde sie finden.

Er fand sie wirklich. Paula hatte keine Ahnung, ob nach 30 Sekunden oder nach 30 Minuten. Aber irgendwann kniete er neben ihr und hüllte sie in eine Jacke.

»Wo wart ihr denn?«, krächzte sie.

Brändle tastete sie ab, wohl um zu prüfen, ob sie verletzt war. Sie war sich nicht sicher, ob sie sich etwas gebrochen hatte. Ihr war furchtbar kalt und alles tat weh. Sie wollte am liebsten irgendwohin, wo es weich und warm war.

»Ein bisschen unterkühlt«, murmelte Brändle. »Aber nichts gebrochen.« Er tastete ihre Seite ab, und sie stöhnte vor Schmerzen auf.

»Entschuldige«, sagte er, »eine Rippe könnte doch gebrochen sein.«

Paula biss sich auf die Zunge und versuchte, flach zu atmen, während er erklärte: »Wir haben den Funkkontakt verloren, die Handyortung war unterbrochen, die müssen einen Störsender eingesetzt haben oder …«, er unterbrach sich, »oder was auch immer. Jedenfalls war es schon zu spät, als wir dich endlich wiedergefunden hatten.«

Sie nickte. Hätte sie die Kraft dazu gehabt, hätte sie ihm Vorwürfe gemacht.

Einmal in ihrem Leben führte sie eine Aktion mit einem SEK im Rücken durch, und was passierte? Die waren ohne Funkkontakt aufgeschmissen.

»Wir haben ein Handy gefunden!«, rief es von irgendwo. »Display zersplittert.«

Paula seufzte. Immerhin lebte sie. Immerhin besaß sie noch alle Gliedmaßen. Das hatte zwischenzeitlich anders ausgesehen. Es hätte also deutlich schlimmer kommen können.

Sie versuchte, sich aufzurichten. Brändle legte einen Arm um ihre Schultern, den anderen an ihre rechte Seite, wobei er vorsichtig versuchte, nicht an ihre Rippen zu stoßen, und half ihr hoch.

»Haben wir einen Krankenwagen angefordert?«, fragte er ins Dunkle, wo immer noch emsig mindestens 10 Beamte des SEK herumliefen.

»Ich brauch keinen Krankenwagen«, murrte Paula. »Ich brauch einen Schnaps und dann ein Bett.«

»Vielleicht hast du …«

»Ich hab gar nichts. Mir ist kalt.« Gut, Schmerzen hatte sie, nicht nur die Rippen gebrochen, ihr Knöchel war möglicherweise verstaucht, sie konnte kaum auftreten. Und die Handflächen hatte sie sich an den spitzen Steinen aufgeschürft, als sie ans Ufer gekrochen war. Aber nichts, was eines Krankenwagens bedurft hätte. »Und wenn ihr Versager etwas eher reagiert hättet, würde jetzt ein Mörder weniger frei herumlaufen.«

»Wenn du meckern kannst, kann's dir tatsächlich nicht so schlecht gehen«, merkte Brändle an. Vielleicht hatte er recht. Als ihr am Vorabend alles wehgetan hatte, waren Vorwürfe an Brändle keine Priorität gewesen.

»Siehst du«, sagte sie und stützte sich auf seinen Arm. »Und jetzt will ich nach Hause.«

Gemeinsam gingen sie aus dem Wald heraus zurück

zum Parkplatz, wo einige Autos standen, Lichter flackerten, Polizeibeamte herumliefen und Timo mit den Händen in den Hosentaschen sehr, sehr nervös ausschaute. Als er Paula näher kommen sah, eilte er auf sie.

»Hier war auf einmal voll die Hektik und keiner hat mir was gesagt. Was ist denn passiert?«

»Scheiß-SEK«, schimpfte Paula. »Deine Autonomen wären wesentlich hilfreicher gewesen.«

Schuldbewusst zuckte Timo mit den Schultern. »Ich dachte, es wäre besser, Kalle und Locke gar nicht erst zu fragen. Die sind nicht so große Fans von …« Er nickte in Richtung der Polizeiautos. Er selbst war auch kein großer Fan der Bullen, dass er dieses Opfer gebracht hatte, musste sie ihm anrechnen.

Sie versuchte zu lächeln, mehr als eine gequälte Grimasse bekam sie aber sicher nicht zustande. Dann setzte sie sich auf den Beifahrersitz ihres Autos. Fahren wollte sie in ihrem Zustand nicht. Timo ließ sich gerade neben sie fallen, da zog Brändle ihn am Kragen wieder vom Fahrersitz. »Ich könnte eine Untersuchung wegen Fahrens unter Einfluss von …«

»Ist ja schon gut.« Timo hob die Hände. »Hauptsache, ich komm nach Hause.«

Brändle besprach noch etwas mit seiner Kollegin Biessing, die daraufhin jemanden vom SEK heranrief.

Paula drehte den Autoschlüssel, um die Heizung anzustellen. In ihren nassen Sachen, die ihr am Körper klebten, fror sie erbärmlich. Trotz der Jacke, die Brändle ihr umgelegt hatte. Sie zog ihren Kapuzenpullover und das T-Shirt aus und schloss die Jacke vorn. Etwas besser, auch wenn sie immer noch in einer Pfütze saß.

Schließlich kam Brändle zurück zum Auto und setzte sich schwungvoll hinters Steuer. Sowohl Timo hinten als auch Paula, deren Augen immer schwerer wurden, schreckten auf.

»Melanie … Kollegin Biessing hat die Spurensicherung angefordert«, klärte Brändle Paula auf und startete den Motor. »Wir hoffen, dass der …«

»Die Täter«, unterbrach Paula. »Das waren zwei.« Sie schlang die Arme um den Oberkörper. Zwei Menschen, die gerade versucht hatten, sie umzubringen. Sie blickte nach draußen ins Dunkel und versuchte, einen Witz zu machen. »Oder ein Ninja«, sagte sie.

Brändle lachte nicht, nur Timo murmelte etwas von Hollywoodfilmen.

»Okay.« Brändle nickte, als er auf die Bundesstraße auffuhr. »Wir hoffen, dass die Täter beim Kampf irgendetwas verloren oder möglicherweise brauchbare Spuren, wie Fußabdrücke oder Ähnliches, hinterlassen haben.«

»Wie der Mörder, den man anhand seiner extravaganten Zigarettenmarke überführt.« Paula zog die Augenbrauen hoch.

»Du wirst lachen, das gab es tatsächlich schon.«

Paula fiel auf, dass Timo im Fond ungewöhnlich still war. Er suchte irgendetwas in der Bauchtasche seines Hanfpullovers.

»Möglicherweise muss ich dich morgen mal ins Präsidium bestellen«, fuhr Brändle fort.

Paula nieste.

»Oder wir kommen zu dir«, korrigierte er sich, »um deine Zeugenaussage offiziell aufzunehmen.«

»Ich kann euch nicht viel sagen.« Das war doch alles

Mist! Paula seufzte. So nah dran und es dann doch vermasselt. »Ich habe niemanden erkannt, dafür war es viel zu dunkel. Kein markantes Parfüm gerochen, nichts Außergewöhnliches zu fassen gekriegt.«

»Vielleicht fällt dir ja doch noch etwas ein. Manchmal erinnert man sich erst später an Details«, sagte Brändle hoffnungsvoll den Spruch auf, den Paula selbst ebenfalls immer benutzte. Bloß klang das bei ihm cooler und routinierter.

»Vielleicht«, antwortete sie deshalb. Ihre Laune war ohnehin im Keller. Da war ein wenig Hoffnung doch etwas Schönes.

In Stuttgart war es deutlich wärmer als im Schönbuch. Das erste Mal, dass Paula über die Hitze im Kessel, die bis spät in die Nacht anhielt, froh war. Sie zitterte immer noch, durchs Pappfenster hatte es die Fahrt über ziemlich gezogen, und als Brändle das Auto vor ihrer Haustür parkte und sie ausstieg, musste sie erneut niesen. So viel zum Thema Stärkung des Immunsystems durch Kneipp-Kuren.

Timo jammerte ein bisschen, dass er nicht nach Hause gefahren wurde, nach all der Arbeit. Aber als er merkte, dass weder Paula noch Brändle ihm zuhörten, zuckte er mit den Schultern, zog einen Joint aus der Brusttasche seines Hanfpullovers und machte sich in seinem üblichen leicht schwankenden Gang auf den Weg nach Hause.

Brändle wollte Paula zu ihrer Wohnungstür bringen, aber die Wahrscheinlichkeit, dass sie zweimal an einem Abend überfallen werden würde, war doch sehr gering.

»Ich schaff das schon«, sagte sie. »Du hast ja noch zu tun mit der Spurensicherung. Vielleicht sind die ja fähiger als das SEK.«

»Wer weiß, wie es ohne das SEK ausgegangen wäre. Wenn es nach dir gegangen wäre, wärst du ja völlig allein im Wald gewesen.« Der Vorwurf in seiner Stimme war nicht zu überhören.

»Mit Timo«, erwiderte sie. Gut, der Unterschied wäre nicht besonders groß gewesen. »Okay«, lenkte sie ein. Schließlich *hatte* jemand – vermutlich Brändle – geschossen und ihren Angreifer dadurch in die Flucht geschlagen. Vielleicht hatte Brändle ihr damit tatsächlich das Leben gerettet. »Danke fürs Retten«, sagte sie deshalb. »Das war wirklich … nett.«

Er lachte leise.

»Aber aus dem blöden Bach hab ich's ja allein herausschaffen müssen, da hat mir keiner geholfen.«

»Die Schaich war das übrigens.«

»Ich bewundere deine Geografie-Kenntnisse. Vielleicht solltest du Erdkunde-Lehrer werden. Da muss man auch keine Mörder fassen.«

»Wir kriegen den schon noch. 92 Prozent aller Mordfälle werden aufgeklärt.«

Das hatte Julia auch öfter gesagt. Paula schloss ihre Haustür auf. »Die Frage ist nur: von wem?« Hier musste offenbar die Privatdetektivin wieder ran.

7. KAPITEL

Als Erstes musste die Privatdetektivin aber ausschlafen. Es war beinahe halb drei geworden, bis Paula endlich todmüde ins Bett fallen konnte.

Irgendwann gegen zehn wurde es zum Schlafen zu heiß und sie schälte sich aus dem Bettlaken, in das sie sich nachts eingewickelt hatte. Sie humpelte in die Küche, um Kaffee aufzusetzen, vor der ersten Tasse konnte sie nicht denken. Ihr Hals fühlte sich rau an und sie musste sich die Nase putzen. Sie nahm eine weitere Schmerztablette, denn die halfen laut der Marzahn auch gegen Erkältungen.

Dann setzte sie sich mit ihrem Kaffee auf die Couch, wünschte sich einen Berliner mit viel Erdbeermarmelade her und überlegte.

Die Theorie, dass es ein Zeuge gewesen war, der ihr Informationen zum Mord geben wollte, fiel eindeutig weg. Es war also der Mörder gewesen – die Mörder, Paula war sich sicher, dass sie gestern auf zwei Personen getroffen war, so schnell, wie ihr Angreifer die Position gewechselt hatte, mussten es zwei gewesen sein. Vielleicht auch ein Mörder und ein Helfer. Wie auch immer. Der wichtigste Punkt war: Weshalb wollte er sie einschüchtern oder sogar aus dem Weg räumen? Das machte einfach keinen Sinn! Es ergab sich keine Spur. Sie besaß eine Menge an Informationen, die letztlich alle irrelevant waren. Sie tappte völlig im Dunkeln.

Aber irgendwo, irgendwann musste sie irgendjemandem irgendwie mächtig auf die Zehen getreten sein. Aber wem? Wann? Und wo?

Gedankenverloren nahm sie ihr Handy in die Hand. Dass das Display jetzt völlig im Eimer war, störte nun auch nicht mehr, sämtliche Dateien waren ja ohnehin gelöscht worden. Paula schürzte die Lippen. Vielleicht war eine der Dateien unwissentlich der Schlüssel zur Lösung? Aber welche Bilder, welche Informationen waren auf dem Handy gewesen? Sie versuchte, sich zu erinnern. Kirners Doktorarbeit und seine Habil hatte Julia in Gewahrsam. Hartmanns Fotos von Stolten und Jennifer befanden sich auf dem Stick, außerdem hatte sie die nie auf ihr Smartphone gezogen.

Es klingelte an der Tür. Erschrocken sah Paula auf. Vorsichtig ging sie zur Tür und hob den Hörer der Gegensprechanlage ab.

»Oh Gott, Timo hat mir alles erzählt!« Julia kreischte beinahe.

Paula drückte auf den Summer und nach nicht einmal 20 Sekunden, Weltrekord, stand Julia keuchend und mit einer Jutetüte voller Einkäufe in Paulas Küche.

»Ich bin sofort gekommen, die Marzahn übernimmt für mich.« Sie befühlte Paulas Stirn. »Setz dich hin und ruh dich aus, ich habe eingekauft. Ich mach dir eine Hühnersuppe.«

Fügsam ließ Paula sich auf einen Küchenstuhl nieder und legte ihren Laptop auf den Schoß. »Ich hätte mehr Sicherheitskopien machen sollen«, seufzte sie, als sie die Uploads ihres Smartphones durchging. Selfies, Schnappschüsse von Timo und Julia, ein paar Trauergäste von

Martin Kirners Beerdigung, die wegen der fehlenden Beleuchtung unscharf waren, die Observationsfotos, eines verwackelt, zwei sehr gut getroffen, für Frau Niklas.

Julia briet Zwiebeln an, und im gleichen Augenblick klingelte es erneut an der Tür.

»Timo«, erklärte Paula auf Julias fragenden Blick hin. »Der hat einen siebten Sinn für Essen.«

Tatsächlich kam Timo schnuppernd zur Tür herein, nachdem Julia die Tür geöffnet hatte. Paula hatte aufstehen wollen, aber nach einem strengen Blick ihrer selbst ernannten Krankenschwester ließ sie sich wieder auf den Küchenstuhl nieder.

»Wann gibt's Essen?«, fragte Timo.

Als Antwort schob Julia ihm ein Schneidebrettchen und Möhren hin.

Paula überlegte, welche Fotos – oder gab es noch andere Dateien? Dokumente? – sie nicht auf den PC geladen hatte. Da fiel ihr etwas ganz anderes ein.

»Was sagst du eigentlich zur Doktorarbeit vom Kirner?«, wandte sie sich an Julia. Die hatte sie doch mit Sicherheit mittlerweile gelesen. »Ist die wirklich so genial?«

»Soweit ich das beurteilen kann.« Julia schnitt gerade Kartoffeln klein, für dieses Thema richtete sie sich aber auf und fuchtelte mit dem Messer beängstigend unkoordiniert in der Luft herum. »Er hat so unglaublich akribisch genau gearbeitet, weißt du, alle Daten ausgewertet, ich bin mir nicht mal sicher, ob er die alle legal beschafft haben kann, da sind interne Informationen internationaler Firmen wie von Sie…«

»Industriespionage?« Das wäre ein völlig neuer Blickwinkel, der Paula bisher noch gar nicht eingefallen war.

Julia stutzte. Doch Timo schüttelte den Kopf. »Nennt mich paranoid, aber die hätten es wie einen Unfall aussehen lassen.«

»Da ist was dran«, gab Paula zu.

Julia schauderte. »Bei Tötungsdelikten gibt es eine ungeheuer hohe Dunkelziffer. Es gibt Schätzungen, die behaupten, dass doppelt so viele Morde unerkannt bleiben«, sagte sie.

»Die Pharmaindustrie ist da ganz groß dabei«, sagte Timo düster. »Paula, leg dich mit solchen Leuten lieber nicht an.«

Das hatte sie zwar im Augenblick ohnehin nicht vor, aber sie nickte, ohne zu protestieren. Dann klappte sie seufzend ihren Laptop zu. Es war frustrierend! »Ich muss per Zufall etwas entdeckt haben, von dem ich selbst nicht weiß, wie wichtig es ist. Das kann doch nicht sein.« Die Lösung dieses Falls lag so nahe.

Julia stellte ihr einen Tee hin. »Damit kannst du dich befassen, wenn du wieder gesund bist«, sagte sie. »Jetzt musst du dich erst einmal erholen.«

Dann kümmerte sie sich um die Hühnersuppe, während Paula schweigend ihren Tee trank und Timo über den Monopolkapitalismus philosophierte.

Nach dem Essen und zahlreichen Beteuerungen, dass es ihr gut ging, konnte Paula Julia endlich überreden, sie allein zu lassen.

»Ich denke, ich brauche einfach ein bisschen Schlaf«, log sie, um die Freundin nicht in Aufregung zu versetzen.

Dann nahm sie noch zwei Schmerztabletten und machte sich auf den Weg.

Glücklicherweise lag Timos Headshop und damit auch ihr Büro nicht allzu weit entfernt, sodass sie auch mit Schmerzen und einem gestauchten Fuß dorthin konnte.

Sie fuhr ihren Computer hoch, um sich die Dateien anzusehen, die sie vom Handy hochgeladen hatte. Wie oft kam es in Krimiserien vor, dass man im Hintergrund eines Bildes mit einer Lupe auf einmal jemanden entdeckte. Und dieser Jemand war natürlich der Mörder.

Aber das einzige Bild, das sie von ihrem Handy auf den PC kopiert hatte, war das Observationsbild für Frau Niklas, das sie ihr per E-Mail geschickt hatte. Und das war so verwackelt, da brauchte Paula gar nicht erst nach einem Vergrößerungstool zu suchen. Man konnte so schon kaum etwas erkennen.

Während sie nach dem Stick suchte – hatte sie den doch zu Hause liegen? –, um Hartmanns Fotos von Jennifer und Stolten erneut zu begutachten, dachte sie daran, dass das im Augenblick ihre beste Theorie war. Sie hoffte, dass ihr diese Bilder irgendeinen Aufschluss, irgendeinen Hinweis gaben, auch wenn sie wirklich alles andere als Lust hatte, den nackten Stolten mit der Lupe zu betrachten.

Als sie gerade die dritte Schreibtischschublade aufzog, hörte sie Stöckelschuhe im Laden. Timos Kundschaft trug gemeinhin eher keine Pumps, und so straffte Paula die Schultern und setzte sich so aufrecht hin, wie ihre Rippen es zuließen.

»Na, ein bisschen aufregender hätte ich mir das hier schon vorgestellt.« Die Blondine, die gerade Paulas Büro betrat, trug nicht nur mörderisch hohe Absätze in der etwas gewagteren Farbe Hellblau, sondern dazu auch einen knallengen grauen Bleistiftrock. Paula hätte wohl nicht einmal einen einzigen Schritt in dem Ensemble geschafft, ohne umzufallen.

Respekt.

»Es ist absichtlich etwas low-key hier. Man muss ja nicht gleich wissen, dass man bei einer High Perfomerin ist.« US-amerikanische Begriffe einbinden, das hatte in Julias Marketing-Strategie gestanden. Oder nein, umgekehrt, Julias Marketing-Strategie hatte sehr viele englische Wörter benutzt? Egal, es wirkte. Die Blondine schien jedenfalls gleich zugänglicher, wie sie sich auf dem Stuhl vor Paulas Schreibtisch niederließ. Sie verzog nicht einmal den Mund, keine Prinzessin auf der Erbse also. Was bei ihren Schuhen auch kein Wunder war.

»Was kann ich denn für Sie tun?«, fragte Paula.

»Einen Treuetest.« Die Blondine strahlte. »Sandra hat Sie mir empfohlen.«

»Ihr …« Frank hatte der Typ geheißen? Fritz? Mark? »Verlobter hat mit Auszeichnung bestanden.«

»Und Sie glauben gar nicht, wie gut das den beiden tut.« Die Frau beugte sich vor. »Seit Sandras Misstrauen weg ist, kann sie sich ganz anders auf ihn einlassen. Und das merkt man, dass das auch bei Andreas Früchte trägt! Er ist die Aufmerksamkeit in Person! So lange sind sie jetzt zusammen, und vorgestern hat er ihr Blumen mitgebracht. Einfach so!« Sie griff sich ans Herz und seufzte glücklich.

Paula lächelte. »Und deshalb dachten Sie, wenn ich Ihren …«

»Michael.« Sie legte Paula ein Bild vor. »Er hat so viele weibliche Kolleginnen, und im Fitnessstudio, ich mein, er sieht halt schon gut aus.«

Paula besah sich Michael, der ihr auf dem Foto in einem Anzug mit Blume am Revers entgegengrinste. Ein Tattoo kroch ihm an der rechten Seite des Halses aus dem Hemdkragen. Darunter waren vermutlich einige Muskelberge zu finden.

»Wir sind seit etwa zwei Jahren verheiratet«, erklärte ihre neue Auftraggeberin. »Wir haben uns in einer CrossFit-Box kennengelernt.«

Paula nickte.

Ihre Klientin seufzte. »Wissen Sie, eigentlich müsste ich mir ja keine Sorgen machen.« Sie deutete auf ihren Körper in diesem wirklich hautengen Kostüm. Paula musste ihr beipflichten. »Aber auf der letzten Gartenparty …« Erneut seufzte sie tief auf. »Manuela kenne ich ja noch aus der Schule, eine Streberin, graue Maus, immer gewesen. Riesige Brille, nur Zahlen im Kopf. Verkauft jetzt Versicherungen. Wirklich keine Frau, mit der Michael und ich uns normalerweise abgeben würden!«

»Aber er hat sich doch etwas zu lange und zu sehr für ihre Versicherungen interessiert?«

»Immer die Beste in Mathe, aber ein Solarium hat sie noch nie von innen gesehen.« Sie zog ein weißes Lederportemonnaie aus ihrer Handtasche, die genauso hellblau strahlte wie ihre Schuhe. »250, hat Sandra gesagt? Er geht am Wochenende gern in diesen Rocker-Klub, na, Sie wissen schon …« Sie wedelte mit der linken Hand.

Paula nickte geistesabwesend. Etwas an dem, was ihre Kundin gesagt hatte, zerrte und zog an ihren Hirnwindungen. Das schien nur so dahingesagt, aber dennoch … *Keine Frau, mit der Michael und ich uns normalerweise abgeben würden.* Genau das Gefühl hatte sie doch neulich schon gehabt: Weshalb gaben sich Jonas und Jennifer eigentlich mit Leon ab?

Paula sprang auf und zuckte vor Schmerz zusammen. Sie biss die Zähne kurz aufeinander, dann sah sie ihre Auftraggeberin an. »Wissen Sie was? Sie haben mir unglaublich geholfen!«

»Hab ich das?« Die Blondine lächelte erfreut.

»Sie sind spitze. Ich übernehm Ihren Treuetest. Sobald ich wieder fit bin.« Paula drehte den linken Arm so hin, dass sie den riesigen, mittlerweile dunkelvioletten Fleck sehen konnte. »Lassen Sie mir nur schnell Ihre Kontaktdaten da, ich muss nämlich dringend weg. Die Lösung eines Mordfalls wartet.«

»Oh.« Die Augen ihrer Neu-Klientin wurden groß. »Sie sind wirklich eine High Performerin in Low-key-Umgebung. Kluge Business-Entscheidung.«

Das würde Paula Julia erzählen. Sie reichte der Blondine einen Notizzettel hinüber und komplimentierte sie dann mit dem Versprechen nach draußen, sie spätestens in einer Woche anzurufen. Anschließend humpelte Paula selbst nach draußen und zu ihrem Auto. Bevor sie auf Konfrontation ging, musste sie noch etwas im IBWL-Institut nachsehen. Sie war sich sicher, dass ihre Theorie stimmte, aber ein weiteres Indiz schadete nicht. Sie löste kein Parkticket, als sie ihr Auto an der Schellingstraße abstellte, es würde ja höchstens zehn Minuten dauern.

Tatsächlich war sie schon nach genau sechs Minuten wieder auf dem Weg zurück nach draußen, als sie Annette im Flur über den Weg lief, die offenbar gerade Feierabend machte und die Bürotür abschloss.

»Was ist dir denn passiert?«, fragte die Sekretärin, die abwechselnd auf Paulas Fuß und dann auf den riesigen blauen Fleck am Arm sah.

»Alles im Namen der Gerechtigkeit.« Paula nieste. »Ich hab mir nur kurz was ausgeliehen!«

»Aber …«

»Ich erkläre es dir später.« Paula winkte und humpelte an ihr vorbei.

Draußen zog sie das Knöllchen unter dem Scheibenwischer hervor, fluchte und schloss ihr Auto auf. Ihre Tasche warf sie auf den Beifahrersitz, dann blickte sie auf die Uhr. Es war erst fünf Uhr am Nachmittag, wenn sie die drei gemeinsam im Verbindungshaus erwischen wollte, musste sie auf jeden Fall noch warten. Kurz überlegte sie, doch jemandem Bescheid zu sagen. Aber dann erinnerte sie sich daran, wie der Ausflug in den Schönbuch ausgegangen war.

Weil Laufen derzeit keine Option war, parkte sie im Bohnenviertel-Parkhaus, bestellte im Café Nast einen Latte macchiato und ein Stück Kuchen und begann zu lesen.

Um kurz vor sieben hatte sie auch einen zweiten Latte sowie eine große Flasche Wasser ausgetrunken und machte sich wieder auf den Weg.

Als sie am Haus der Studentenverbindung klingelte, öffnete ihr ein sehr kleiner Student mit ebenso kleiner Brille, der sie erstaunt ansah.

»Ich möchte zu Jonas Bender«, sagte Paula, zückte kurz den Scherzartikel-Polizeiausweis, den sie eigentlich nicht mehr benutzte, schließlich war sie ehrlich – halbwegs ehrlich – und außerdem wollte sie Brändle nicht mehr als nötig auf die Palme bringen. Aber auf eine Diskussion mit dem Jungen hatte Paula keine Lust.

Mit großen Augen trat er einen Schritt zurück. »Erster Stock, rechts, dritte Tür«, sagte er und blickte ihr hinterher, als sie sich schwer aufs Geländer stützte, um die Treppe hinaufzukommen. Das Haus, nein, die Villa war riesig, und hatte sie schon von außen altmodisch gewirkt, verstärkte sich der Eindruck innen. Alles, vom Parkettboden bis zur Treppe inklusive Geländer, bestand aus dunklem Holz, schwere Teppiche und Landschaftsgemälde in Goldrahmen schmückten die Räume. Die linke Seite führte zu einem ausladenden Balkon, das wusste sie von ihren nächtlichen Observationen, auf der rechten Seite gab es gleich mehrere Türen. Paula musste sich kurz orientieren, zählte die Zimmer ab und klopfte dann an der dritten Tür. Ohne eine Antwort abzuwarten, drückte sie die Klinke herunter.

»Guten Abend miteinander«, begrüßte sie die drei Studenten.

Leon saß auf einem Sofa direkt neben der Tür, Jonas in einem Sessel gegenüber, während Jennifer am Schreibtisch etwas in den Computer tippte.

Paula blieb in der Tür stehen, schloss sie aber nicht. Die drei hatten schließlich schon einmal versucht, sie umzubringen.

»Ich würd gern von euch wissen, wer auf die Idee gekommen ist, den Kirner zu ermorden.«

Jennifer wurde blass, Leon vergrub den Kopf in seinen Händen und Jonas sprang wütend auf.

Bevor er etwas sagen konnte, warf Paula ihm die Hausarbeiten zu, die sie von Kirners Schreibtisch hatte mitgehen lassen. »Alle drei durchgefallen. Letztes Semester waren die Klausurnoten nicht die besten, aber ihr habt bestanden, das kann man durchgehen lassen. Dieses Semester bekommt jeder eine Fünf, ungerechtfertigterweise, das muss ich gestehen.« Zumindest soweit Paula das ohne weitere betriebswirtschaftliche Kenntnisse sagen konnte, aber die Hausarbeiten waren alle 15 Seiten lang, zitierten ordentlich und wiesen kaum Rechtschreibfehler auf. Wenn man von den anderen Noten ausging, die diese drei Studis einheimsten, konnte sie sich ihrer Annahme eigentlich recht sicher sein. »Aber verdammt noch mal, eine schlechte Note ist doch kein Grund, seinen Dozenten zu ermorden!«

Wenn Timo das getan hätte, wäre das Philosophische Institut nach drei Semestern entvölkert gewesen.

Leon begann zu schluchzen. Jennifer wurde noch blasser, ihr linkes Bein wippte nervös auf und ab, als sie zu Jonas blickte. Aha. Da hatten sie also den Anführer. Er musste es also auch gewesen sein, der sie überfallen hatte.

»Also raus mit der Sprache! Was habt ihr euch dabei gedacht?«

»Dieses Arschloch! Die Noten hat er uns reingewürgt, weil … weil …« Jonas' Blick huschte zu Jennifer.

»Weil Jenny mit Stolten geschlafen hat, um Hartmann den Job zu geben«, sagte Paula. »Okay. Aber …«

»Was?«

Paula zog scharf die Luft ein. »Das wusstest du nicht? Ich hätte wetten können …« Sie heuchelte Überraschung.

»Das ist doch Quatsch.« Jennifers Stimme zitterte. »Die will uns gegeneinander aufhetzen. Damit sich einer von uns …«

»Verplappert«, ergänzte Paula grinsend. Dann wurde sie wieder ernst. »Ich habe lange nicht verstanden, warum ich plötzlich zur Zielscheibe geworden bin. Warum man mein Auto demoliert, mich überfällt und sämtliche Daten von meinem Handy löscht.«

»Wir waren das nicht.« Jonas hatte sich wohl darauf versteift, alles abzustreiten. Er schnaubte und verschränkte die Arme vor der Brust.

»Es war ein völlig anderes Bild, das ich ganz zufällig im Laufe einer anderen Ermittlung aufgenommen hatte. Deine Mutter hat dir davon erzählt, Leon. Und zwar das, auf dem ihr drei so einträchtig zusammensitzt. Denn das habt ihr oft in letzter Zeit, einträchtig zusammengesessen.« Paula legte den Kopf schräg und sah Leon an. »Aber wenn ich eure Kommilitonen so fragen würde ... Leon ist ein Loser, mit dem man sich nicht abgibt, oder? Entschuldige, Leon.«

Er hob den Kopf.

»Hier der Streber, der Nerd, der im Winter im Teddybär-Pullover in den Seminaren sitzt. Da die coole Zukunft Deutschlands. Als ob ihr freiwillig Zeit mit diesem Loser verbracht hättet. Aber er war nun einmal auch HiWi am Institut. Und stand damit bei Martin Kirner unter Generalverdacht. Ihr wart alle drei hervorragende Studenten.« Sie machte eine Kunstpause. »Und plötzlich hat Martin Kirner euch den Schnitt vermasselt.« Was wiederum ein Praktikum bei einer Unternehmensberatung gefährdet hätte.

Sie deutete auf die Hausarbeiten. »Die Noten waren noch nicht eingetragen. Aber als HiWi hat einer von euch sie auf Kirners Schreibtisch gefunden. Und es den anderen erzählt.« Sie blickte zu Leon, der es gewesen sein musste.

Seine Augen füllten sich erneut mit Tränen, er wischte sie mit der Hand weg und nickte.

»Wir wollten ihn nur ein bisschen erschrecken«, flüsterte er.

»Leon!«, zischte Jennifer und sprang auf.

Auch in Jonas kam Bewegung. Er drehte sich zur Kommode, die hinter ihm stand, und bevor Paula die Bewegung registriert hatte, sah sie sich mit einer Pistole konfrontiert.

»Hände hoch!« Die Waffe zitterte gefährlich in Jonas' Händen.

Paula blieb stocksteif stehen. Ihre Augen verengten sich. Vor allem anderen spürte sie Wut.

Sie hatte den Fall gelöst. Ihr Hals tat weh, ihr Arm, ihr Fuß, von den malträtierten Rippen ganz zu schweigen. Aber sie hatte den Fall gelöst. Hatte die Mörder gefunden, den Auftrag erfüllt.

Und jetzt meinte dieser Affe, sie mit einer Pistole bedrohen zu müssen.

»Wenn du glau…« Sie musste niesen.

»Halt die Klappe«, zischte Jonas.

»Jonas«, flüsterte Leon entsetzt.

Jennifer bewegte die Lippen, ohne dass ein Ton herauskam. Paula bewegte keinen Muskel. Aus Jonas' Augen schlug ihr purer Hass entgegen. Dann entsicherte er die Pistole.

Es war totenstill.

Niemand rührte sich.

Paulas Herz schlug laut. Einmal, zweimal.

Jonas' Augen verengten sich. Der Unterkiefer schob sich vor.

Und dann erinnerte sich Paula an Timo.

Sie duckte sich, schnellte gleichzeitig nach vorn und trat Jonas gegen die Kniescheibe.

Ein Schuss löste sich, jemand schrie auf. War sie das selbst gewesen?

Die Waffe! Jonas hatte sie verloren.

Keuchend sah Paula sich um. Da. Unter dem Stuhl. Sie stürzte darauf zu. Jonas warf sich gegen sie, boxte sie in die Seite. Paula boxte zurück.

Die Waffe, sie musste an die Waffe. Bevor Jennifer oder Leon oder … und dann hielt Jonas sie plötzlich wieder in den Händen.

»Verd…« Paula keuchte.

Und auf einmal wurde die Tür aufgestoßen und Brändle stand dort, seine eigene Dienstwaffe gezückt, und sagte ruhig: »Waffe fallen lassen, Polizei.«

Paula musste zugeben, obwohl er es am Vorabend vermasselt hatte: Heute war sein Timing perfekt. Er starrte Jonas an, ein Muskel in seiner Wange zuckte, dann sagte er noch einmal ganz langsam und akzentuiert: »Waffe fallen lassen.«

Jonas sah zu Jennifer, die flehentlich nickte. Er zögerte. Schließlich ließ er doch die Pistole sinken.

»Wir wollten das doch alles nicht«, schluchzte Leon.

Jennifer nickte zu dieser Aussage, als nun auch die Biessing das Zimmer betrat und ihre Handschellen vom Gürtel zog, um sie Jonas anzulegen.

»Na, dann kommen Sie mal mit.« Sie grüßte Paula knapp, dann winkte sie zwei Uniformierte aus dem Flur ins Zimmer. Gemeinsam führten sie die Studierenden ab, es warteten vermutlich gleich mehrere Streifenwagen vor dem Haus.

Paula und Brändle blieben zurück.

Einen Augenblick lang sah Paula den dreien hinterher, dann drehte sie sich zu Brändle um.

»Woher wusstest du …?«, fragte sie.

Brändle sicherte seine Waffe und steckte sie wieder ein. »Die KTU hat Teppichfasern an Kirner gefunden.« Er besah sich den Teppich in Jonas' Zimmer und schürzte die Lippen. »Könnte hinkommen. Wir haben alle anderen getestet, in Kirners Wohnung, Hartmanns Wohnung, bei Sophia Lemberger, es gab keinen Treffer. Ich wollte im Institut nachschauen, ob man dort vielleicht irgendeinen alten Teppich übersehen hatte, und bin der Sekretärin über den Weg gelaufen.«

Er nickte in Richtung der Hausarbeiten. »Die hat mir erzählt, was du hast mitgehen lassen, und dann habe ich mich gefragt: Was ist die größtmögliche Dummheit, die Paula jetzt begehen könnte?« Er zog die Augenbrauen hoch.

»Die Mörder konfrontieren. Allein und unbewaffnet«, ergänzte er, als sie nichts darauf sagte.

So ganz durchdacht war das nicht gewesen, das gab Paula zu. Aber nach den vielen falschen Fährten war sie so begeistert gewesen, dass sie den Fall geknackt hatte, sie hatte einfach nur recht behalten wollen.

Paula zuckte mit den Schultern. »Du durftest mir das Leben retten.«

»Da steh ich ja so drauf.« Brändle schüttelte den Kopf. Aber er lächelte dabei. Vielleicht war es die Aufregung, aber Paulas Herz schlug schon wieder schneller.

»Trotzdem: Herzlichen Glückwunsch zum gelösten Fall.«

»Danke.« Paula fand, sie konnte zurecht stolz sein auf ihre Leistung. Den Fall gelöst, die Mörder gefasst, den – nun ja zumindest am Mord – Unschuldigen gerettet. »Weißt du was?« Sie sah sich im Zimmer um. »Ich habe mich die ganze Zeit gefragt, ob ich nicht zurückgehen soll an die Uni. Finanziell würde es knapp werden, und vom Alter ... na, es gab ja immer schon Spätberufene.«

»Aber?«, fragte Brändle.

»Aber hast du diese ganzen Intrigen mitbekommen? Hartmann bekommt seine Stelle über Erpressung, Jennifer über Sex, von guten Noten ganz zu schweigen, die Dörfler und Stolten versuchen sich gegenseitig auszubooten, wo es nur geht, und dann guck dir die Studis von heute an.« Sie schüttelte den Kopf. »Mann, bin ich froh, dass ich einer ehrlichen Arbeit nachgehe.«

Seinen zweifelnden Gesichtsausdruck ignorierte sie, gab ihm einen Kuss auf die Wange und humpelte aus dem Zimmer.

Sie hatte Treue zu testen, Ehepartner zu observieren, oh, und einen Fernseher als Belohnung abzuholen.

Das Neueste aus der Gmeiner-Bibliothek

Unser Lesermagazin

Bestellen Sie das kostenlose Krimi-Journal in Ihrer Buchhandlung oder unter www.gmeiner-verlag.de

Informieren Sie sich …

www … auf unserer Homepage:
www.gmeiner-verlag.de

@ … über unseren Newsletter:
Melden Sie sich für unseren Newsletter an unter www.gmeiner-verlag.de/newsletter

f … werden Sie Fan auf Facebook:
www.facebook.com/gmeiner.verlag

Mitmachen und gewinnen!

Schicken Sie uns Ihre Meinung zu unseren Büchern per Mail an gewinnspiel@gmeiner-verlag.de und nehmen Sie automatisch an unserem Jahresgewinnspiel mit »mörderisch guten« Preisen teil!

GMEINER SPANNUNG

WWW.GMEINER-VERLAG.D
Wir machen's spanne